김남훈 판타지 장편 소설

베이컨트

Vacant

베이컨트 3

김남훈 판타지 장편 소설

초판 1쇄 찍은 날 § 2002년 3월 8일
초판 1쇄 펴낸 날 § 2002년 3월 18일

지은이 § 김남훈
펴낸이 § 서경석

편집장 § 문혜영
편집책임 § 박영주
편집 § 장상수 · 김희정 · 권민정
마케팅 § 정필 · 강양원 · 김규진

펴낸곳 § 도서출판 청어람
등록번호 § 제1081-1-89호
등록일자 § 1999. 5. 31
어람번호 § 제1-0220호

주소 § 경기도 부천시 원미구 심곡1동 350-1 남성B/D 3F (우) 420-011
전화 § 032-656-4452 팩스 § 032-656-4453
http://www.chungeoram.com
E-mail § eoram99@chollian.net

값 7,500원

ISBN 89-5505-290-1 (SET)
ISBN 89-5505-293-6 04810

베이컨트

Vacant

김남훈 판타지 장편 소설

Chapter 3 전야

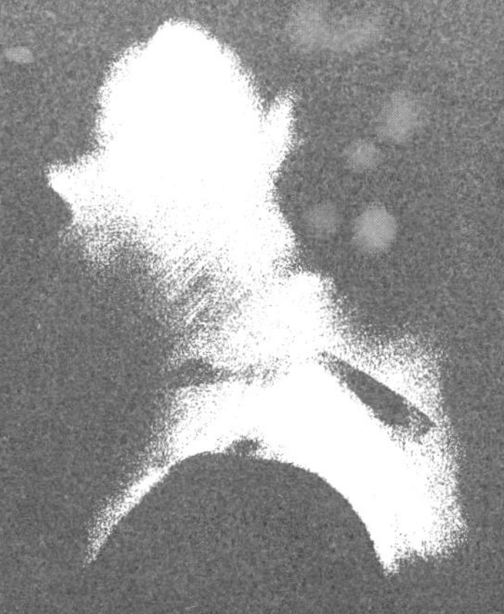

목차

Chapter 4 휴식

영원한 휴식.
인간은 그것을 안식이라 부르며 그것이 편해지는 법이라 말한다.
하지만 안식하는 자는 살아가지 못한다.

1

가을의 하늘은 높고 파랬다. 게다가 햇볕까지 따사롭게 내리쬐는 늦가을의 날씨는 가족끼리 모여서 소풍이라도 가기에는 최적의 날씨였지만 그런 밖의 상황과는 반대로 작은 방 안에 모여 있는 일곱 명의 남녀의 얼굴에는 짙은 그림자가 드리워져 있었다.

그중 가장 거대한 덩치를 가지고 있는 하프 오거 청년이 말도 안 된다는 말투로 으르렁거리며 책상을 내려쳤다.

"전멸?!"

"전멸에 가깝지. 생존자를 두 손으로 꼽을 수 있을 정도니까."

아케보니안은 자신의 길다란 수염을 쓰다듬으며 말도 안 된다는 듯한 말투로 중얼거리는 청년의 말에 덤덤하게 답했다. 그 청년은 아케보니안의 말에 자신의 거대한 주먹으로 책상을 다시 내려치며 고개를 흔들었다.

"말도 안 된다! 지옥기사단 2개 대대가 나가서 임무에 실패했을 뿐만 아니라 전멸이라니!"

"그게 현실이네, 케딜."

"그런……!"

지옥기사단 5대대 킬링 아머(killing Armor)의 대장인 케딜은 버릇대로 책상에 머리를 찧으며 현실 도피를 시작했고 케딜의 옆에 있던 한 여인은 급히 케딜을 달래기 시작했다. 아케보니안은 케딜에게서 눈을 떼고 테이블 위에 펼쳐져 있는 지도를 손가락으로 가리켰다.

"시라닌과 크라우드가 발견된 것은 여기네."

아케보니안이 손가락으로 지도의 한 점을 가리키자 케딜도 현실 도피를 멈추고 슬그머니 지도를 바라보았다. 그곳은 사베이언 공작령에서 북동쪽으로 약 1백 엘 크리 정도 떨어져 있는 곳이었다.

"그 둘이 구조 요청 신호를 보내다니… 나도 내가 만든 아티팩트지만 차라리 내가 틀렸기를 바랐네. 하지만 불행히도 내가 맞았었지."

아케보니안은 사베이언 공작령의 성을 중심으로 손가락으로 원을 그렸다.

"이 원 안쪽에서는 그런 마법적 신호가 전혀 잡히지 않아 이 바깥쪽에 있는 부대원들을 구조할 수 있었지. 하지만 그 안쪽에 있는 부대원들은 위치조차 판단이 불가능했어. 그렇지 않는가, 흑아?"

그러자 테이블의 한구석에서 존재감이 거의 없이 지도를 지켜보던 남자가 고개를 끄덕였다. 아케보니안은 지도에서 손을 떼고 팔짱을 끼며 고개를 내저었다.

"아마 이 원의 안쪽에는 마법적인 흐름을 완전히 차단하거나 혹은 마력의 흐름 자체를 왜곡시키고 있는 뭔가가 있을 것이네."

“일이 이렇게 된 이상 아스트의 태양기사단의 출전을 요청할 수도 있지 않을까요?”

순백의 옷을 입고 있는 약간 깡말라 보이는 청년이 날카로운 눈빛을 번득이며 자신의 의견을 내놓았다. 아케보니안은 그 청년의 말에 고개를 끄덕이기는 했지만 여전히 어두운 표정을 유지했다.

“자네 말이 맞아, 가다르. 하지만 그 안에서 어떤 일이 일어나는지 몰라. 크라우드와 시라닌, 그 외 부대원들도 계속 혼수상태고 우리는 그 안에서 어떤 일이 일어났는지조차 모르네. 비록 어떤 마법적 효과와 죽음의 주술에 관련된 일 때문이기도 하지만 신성 기사단에서도 확실한 확신을 가지지 않는 이상 움직이지 않을 거라고 생각하네. 그런 정확한 정보 없이 움직이기에는 너무나도 영악한 자들이야.”

신을 따르는 자들로 구성되어 신에 반하는 모든 것들과 맞서 싸우는 자들. 신성기사단은 군사력만으로 따지면 대륙 최강에 위치했지만 이들에게는 경제력이 존재하지 않았다. 그들은 신이 만든 세상에 인간이 나라를 만드는 어리석은 짓을 하는 것을 생각하지 않았다.

각 교단의 지도자들이 묵을 성당은 나라 곳곳에 존재했고 큰 도시나 마을에도 성당들이 있어 기부금을 받아들이며 병자를 치료하는 대가로 돈을 받았지만 그런 적은 돈으로는 성기사들을 운용할 수가 없었다. 군대를 운용하는 데에는 많은 돈이 필요했다. 신을 따르는 자들이 용병단을 이룰 수도 없었다. 이들은 인간과는 절대로 싸우지 않았고 언제나 마물들이나 부정한 것들과 싸웠다.

마물이나 부정한 마법들이 대륙상에서 대부분 모습을 감췄을 때 성기사단은 자발적으로 해산되었다. 오직 네스트의 근교에서 활동하던 태양기사단만이 남아서 그 명맥을 유지했다. 네스트에는 아직 마물이 많았고 그것은 태양기사단이 힘을 발휘할 수 있는 상대가 있다는 것을 의미했다.

에라피오트 엘 네스트 1세는 이런 성기사들에게 안식처를 제공하는 대가로 그들에게 마물의 제거를 요청했다. 그들이 이런 조건을 마다할 리가 없었다. 태양기사단은 신의 뜻에 의해서 네스트에 의탁하며 마물을 제거했다.

하지만 그들은 결코 네스트의 군인이 아니었다. 이들은 네스트의 내전에 대해서는 일체 관여하지 않았고 오직 마물들의 제거에만 열을 올렸다. 그런 태양기사단을 움직이기 위해서는 확실한 증거가 필요했다. 마물과 부정한 주술의 제거에는 열을 올리는 아스트 태양기사단이라고는 하지만 그들도 목숨을 바칠 만한 이유가 확실하지 않은 곳에 자청해서 뛰어들지는 않을 것이 뻔했다.

지옥기사단은 국왕 직속의 독립기사단이었다. 일당열의 힘을 가지고 있는 지옥기사단들이었지만 이들의 숫자는 결코 많지 않았다. 네스트의 자질구레한 내란은 오늘내일 일어나는 일이 아니었다. 아직 네스트라는 나라가 건국된 지는 백 년을 겨우 넘었을 뿐이었다. 그들로서는 최대한 힘을 아끼면서 지방 귀족들을 견제해야 했다.

돈은 어떻게든 벌어들일 수 있지만 기사단원 한 명을 훈련시키기 위해서는 많은 시간이 소요되기 마련이었다. 게다가 이번 물밑 전투로 인하여 지옥기사단 두 개 부대가 전멸에 가까운 피해를 입게 되었다. 이것은 뼈아픈 손실이었다. 좀 더 확실한 정보가 있다면 태양기사단을 움직일 수 있었다. 하지만 이쪽에는 그 '확실한' 정보가 없었다.

"크라우드나 시라닌 둘 중에 한 명이라도 일어났으면 좋으련만."

하지만 아케보니안은 자신의 생각이 꿈에 지나지 않다는 것을 알고 있었다. 육체적으로 못 일어날 정도로 문제가 있는 것도 아니었다. 지옥기사단 7대대 메드 힐러(Mad Healer)의 대장인 가다르가 그 사실을 확인했었다. 아케보니안은 둘이 일어나지 못하는 이유가 마법적인 저주라든가 다른 어떤 정신적인 영향 때문일 거라고 생각했다.

"마법으로도 탐색이 불가능하다면… 역시 무작정 몰고 들어가기에는 너무 위험하니까요."

"그렇다네. 어쨌든 조금 더 조사가 필요해. 가다르, 자네는 시라닌과 크라우드를 간호해 주게. 나는 고서적을 찾아봐야겠네."

"알겠습니다."

가다르가 가볍게 대답을 하자 아케보니안은 자리에서 일어서며 탁자의 한구석에 앉아 계속 입을 다물고 있던 남자에게 눈길을 돌렸다.

"일단 회의는 이것으로 끝마치겠네. 흑아, 자네는 내 방으로 오게나. 자네에게 부탁할 것이 있네."

푸념이라는 것이 몸이나 정신이 굉장히 힘들 때 입 밖으로 무의식, 혹은 의식하는 중에 나오는 말을 뜻하는 거라면 룬은 확실히 지금 푸념을 하고 있었다.

스스로가 푸념이라는 것을 하게 됐다는 것에 상당히 놀라워하는 룬이었지만 푸념이란 것이 몸이나 정신의 상태가 좋지 않을 때 나오는 것이라는 걸 생각해 보면 지금이 정말로 절망적인 상황이라는 결론을 어렵지 않게 내릴 수 있었다.

룬은 몸이 땅속으로 파고들려는 것같이 무거운 것을 억지로 견뎌내고 있었다. 지금 셋 중에서는 룬 이상으로 몸 상태가 양호한 자가 없었다. 티아스는 그날 이후로 계속 정신을 차리지 못했고 레전트도 더 이상 마법을 사용하기는커녕 걸을 수 있는 체력도 부족했다.

룬은 그룬에서 커르니안까지 가는 길에 축 늘어진 타아스를 짊어지고 레전트를 부축하면서 걸어야 했다. 보통 때의 룬이라면 별로 힘든 일이 아니었겠지만 이상하게 그 며칠 동안 룬의 체력은 급격히 떨어져 갔다. 그리고 떨어진 체력은 회복되지 않았다. 자신의 체력이 다른 사람들에 비하여 꽤나 높은 수준이라는 것을 알고 있는 룬으로서는 이런 자신의 몸 상태가 이상하게 느껴질 수밖에 없었다.

"저기, 저 성이 커르니안의 외성이야."

레전트가 힘없이 중얼거리며 손가락으로 전방을 가리키자 룬은 고개를 끄덕거렸다. 멀리서부터 거대한 성의 모습이 룬의 눈에 들어오고 있었다. 그룬에서 보았던 성과는 비교도 되지 않을 것같이 거대한 성의 외벽이 룬의 눈에 들어오고 있었다.

다른 나라의 수도에 비하면 그다지 크지 않을지 모르지만 그것은 어디까지나 다른 나라의 수도에 비해서였다. 거의 항상 전시 상태를 유지했던 네스트에서 이런 거대한 도시가 존재할 수 있었다는 것은 기적에 가까웠다.

일단 외성벽으로 도시 전체가 둘러져 있고 그 안쪽에 단계별로 두 개의 내성벽이 있는 구조는 커르니안만의 특징적인 건축 구조였다. 외성벽과 첫 번째 내성벽의 사이에서는 일반 시민들이 생활을 하며 상점가 같은 곳이 분포되어 있었다. 그리고 일반적으로 여행객들이 머무는 곳도 이 첫 번째 내성벽 바깥쪽이었다.

하지만 두 번째 내성벽 안은 관계자들만이 출입할 수 있는 곳이었다. 두 번째 내성벽 안쪽에는 군인들의 숙소와 훈련장이 존재했고, 가끔 국가에서 고용하는 용병들도 이곳에 머물렀다.

세 번째 내성벽은 커르니안 캐슬과 거의 근접해 있었다. 이 안쪽에는 귀족들이나 귀빈을 모시는 건물들이 있긴 하지만 결코 넓지는 않았다. 세 번째 내성벽은 용병왕이 이 나라를 건국하면서부터 세워져 신축된 건축물이었다. 그리고 마지막으로 도시의 한가운데에는 왕이 기거는 곳, 커르니안 캐슬이 존재했다.

레전트는 그런 거대한 하나의 성으로 이루어져 있는 도시를 바라보면서도 별로 감흥없는 목소리로 중얼거렸다.

"워프 게이트는 커르니안 캐슬의 안쪽… 네 번째 내성 안쪽에 있어. 평소 때는 봉인해 두다가 양 국가에서 합의를 하면 봉인을 풀지. 어쨌거나 내성으로 들어가려면 이 꼴을 해가지고는 안 되겠는데. 일단 여관을 잡아서 쉬자. 형식적으로라도 준비는 해야 하니까."

룬도 전에 커르니안에 와본 적은 있지만 두 번째 내성벽 안으로 들어가 본 적은 없었다. 그 안쪽의 일은 레전트에게 맡기는 수밖에 없었다.

외성문을 통과하는 도중에 병사들이 수상해 보일 정도로 너덜너덜한 일행을 잠깐 막기는 했지만 레전트가 길드 문장을 들어 보이자 병사들은 마치 턴 언데드에 당한 언데드같이 그 자리에 딱딱하게 굳어버렸다. 일행은 별 무리 없이 그곳을 통과했다.

외성벽 안쪽에는 엄청난 인파가 각자 자신의 길을 걷고 있었다. 한번에 이만큼이나 많은 인파를 볼 수 있는 곳이 대륙 안에서 몇 군데나 존재할지 의심스러운 룬이었다. 하지만 룬은 지금 그런 걸 신경 쓰고 싶지 않을 정도로 몸이 무거웠다. 레전트도 룬이 힘들어한다는 것을 눈치 챘는지 룬의 팔을 끌고 꽤 고급스러워 보이는 여관으로 들어갔다.

"어서 오세요."

"방 두 개로. 세 사람이 묵을 방이니까 일 인용하고 이 인용. 목욕되지?"

“예, 손님.”

룬은 레전트가 능숙하게 방을 잡는 것을 보면서 아무런 행동도 하지 못했다. 안전한 장에 도착했다는 안도감과 그동안 억제해 왔던 피로가 한꺼번에 몰려들며 슬슬 룬의 몸도 한계에 치닫고 있었다. 룬은 티아스를 한쪽 방에 눕혀두고 자신도 방으로 돌아와 그대로 쓰러져 버렸다.

“이런… 하긴 힘들었을 테니까.”

레전트도 고개를 저으면서 침대 위에 아무렇게나 누워버린 룬을 나무라지 못했다. 사실 티아스가 정신을 완전히 잃은 상태에서 체력을 거의 그대로 보존하고 움직인 사람은 레전트밖에 없었다. 마법을 몇 번 더 사용해야 했기 때문에 몸과 정신이 상당히 피로해진 상태였지만 레전트는 고개를 흔들면서 짐을 풀었다. 오히려 이곳까지 자신을 부축하면서 티아스를 짊어지고 온 룬이 자신에 비하면 몇 배나 더 피곤했을 것이다.

잠시 후 목욕 준비가 끝나자 레전트는 점원의 안내에 따라 안쪽에 있는 목욕탕으로 향했다. 일반 시민들이 사용하기 때문에 돌로 바닥을 두르고 뜨거운 물이 나오는 호화로운 곳은 아니었지만 레전트는 몸을 씻을 수 있다는 것에 만족했다.

촤악—

뜨거운 물이 물통에서 넘쳐 났다. 사방에서 뜨거운 기운이 몸 안으로 스며들자 긴장됐던 정신과 몸이 푹 늘어지는 느낌이 들었다. 일반인들이 사용할 수 있는 가장 호화로운 시설인 목욕탕은 사방이 흙으로 발라진 벽으로 둘러져 있었고, 한쪽 구석에는 단단한 나무로 만든 물통이 존재했다. 단지 그런 초라한 시설뿐인 목욕탕이었지만 레전트는 행복했다.

“하지만……."

레전트는 물통 위로 몸을 절반쯤 드러내고 한숨을 쉬었다. 자신도 그렇지만 티아스가 기절한 상태로 며칠 간 일어나지 않았다는 것, 그리고 룬이 필요 이상으로 피로해한다는 것은 분명히 의문이었다.

룬에게 말은 하지 않았지만 레전트는 그날 도망치면서 몇몇 인간을 보았다. 손에 날카로운 검을 들고 한결같이 눈에 띄지 않는 어두운 복장을 하고 있는 그들의 모습에서 레전트는 그들이 어떤 기관의 부대일 거라는 예상을 할 수 있었다.

게다가 그들 중 일부는 활을 쓰고 있었다. 활은 일반인들이 쉽게 사용할 수 있는 무기가 아니었다. 차라리 석궁은 힘만 있고 약간의 교육만 받는다면 사용하기가 쉬웠겠지만 활은 충분한 연습을 거쳐야 사용할 수 있는 무기였다. 레전트는 그 점에서 그들이 적어도 용병단이거나 군인일 거라는 예상을 할 수 있었다.

“하지만 왜……?"

이 네스트라는 나라 여기저기에는 아직 마물의 잔재들이 남아 있다는 소리를 들은 적이 있었다. 그렇다면 그들은 그 영주를 처치하기 위해서 그곳에 왔던 걸까? 하지만 그들은 실패했다. 그들은 분명히 ‘도망치고’ 있었다.

“귀찮은 건 싫은데… 내 앞가림하기에도 힘들다고……."

레전트는 머리를 흔들고 물통에서 나와 몸을 씻기 시작했다. 레전트는 조금이라도 빨리 이 나라에서 떠나고 싶었다. 이 나라에 온 후 제대로 된 일이 일어나지 않고 있었다.

2

'넌 나를 죽이지 못할 거다.'

기억하고 있었다.

'계속 누워 있는 거냐?'

푸른 물결이 어둠에 묻혀 흐르는 이그노어의 대평원. 그런 평원에 번개가 내리치고 폭우가 쏟아지는 것은 흔한 일이 아니다.

"절대… 너한테는……!"

그런 폭우가 몰아치는 한가운데에 서 있는 남자. 나를 루니안이라고 부르는 그 남자. 그리고 내가 증오라는 감정을 짙게 품게 만드는 그 남자.

'루니안, 그래 가지고 복수를 할 수 있겠나? 좀 더 덤벼봐라! 나는 네 어머니를 죽인 살인자란 말이다!'

온몸에 불이 붙는다고 느껴질 정도로 달아올랐다. 지쳤던 몸이 극한까지 이끌어진다. 그리고 집념. 뭔가를 꼭 하고 말겠다는 다짐이 머리에 떠오른다. 지금 이 순간 내가 왜 저 남자를 죽이려고 하는지는 알 수 없다. 하지만 그런 나의 생각과는 다르게 내 팔은 다시 검을 틀어쥐고 다리는 대지를 박찬다.

카앙—

검과 검이 부딪치는 소리가 아니었다. 내가 찔러간 검을 그 남자는 한 손을 휘두르는 것으로 간단히 튕겨냈다. 그리고 검이 튕겨 나간 충격에 몸을 가누지 못하는 내 몸은 그 남자가 걷어차자 뒤로 몇 미터나 나가떨어져 버리고 만다. 하지만 나는 몸을 튕겨서 다시 자리에서 일어서서 자세를 잡고 그에게 돌진한다.

'그래! 그렇게 덤비는 거다!'

그는 나를 죽이려 하지 않는다. 아까도 발로 차는 대신 검을 몸에 찔러 넣었으면 나는 분명히 죽었을 것이다.

"너한테는 지지 않아! 반드시 죽여 버리겠어! 반드시!"

나는 어떤 소리를 외치며 검을 휘두른다. 실력 차가 눈에 보일 정도지만 나의 몸은 이상하게 나의 뜻이 아닌 것처럼, 그리고 나의 뜻인 것처럼 움직인다.

나의 검이 그 남자의 검과 한번 섞이고 그 다음 순간 다리에서 격렬한 통증이 느껴지며 몸이 숙여진다. 그리고 그 남자의 손이 나의 가슴을 움켜잡았고 순간 세상이 한 바퀴 돌았다. 어느새 나의 시야는 땅에 가로막혀 버렸고 막 일어서려 하는 나의 목 위로 뭔가가 무겁게 짓눌러 왔다.

'이 정도로? 겨우 이 정도의 힘으로 나를 죽이겠다는 말이냐!'

차가운 물기를 머금은 풀이 얼굴을 찌르는 것이 느껴진다. 하지만

나는 그런 것에는 신경을 쓰지 않는 듯 목을 밟고 있는 발을 향해 검을
휘둘렀다. 하지만 이렇게 어설프게 휘둘러서는 맞을 것 같지 않다. 예
상대로 그 남자는 물러서는 대신 자신의 검을 아래로 내려서 나의 검
을 막더니 내 얼굴 위에 올려져 있던 발을 회수해 배를 걷어찼다. 내장
이 끊어지는 듯한 통증과 함께 몸이 다시 바닥을 굴렀다.

‘일어서라! 일어서서 나를 죽여봐! 죽여보란 말이다!’

"……!"

룬은 한 손으로 바닥을 짚으며 자리에서 일어났다. 차가운 물기에
젖은 땅 대신 부드러운 침대 시트의 감촉이 손바닥에서 느껴졌다. 룬
은 정말 싸웠던 것처럼 가쁜 숨을 내쉬며 자신의 목을 만지작거렸다.
마치 정말로 싸우고 맞았던 것 같은 통증이 온몸에서 느껴지고 있었고
근육은 여전히 긴장해 있었다.

문득 룬은 자신의 몸과 정신이 묘하게 맑아진 것을 깨달았다. 잠을
자기 전에 피곤했던 몸의 피로가 씻은 듯 사라져 있었다. 룬은 한숨을
쉬며 땀에 푹 젖어버린 몸을 일으켜 세웠다.

또다시 찾아온 악몽은 그의 기억 속에서 뚜렷하게 각인되었다. 룬은
그에게 덤벼들던 것이 바로 자신이라는 것을 알 수 있었다. 그리고 그
남자가 했던 말도 기억해 냈다. 그것은 환상이나 꿈이 아니었다. 확실
하다고 말할 수는 없었지만 그건 자신의 과거였다.

룬은 너무나도 이성적으로 그 남자가 아마도 자신의 어머니를 죽였
고, 자신이 그것에 분노했다는 것을 차근차근 생각해 냈다. 그 남자에
대한 생각이 떠오르자 울컥 화가 치밀어 올랐지만 룬은 정신을 가다듬
었다. 룬은 분노라는 감정을 조절하는 것에 벌써 익숙해져 있었다.

룬은 문득 주위를 둘러봤다. 레전트의 침대는 비어 있었고 레전트의

짐만이 그곳에 놓여 있었다.

룬은 옆방에 티아스가 잠자고 있다는 것을 확인한 후 카운터로 걸어 갔다. 카운터에는 아까 일행을 맞이했던 젊은 여성이 책을 읽고 있었 다. 그녀는 누군가 자신의 앞으로 걸어오자 책을 덮고 고개를 들었다.

"저와 동행했던 청년은 어디로 갔습니까?"

룬이 별다른 말 없이 바로 그렇게 묻자 그녀는 조금 당황해하다가 얼굴에 미소를 띠며 말했다.

"아, 그분은 잠시 어디 나갔다 오겠다고… 일어나시면 이곳에서 기 다리라고 하셨습니다."

"언제 나갔습니까?"

"꽤 됐습니다. 약 여섯 시간 정도……."

룬은 자신들이 이곳에 정오 때쯤 도착했었다는 것을 기억해 냈다. 이미 바깥은 어둠에 휩싸여 가고 있었다. 그녀는 혼자 생각에 잠겨 있 는 룬에게 조용히 질문을 던졌다.

"식사하시겠습니까?"

"예, 부탁드립니다. 그리고 목욕도 됩니까?"

"물론이죠. 준비해 두겠습니다."

룬은 일단 자신의 방으로 돌아갔다. 아마도 레전트는 내성 안으로 들어가든가 했을 것이다. 그리고 더 이상 이곳에서는 자신이 레전트를 지킬 필요가 없었다. 룬은 레전트가 내일 아침쯤 도착할 거라고 생각 하며 그때까지 자신도 준비를 해두는 것이 좋겠다고 생각했다. 룬은 레전트가 이곳에 머물기 싫어했다는 것을 잘 기억하고 있었다.

레전트는 작은 방 안에서 차를 마시고 있었다. 작은 방은 이곳이 왕성이라고는 생각할 수 없을 만큼 소박했다. 벽에는 그림이 걸려 있는 대신 금방이라도 사용할 수 있을 듯한 장식용 방패와 롱 소드가 엇갈려 걸려 있었고 벽에는 쓸데없이 화려한 무늬가 없어 깨끗했다.

커르니안 캐슬은 멋보다는 철저한 실용성을 생각하고 건축되어진 성이었다. 과거에는 멋을 중시하는 그런 건축물이었지만 초대 용병왕은 이곳에 수도를 세웠을 때 그런 화려한 겉멋이 잔뜩 든 건축물을 전부 제거하고 성 전체를 철저히 실전에 용이한 구조로 고쳤다.

백수십 년 전 에라피오트 엘 네스트 1세가 네스트라는 나라를 선포했을 때, 네스트는 다른 인간의 나라에 의해서 공격받지 않았다. 네스트는 침략을 받을 만큼 뭔가가 뛰어난 곳이 아니었다. 이그노어처럼 평원이 많아서 농사짓기에 좋은 곳도 아니었고 무엇보다 몬스터와 마물이 끊임없이 들끓고 있었다. 오히려 에라피오트 엘 네스트 1세가 자신을 용병왕이라 칭하고 이 나라를 건국한 다음 마물을 봉인했을 때 주변 국들은 찬사를 아끼지 않을 정도였다. 다들 자신의 나라의 일이 아니라고 방관하고 있기는 했지만 마물들은 국경을 넘어 주변국들에게 피해를 끼치곤 했기 때문이다.

"어, 왔네?"

"그래."

누군가 문을 열고 들어오자 레전트는 찻잔을 놓고 문을 바라보며 말했다. 룬은 어깨에 메고 있는 짐과 티아스를 레전트가 앉아 있는 의자 옆에 있는 소파에 내려놓았다.

"시종한테 맡기지 그랬어? 힘 안 들어?"

"양쪽 어느 쪽도 그냥 방치할 만큼 값싼 건 아니라고 생각했으니까."

레전트는 다시 김이 모락모락 피어 오르는 찻잔을 집어 들었다.

"앉아서 좀 기다려 봐. 곧 끝날 테니까."

룬은 고개를 끄덕이고 거리낌없이 소파에 앉았다. 마치 이곳이 왕성 안이라는 사실을 완전히 잊어버리고 있는 것 같은 모습이었다.

레젼트는 룬이 잠자고 있는 동안에 게이트의 개방 절차를 밟으러 이 곳에 왔었던 것이었다. 그리고 오늘 아침에서야 짐을 챙겨서 오라는 편지가 여관으로 도착했었다. 룬은 편지를 가지고 왔던 청년을 따라서 왕성으로 향했고 특사라는 명목 하에 무기나 짐 같은 것을 그대로 유 지할 수 있었다.

"레젼트님?"

그때 룬이 들어왔던 쪽의 다른 문에 있는 문이 열리며 한 청년이 레 젼트를 불렀다. 레젼트는 찻잔을 놓으며 자리에서 일어섰다. 게이트를 여는 것은 그다지 힘든 일이 아니었다. 봉인되어 있는 문을 열기만 하 면 되는 것이다. 하지만 이쪽의 문이 열려 있다고 해도 건너편의 문이 열려 있지 않다면 그 길을 통과할 수가 없었다. 그렇기에 서로 간의 문 을 열 시간을 맞출 필요가 있었다.

"자, 가자."

그 청년이 다시 문 안쪽으로 사라져 버리자 레젼트는 싸구려 망토를 집어 들며 그 문 안쪽으로 들어섰다.

그 방에 들어가자 성인 남성의 키보다 약간 클 정도로 거대한 거울 이 눈에 들어왔다. 대략 가로 세로 4m 정도 크기의 거울은 묘한 푸른 빛을 발하고 있었다. 레젼트는 그 청년에게서 이상한 가루가 들어 있 는 유리그릇을 받아 그 가루를 룬과 티아스의 몸 전체에 흩뿌렸다.

"보통 텔레포트 주문을 사용하면 말 그대로 일순간에 그곳으로 날아 가게 되는 거지만… 워프 게이트는 공간을 강제로 접고 그 사이에 차원 통로를 뚫어놓은 거야. 게이트 내로 들어가서 반 시간 정도 걸으면 도착하게 될 거야. 그리고 이 가루는 우리가 이공간 안에서도 간섭받지 않게 해주는 거야. 더 궁금한 건 없지?"

룬이 고개를 끄덕이자 레전트는 게이트를 여는 데 수고를 한 청년을 향해 가볍게 고개를 숙여 보였다. 그리고 그 거울의 표면에 손을 대고 힘을 주어 손을 거울의 건너편으로 밀었다. 그러자 레전트의 팔은 마치 연못의 표면을 뚫고 들어가듯 쑥 들어갔고 곧 레전트의 모습은 거울 안으로 완전히 사라졌다.

"들어가십시오."

룬이 잠시 머뭇거리고 있자 옆에 서 있던 청년이 작은 웃음을 지으며 룬에게 말했다. 룬은 조심스럽게 그 거울 안쪽으로 손을 밀어넣었다. 물에 넣는 것 이상으로 끈적끈적한 느낌이 팔을 휘감았고 룬은 눈을 감고 그 공간 안쪽으로 뛰어들었다. 순식간에 온몸에 뭔가가 감기는 듯한 느낌이 들었지만 룬은 눈을 감고 더 더욱 안쪽으로 몸을 밀었다. 그리고 어느 순간인가 온몸을 감아 돌던 그 감촉이 없어지자 룬은 눈을 뜨고 주위를 둘러보았다.

"가자."

온통 어둠뿐이었다. 그런데 어둠이 자신의 앞도 보이지 않거나 사물이 인식되지 않은 그런 어둠이 아니었다. 그저 주위가 온통 검은색으로 뒤덮여 있다는 것뿐이었다. 모두가 스스로의 색을 유지하고 있지만 그 이외의 것은 그저 새까맣기만 할 뿐이었다.

"기묘하군……."

"뭐가?"

"주변 풍경."

“당연하지. 여긴 공간 자체가 다른 곳이야. 발 밑에 길 보이지? 벗어나지 마. 벗어나면 어떻게 될지 몰라. 다른 데로 걸으면 길 잃어버린다. 저 빛을 향해서만 걸어야 해.”

약간 멀리서 어떤 빛이 빛나고 있었다. 레전트는 룬을 도와서 룬이 들고 있는 짐을 자신이 들고 앞장서서 걸어갔다. 룬은 급히 그 뒤를 따라 걸으며 주위를 둘러보았다. 마치 고급 양탄자를 깔아놓은 것처럼 발 아래가 푹신푹신하고 발소리도 전혀 나지 않았다. 무음(無音), 무색(無色)의 공간. 룬은 보통 사람이 이런 곳에 오래 있으면 제정신을 오랫동안 유지하지 못할 것이라는 생각을 했다.

“아까도 말했지만… 몸 괜찮아? 어제만 해도 죽으려고 하더니.”

“푹 자고 나니까 괜찮아졌다.”

“다행이네. 티아스는?”

룬은 그 말에 대해서 침묵으로 대답했고 레전트는 알았다는 듯이 고개를 끄덕였다.

“가면 사부님에게 티아스의 상태를 먼저 보이자. 그나저나 하만 녀석이 죽어버리고, 망토도 잃어버리고. 젠장, 야단맞을 일이 한두 개가 아니로군…….”

“다 네 잘못이니까.”

“…너 그 칼 뺏어버린다.”

룬은 레전트의 협박 아닌 협박에 입을 다물고 말았고 결국 둘은 입을 다문 채 계속 빛을 바라보고 걷기만 했다. 레전트는 이 길을 몇 번 걸어본 적이 있었지만 룬은 마치 허공을 밟고 걷는 듯한 느낌의 길이 익숙해지지 않았다.

얼마쯤 걸어가자 영원히 가까워질 것 같지 않던 그 빛은 어느 사이에 조금씩 커지더니 반대 편에서 보았던 그 거울만큼이나 커다란 빛으로 변해서 룬과 레전트의 코앞까지 다가왔다. 레전트는 뒤를 돌아서 룬을 힐끔 바라보며 룬의 배낭을 룬에게 내밀며 말했다.

"자, 나가자."

다시 그 끈적끈적한 기분 나쁜 느낌이 룬의 온몸을 휘감았다. 거울 밖으로 나오자 몇 명의 마법사들이 이쪽을 노려보고 있는 모습이 보였다. 잠시 룬에게 돌려졌던 칼 같은 시선은 룬에게서 레전트에게 옮겨졌고 레전트는 그들의 시선을 받자 주위를 둘러보며 말을 꺼냈다.

"사부님은?"

"안쪽에서 기다리고 계십니다. 그런데……."

레전트는 그 마법사들의 시선이 룬을 힐끔거리자 룬의 어깨를 두드리며 룬의 변호를 해주었다.

"아, 이 녀석은 적당히 방 하나 만들어서 일단 앉혀놔."

"알겠습니다. 그럼 레전트님은 이쪽으로."

레전트는 마법사들의 호위를 받아 문을 열고 사라지며 룬의 귓가에 짧게 한마디 속삭였다. 레전트가 사라지고 나자 남아 있던 마법사 중 한 명이 룬에게 가까이 다가오더니 룬을 위아래로 훑어보았다. 마치 상대방의 모든 것을 꿰뚫어 보는 듯한 날카로운 시선에도 룬은 꿈쩍도 하지 않았고, 그는 조금 기분이 상한 듯 미간에 주름 잡으며 중얼거렸다.

"흥, 레전트님이 이상한 것을 주워 오신 모양이군."

문득 룬은 이들이 레전트와 같은 마법사였지만 레전트는 이들보다 훨씬 더 부드러운 눈빛을 하고 있었다는 것을 알 수 있었다. 이들이 자신을 보고 있는 눈은 흡사 벌레, 벌레보다 더 못한 뭔가를 보고 있는 듯한 그런 눈이었다.

"따라와! 뭘 꾸물거리나!"

"…알겠습니다."

한 청년이 갑자기 룬을 향해서 소리쳤다. 하지만 룬은 군말없이 그의 뒤를 따라 어디론가로 걷기 시작했다. 곧 그는 어떤 어두운 골방의 문을 열더니 그 안을 가리켰다.

"다른 분부가 있을 때까지 들어가 있어라."

"……."

룬은 이곳이 마치 죄수를 가두는 감옥 같다는 생각을 했다. 비록 바닥에 물기가 있거나 이끼가 끼어 있지는 않았지만 천장의 귀퉁이에는 거미줄이 쳐져 있고 천장 가까이 나 있는 창으로 햇빛이 조금 스며 들어올 뿐 그 외에는 빛조차 전혀 없다. 앉아 있을 의자 혹은 책상 같은 것도 전혀 없었다.

룬은 그냥 돌 바닥에 앉아 있어도 상관없지만 정신을 잃고 있는 티아스를 바닥에 눕혀두는 것은 조금 문제가 있었다. 잠시 고민하던 룬은 차가운 돌 바닥에 자신의 망토를 벗어서 깔고 그 위에 티아스를 눕혔다. 그리고 룬은 바닥에 앉아서 레전트가 자신을 데리러 올 때까지 기다리기로 했다.

'조용히 하고 있어.'

레전트가 자신에게 짧게 던진 말이었다. 여기에서 난동을 피우면 룬의 고용주인 레전트의 입장만 곤란하게 될 게 분명했다. 아마도 레전트는 자신이 다른 마법사들의 태도에 화를 낼지도 모른다는 생각을 해서 그런 말을 했었던 것이 분명했다.

게다가 왠지 모르게 레전트를 바라보는 눈들도 그다지 곱지 않았다.

아마도 레전트가 왕족이라서 자신들보다 특혜를 받았다고 생각하는 걸 지도 몰랐다. 하지만 룬은 레전트가 정말로 실력이 있는 마법사라는 것을 알고 있었다. 그리고 그런 실력을 가지기 위해서는 당연히 노력이 필요하다는 것도 알고 있었다.

"…재미없는 녀석들이군."

룬은 그 마법사들을 그렇게 간단히 정의 내리고 몸을 움츠렸다. 겨울이 가까워진 늦가을에 냉기가 스며드는 돌 바닥에 앉아 있는 것은 쉬운 일이 아니었다.

"그랬던 거냐? 흠흠."

레전트는 지금 자신의 눈앞에서 고개를 끄덕이고 있는 마법사, 엘반 퍼밀이 정말로 노망이 든 것이 아닌지 의심하고 있었다. 분명히 자신이 말한 잘못과 일의 경과는 이 완벽주의 마법사에게는 전혀 마음에 드는 일이 아니었을 것이 분명했다.

레전트는 여차할 경우 블링크로 이 방 안에서 빠져나갈 준비까지 하고 그 사실들을 쭉 늘어놓았다. 하만이 죽은 것에 대해서는 그다지 마음에 두지 않는 것 같았다. 하지만 그 라이칸슬로프와 데몬스케일, 그리고 수인족에 대한 이야기가 나오자 이 마법사의 눈은 평소보다 약 1.5배가량 커졌다. 마침내 레전트는 조심스럽게 그 성에 대한 이야기와 함께 망토에 대한 이야기를 꺼내고 급히 블링크를 캐스팅하려고 준비를 했었다.

"화 안 났어요, 사부님?"

"왜, 화났으면 설마 너한테 파이어 볼이라도 날릴 성싶더냐? 아직 나는 왕족 살해로 처형당하기는 너무 젊단다."

레전트는 막 목구멍으로 어떤 말이 올라오려고 하는 것을 필사적으로 억눌렀다. 당신이 언제 안 그런 적 있었어? 라는 말이 레전트의 필사적인 노력에도 불구하고 목구멍 바깥으로 튀어나오려고 하는 순간 레전트는 다른 이야기를 하기로 하고 그 마법검에 대한 이야기를 꺼냈다.

"그런데 그 마법검에 대한 이야기……."

"아, 그 마법검. 하만이 죽었다면 회수는 했겠지?"

"그런데 아까 이야기했던 그 전사에게 줬는데요."

순간 늙은 노마법사의 작은 방 안에는 침묵만이 감돌기 시작했다. 레전트는 이런 침묵 끝에는 언제나 사람을 통째로 구워버리거나 튀겨버릴 수 있는 살상력 강한 주문이 덮쳐 왔던 것을 기억해 내고 텔레포트를 외우려고 했다. 하지만 그는 곧 레전트가 다시 놀랄 만한 말을 내뱉었다.

"어쩔 수 없지 않느냐. 바보 같은 놈 하나 살려다가 여기까지 데려다 준 것도 그 전사 때문이라면 그 정도 하급 마법검 정도야……."

당신이 정말로 실성을 했구려! 레전트는 속으로 이렇게 외쳤다. 하지만 그 다음 순간 레전트는 급격히 표정을 다시 구기며 하마터면 자신의 사부의 멱살을 틀어쥘 뻔했다.

"울을 보냈으니 그 전사도 곧 여기 올 것… 왜 그러느냐?"

"울이라면 그 강철 골렘을 말하는 거죠?"

엘반은 레전트의 표정을 보더니 의아한 듯한 목소리로 말했다가 곧 레전트가 외치자 자신도 모르게 얼굴을 구기고 말았다.

"저번에 분명히 울에게 이런 명령 내렸었잖아요! '등록된 이외의 사람을 볼 경우 반드시 멸하라' 라고! 아악! 당신 역시 노망난 거지!"

"이 녀석! 감히 누구보고 노망이라는 게냐!"

그렇게 사부와 제자는 말다툼을 하며 급히 방 바깥으로 뛰쳐나갔다.

"큭!"

룬은 막 자신의 머리를 향해서 날아오는 강철 주먹을 피해내고 이터를 뽑았다. 흔히 말하듯 주먹을 뻗어낸 것이 아니다. 저 강철 재질로 되어 있는 듯한 괴물은 룬을 향해서 자신의 주먹을 '쏘아보냈다'. 룬은 급히 그 주먹과 몸통을 잇고 있던 와이어를 보고 급히 몸을 숙였다. 등 뒤의 벽에 박혀 있던 강철 주먹은 팅기듯 회수되더니 금방 그 괴물의 팔로 돌아가서 원래의 모습이 되었고 룬은 그사이에 아직 쓰러져서 자고 있는 티아스를 한 팔로 안아 들었다.

[무장을 해제하고 명령에 따르라.]

"처음부터 말로 하면 좋았을 텐데."

[무장을 해제하고 명령에 따르라.]

딱딱하게 만들어진 목소리였다. 그 괴물의 다리는 전부 네 개. 그 네 개의 다리 위에 마치 풀 플레이트 메일을 입은 인간의 상체 같은 것이 붙어 있고 팔 역시 네 개나 된다. 크기는 보통 말보다 약간 큰 정도였다. 룬은 이것이 절대적인 인위적으로 만든 무엇임을 알아차렸다.

그 강철 골렘은 네 개의 손 중 하나로 이터를 가리키며 룬에게 무장을 해체할 것을 말했고 룬은 그 요구를 간단히 거절하며 전투 태세를 취했다.

"싫다."

무장을 해제한다고 해도 가만히 놔둘 것 같지는 않았다. 그렇지 않고서야 처음부터 위협이 아닌 정말로 죽을 수 있는 공격을 하지는 않았을 것이다. 그런 룬의 말이 마음에 들지 않았는지 그 골렘은 즉각 오른쪽 첫 번째 팔을 룬을 향해 내밀었다.

'그 쏘아지는 주먹인가?

룬은 또 자신에게 그 주먹이 쏘아진다면 피해내면서 팔과 연결되어 있는 쇠사슬을 자를 생각을 했다. 잘못 맞으면 죽겠지만 각도를 보고 예측한다면 충분히 피할 수 있었다. 하지만 룬은 그 골렘의 손목이 꺾이며 검은 구멍이 눈에 들어오자 뭔가 위험하다는 것을 눈치 챘고 급히 티아스의 머리를 감싸며 구석으로 굴렀다.

투앙—

순간 귓전 울리는 소리가 울리며 바닥이 깨져 나갔다. 룬은 돌조각이 뺨을 스치고 지나가자 피가 흘러내리는 것을 무시하며 방금까지만 해도 자신이 서 있었던 자리를 살폈다. 마치 거대한 힘에 얻어맞은 것처럼 바닥에 깔려 있는 돌들이 부서져 사방에 흩어져 있었다.

'마법?

룬은 급히 생각을 끊고 몸을 움직였다. 그 골렘은 허리 위의 상체를 돌리더니 룬을 향해서 또 그 팔을 조준했다. 맞으면 단순히 심각한 정도로 끝나지 않을 공격. 거리가 너무 짧아서 디스트럭션이나 킬 블레이드를 써서 공격하기에도 무리가 있었다. 게다가 한 팔에 티아스를 안고 있는 상태에서는 움직임이 상당히 제한될 수밖에 없었다.

'하지만……'

디스트럭션.

일단 해보는 수밖에 없었다. 룬의 몸이 빠르게 옆으로 이동하자 그 골렘의 팔이 룬을 향해 다시 움직였다. 빠른 반응이기는 하지만 그래도 움직임이 딱딱한 만큼 어느 정도 틈은 생겼다. 룬은 몸을 낮게 유지하며 앞으로 발을 내딛은 상태로 회전시켜 아래쪽에서 그 골렘의 팔을 올려쳤다.

이터에 감긴 예리한 마력이 푸른 섬광을 남기며 그 강철 팔을 절단했지만 팔 전체가 저릴 정도로 강한 울림이 전해져 왔다. 디스트럭션을 발동한 이터로 자르는 공격에 이런 반발력이 느껴진다는 것은 분명히 이상한 것이었다. 룬은 이터의 날이 조금 부서져 나간 것을 흘깃 확인하면서 그 골렘의 옆으로 돌아섰다.

'마력을… 방어? 저항한 건가?'

"멈춰라!"

그때 어떤 목소리가 방 바깥에서 들려왔고 그 목소리가 들려오자마자 그 골렘은 굳어버린 듯 그대로 움직임을 멈췄다. 그러자 그 목소리의 주인공은 약간 짜증내는 듯한 목소리로 다시 명령을 내렸다.

"이 강철 대가리 같으니! 멈춰 서란다고 그냥 멈춰 서면 어떻게 해! 옆으로 물러서라!"

[알겠습니다, 마스터.]

그 골렘은 그 목소리, 자신의 마스터의 명령에 따랐다. 골렘이 문에서 비켜서자 그 목소리의 주인공인 늙은 노인이 방 안으로 들어와 룬의 얼굴을 보고 얼굴을 약간 찡그리며 고개를 흔들었다.

"으음, 하도 오랜만에 움직여 보는 거라… 명령을 확인할 틈이 없었군. 도대체 이걸 보고 있던 녀석들은 뭘 하고 있었던 거야? 미안하네, 청년. 울, 이 두 명을 등록해라."

[알겠습니다.]

울이라고 불린 강철 골렘은 룬과 룬의 어깨에 있는 티아스를 잠깐 동안 살폈다. 잠시 후 울은 룬에게서 고개를 돌렸다.

[등록됐습니다.]

룬이 이 상황에 대해 생각하려 하고 있을 때 레전트가 그 노인을 밀치고 안으로 들어왔다. 레전트는 가까이 다가와 티아스와 룬의 모습을 살폈다.

"다치지 않았어? 이 노망난 늙은이가 실수를 해서……."

"다치지는 않았다."

"누가 노망났다는 거냐! 이 망할 제자 놈아!"

금세 둘은 말싸움에 빠져들었다. 룬은 그 둘이 말싸움을 하는 동안 가만히 서서 그 장면을 지켜보기만 했기 때문에 둘의 말싸움은 거의 끝날 것 같지 않게 계속되었다. 다만 룬은 레전트가 자신의 스승을 무서워했던 것치고는 의외로 대등하게 말싸움을 이끌어간다고 생각했을 뿐이다.

약간의 시간이 흐르자 일단 말싸움을 그친 둘은 가쁘게 숨을 몰아쉬었고 엘반은 룬을 향해 고개를 돌렸다.

"우리 이야기를 들었으면 알겠지만, 나는 이 바보 왕자 녀석의 스승인 엘반 퍼밀이라고 하네."

나는 나를 향해서 그렇게 말하는 노인을 잠시 바라보다가 가볍게 고개를 숙이며 인사했다.

"룬 크리셔드입니다."

"어쨌든 울 녀석에게 많이 다치지 않아서 다행이네. 그럼 그 수인족 아가씨의 상태를 볼까?"

한참 동안이나 티아스를 살피던 엘반은 곧 티아스가 매우 지쳐 있는 것뿐이라고 했다. 그저 자신의 힘의 몇 배 이상을 사용한 상태에서 타격을 받았기 때문에 가사 상태에 빠진 것뿐이라는 것이 그의 진단이었다. 아마 기력을 회복하면 언제든지 일어날 거라고 했다.

룬은 왠지 안심되는 듯한 느낌에 조금 기분이 묘해지는 것을 느꼈다. 곧 엘반은 룬을 공격했던 강철 골렘인 울에게 룬의 숙소를 안내하라고 하더니 또다시 레전트와 함께 어디론가 사라져 버렸다.

[따라와라.]

그 골렘은 이터에 의하여 절단되어 바닥을 구르고 있는 자신의 팔에는 신경을 쓰지 않고 문밖으로 걸어나갔다. 룬은 바닥에 깔려 있는 망토를 걷어 들고 바닥에 구르고 있는 팔을 주워 들려고 했다. 가볍게 그 팔을 들어 올리려고 했던 룬은 예상외의 무게에 몸이 축 늘어지자 양손으로 그 팔을 들어 올렸다. 보통 사람의 팔 정도의 굵기였지만 그 무게는 마치 전체가 강철로 채워진 것 같은 무게였다.

룬은 특이한 디자인뿐만 아니라 뛰어난 성능, 그리고 언어 체계까지 잡혀 있는 이 골렘에 대해서 어느 정도 흥미를 느끼고 울에게 질문을 던졌다.

"너, 이름이 뭐지?"

[ul―233 B. 마스터는 울이라고 부른다.]

"팔이 잘렸는데 괜찮나?"

[괜찮다. 수리하면 된다.]

게다가 골렘 같지 않게 지능까지 존재하는 것 같았다. 이름을 묻는 것은 입력된 상황에 따라 대답을 할 수 있지만 두 번째 질문에 대해서는 어느 정도 생각을 하지 않으면 안 된다. 룬은 조금 희한한 느낌이 들어 울을 계속 바라보았고, 울은 룬이 자신을 계속 쳐다보자 오히려 경고하듯 말했다.

[아까는 마스터의 명령 때문에 그랬다. 울, 해치지 마라. 공격할 경
우 대응하도록 입력되어 있다.]

룬은 울의 뒤를 따라서 건물 바깥으로 나갔다. 건물 바깥으로 나가
자 강한 바람이 티아스의 머리칼을 휘날렸고 룬은 시야가 어지러워지
지 않게 머리카락을 감싸며 주위를 둘러보았다. 룬이 나온 탑은 아주
넓은 공터 한가운데에 세워져 있었고 그 주위로 몇 개의 높은 탑과 건
물들이 서 있었다.

문제는 어느 선을 기준으로 칼로 잘라놓은 듯 건물들이 전혀 보이지
않고 있다는 것이었다. 명색이 수도가 겨우 이 정도 건물만 있을 리는
만무한데다가 주위의 지형에 굴곡이 전혀 보이지 않았다. 룬은 분명히
뭔가 이상하다는 것을 느꼈다.

[저곳이다. 따라와라.]

룬은 울의 뒤를 따라 탑에서 꽤 거리가 떨어져 있는 건물 앞으로 다
가갔다. 그리고 문을 열더니 룬을 뒤돌아보았다.

[비어 있는 숙소다. 방은 전부 비어 있다. 아무 방이나 골라 들어가
면 된다.]

"숙소… 인가?"

[마스터에게도 그렇게 말해 두겠다.]

울은 그렇게 말하더니 다시 걸음을 옮겨 뒤로 걸어 다가가려 했고
룬은 울을 불러서 멈춰 세웠다. 울이 뒤를 돌아보자 룬은 아까부터 가
지고 있었던 잘려진 팔을 내밀었고 울은 그 팔을 받더니 가볍게 고개
를 숙이고 바깥으로 나가 버렸다.

'골렘 같지 않군……'

마치 사람과 상당히 비슷한 사고 구조를 가지고 있는 듯한 모습이었

다. 룬은 문을 열어서 방 전체가 전부 비어 있다는 것을 하나하나 확인
했다. 그리고 어깨에 짊어지고 있던 티아스를 침대 위에 내려놓고 다
시 바깥으로 나섰다.

묘하게 차가운 공기가 사방에 스쳐 지나가고 있었다. 룬은 주위에서
이상한 시선들을 느끼며 몇 개 없는 건물 사이로 걸었다. 그리고 마침
내 땅의 끝에 도달했다.

큐우우웅―

끝 부분에 앉아 있으면 바람에 밀려 떨어져 버릴 것 같았다. 저 아래
로는 마치 개미같이 보이는 수많은 사람들과 집들의 모습이 보였다.
이곳이 바로 디스터. 마법 왕국으로 유명한 칼스의 수도인 것이었다.

건물들은 온통 높고 화려하게 만들어져 있었고 딱딱하고 단단해 보
이는 커르니안의 건물들에 비하면 경박하게 보일 정도로 화려해 보였
다. 그리고 거기서 우글거리며 걷고 있는 수많은 사람들도 그에 걸맞
는 옷차림을 하고 있었다.

룬은 주위를 둘러보았다. 그 수도의 한가운데에는 마치 일부러 이렇
게 솟아오르게 만든 것 같은 거대한 땅이 있었다. 사방이 절벽으로 다
른 곳과는 완전히 차별화된 곳. 룬은 자신이 보통 사람들은 한번 발을
딛기도 힘든 디스터의 허무의 전당에 있다는 것을 새삼스레 실감할 수
있었다.

워프 게이트는 전쟁으로 이용될 가능성이 농후했다. 그렇기에 각 나
라의 워프 게이트는 반드시 보통 사람의 손에 닿지 않는 곳에 존재해
야 했다. 그리고 허무의 전당은 칼스에서 가장 안전하고 폐쇄적인 곳
이었다.

워프 게이트를 통해서 이곳에 올 수 있다고 해도 지상으로 내려가지

는 못한다. 깎아진 듯한 직각의 절벽이 주위를 완전히 가로막고 있고 그 높이는 수백 미터에 달한다. 떨어지면 말 그대로 뼈를 추리는 것 자체가 불가능할 것 같은 모습. 룬은 다시 한 번 이곳이 위험한 곳이라는 사실을 깨달았다.

룬이 한참 동안 주위를 둘러보고 있을 무렵, 뒤에서 인기척이 들려왔다. 룬은 반사적으로 이터의 손잡이를 잡으면서 빠르게 고개를 돌려 뒤를 돌아보았다.

"……?"

룬은 몇 명의 아이들이 자신을 약간 겁먹은 듯한 눈으로 바라보고 있는 것을 보았다. 이런 곳에 아이들이 있을 거라고 상상하지 못했던 룬은 그 아이들에게서 눈을 떼지 않았다. 조금 낡기는 했지만 짙은 푸른색의 옷을 입고 있는 아이들. 룬은 이들의 태도에서 이들이 귀족의 아이들이 아닌 평민의 아이들이라는 사실을 깨달았다.

"저기, 아저씨."

"무슨 일이지?"

아이들은 겁을 먹고 있었지만 그들의 눈동자에는 호기심이 비치고 있었다. 아이들은 의외로 룬이 자신들의 말에 부드럽게 대답하며 바라보자 좀 더 용기를 얻었는지 룬에게로 가까이 다가왔다.

룬은 절벽에서 조금 떨어지기 위해 아이들을 향해 걸어갔다. 아이들이라는 존재의 장난이 얼마나 무서운지 알고 있는 룬은 최대한 조심을 하고 싶었다. 룬이 자신들을 향해서 걸어오자 걸음을 멈추고 멈칫거리던 아이들은 룬이 다시 걸음을 멈추자 룬을 향해 다가가 근처에 멈춰섰다.

"아저씨는 밖에서 왔죠?"

룬이 고개를 끄덕이자 순간 아이들의 눈동자가 크게 떠졌다.

"밖에 뭔가 재미있는 일 없어요?"

"혹시 네스트에 가봤어요?"

"있잖아요, 아이스 랜드 가봤어요? 아름다운 곳이라던데?"

순식간에 룬의 주위는 몇몇 아이들의 말소리로 소란스러워졌다. 높은 고지에서 부는 바람이 그런 아이들의 말을 금방 흩어지게 했지만 그 아이들은 질리지도 않는지 룬의 주위에서 계속 룬에게 질문을 던졌다. 룬은 그 수많은 질문들에 당황해서 아무 말도 하지 못했지만 그들은 그런 것에는 신경 쓰지 않고 계속 질문을 던졌다.

"이놈들! 이방인에게 달라붙어서 뭐 하는 짓들이냐! 빨리 방으로 돌아가지 못해?!"

갑자기 째지는 듯한 목소리가 들려오자 룬의 주위에서 떠들던 아이들의 목소리가 갑자기 사그라들었다. 아이들은 룬을 처음 봤을 때보다 더 겁을 먹은 듯한 얼굴이 되어 사방으로 흩어지더니 결국에 룬의 주위에는 아무도 남지 않았다. 마치 원래 아이들은 이곳에 없었고, 지금까지 봤던 것은 환상이었다는 것처럼.

하지만 그것은 환상이 아니었다. 방금 들려왔던 그 째진 목소리와 매치가 되는 깡마른 남자가 룬에게 다가와 손에 들고 있던 지팡이를 휘둘렀다. 룬은 왼팔을 들어 건틀릿으로 그 지팡이를 막았다.

"이, 이놈! 건방지게 막아? 감히 이방인 주제에 나에게 반항하는 거냐!"

룬은 이상하게 분노에 가득 찬 얼굴로 씩씩거리는 그 남자의 얼굴을 바라보았다. 룬은 자신이 왜 공격을 당해야 했는지조차 알 수 없었다. 그 남자는 룬의 눈초리에 씩씩거리며 지팡이를 거두더니 땅에 침을 뱉으며 말했다.

"누가 데리고 왔는지는 몰라도 이방인을 함부로 방치해 두다니…
어떤 미친놈이야?"

그가 사라지고 나자 룬은 주위를 둘러보았다. 아까 자신에게 왔었던
아이들의 시선이 건물의 여기저기에서 느껴졌다. 문득 룬은 이곳이 자
신이 예전에 있었던 곳과는 확실히 다른 곳이라는 사실을 자각했다.
단순히 땅이, 그리고 건물들이 달라서 그런 것이 아니었다.

왠지 어둡고 음울한, 그리고 싸늘한 공기가 이곳 전체에 흐르고 있
었다.

"아아, 왔냐? 됐어. 너는 가봐."

레전트가 그렇게 손짓을 하자 그 남자는 가볍게 고개를 숙이더니 그
대로 사라져 버렸다. 룬은 먼지가 꽤 많이 쌓여 있는 의자를 바라보다
가 평소에 쓰지도 않던 유리알 안경을 쓰고 뭔가를 빼곡이 적고 있는
레전트에게 시선을 옮겼다.

"뭘 하고 있는 거지?"

"나한테 반말하는 목소리를 들으니까 감회가 새롭네. 아까부터 자꾸
간지러운 소리만 들었거든. 싫은 건 아니지만 결국 뒤에서는 욕할 거
면서 앞에서만 주절거리는 건 아무래도 기분 나빠."

룬은 밤이 깊을 때까지 계속 그 숙소에서 가볍게 몸을 풀고 있었다.
며칠 동안이나 계속적으로 강행군을 한 후라 그런지 근육이 상당히 뭉
쳐 있었다. 운동을 게을리 하지는 않았지만 아무래도 그렇게 강행군을
한 것은 꽤나 오래간만이었다.

그리고 밤이 되자 한 남자가 룬을 찾더니 레전트에게로 데리고 갔

다. 레전트가 있는 곳은 이곳에서 한가운데에 존재하고 있는 가장 높은 탑. 바로 아까 낮에 룬과 레전트가 워프 게이트를 통해 나왔던 그 탑이었다.

어차피 묻고 싶은 것도 있고 들을 말도 있다고 생각한 룬은 군말없이 그를 따라갔고, 레전트는 탑 5층의 작은 방 안에서 약간 부스스한 얼굴로 룬을 맞았다.

레전트는 룬의 질문에 묘한 대답을 하더니 잠시 후 종이 뭉치를 탁탁 쳐서 모아 오른쪽에 쌓아두고 왼편에서 새로운 종이 뭉치를 내려놓았다.

"이게 뭐냐고? 반성문하고 하만의 가족에게 쓸 위로문, 그리고 이번 일의 경과와 피해를 입은 정도. 오늘은 여기까지만 하려고. 더 하라면 죽어야지 뭐."

책상 옆에는 룬으로서는 보기만 해도 질릴 정도로 높은 종이 뭉치들이 쌓여 있었다. 레전트는 뭔가를 계속 작성하면서도 룬을 향해 말을 던졌다.

"밖에 가봤으니까 알겠지? 허무의 전당은 디스터의 한가운데에 있는 고원에 세워져 있어서 육로로는 이동이 불가능한 곳이야. 그 고원이라는 것도 솔직히 인위적인지 자연적인지 모를 정도지만. 개인적으로는 인위적이라고 생각하지만 이걸 인간 같은 존재가 만들 수 있었을까? 어쩌면 드래곤 같은 전설 속에나 나오는 존재들이 만들었을 수도 있지만……."

"묻고 싶은 게 있다. 괜찮겠나?"

룬은 계속 말을 이어가던 레전트의 말을 끊었다. 계속 종이 위에 뭔가를 적어 내려가던 레전트는 펜을 멈추지 않고 고개를 끄덕였다.

룬은 그 아이들의 행동과 그 남자의 행동을 머리 속에서 떠올렸다. 그 아이들의 정체는 뭐였고, 그 남자는 왜 그런 의미 불명의 이상한 소리를 했었는지.

"그 아이들은 뭐지?"

"아아, 학생들하고 만났어? 어렸을 때부터 재능이 있다고 생각되는 학생들은 허무의 전당에서 교육을 받게 돼. 나도 여기로 유학 와서 수련했었지."

"그렇다면 그 아이들은 계속 이곳에서 생활하게 되는 건가? 강제적으로?"

"강제는 아니지만… 거의 강제지. 마법을 사용할 수 있는 능력을 가지고 있는 이들은 각 마을이나 도시에서도 훌륭한 전력이 되거든. 예를 들어 가장 간단한… 그 빛 덩어리 만드는 주문 있었지? 그것도 배우면 밤의 거리를 밝힐 수 있지. 그리고 마법을 배우면 일반인들에 비해 더 좋은 취급을 받거든. 여기는 네스트하고는 달라. 꽤나 빡빡한 계급 사회라고."

"그런가……."

"어쨌든 10년 정도는 외부와 거의 단절되어 살아가는 거야. 적어도 마법을 어느 정도 이상 배우지 못하면 이곳에서 나가지 못하지. 그러다 보니 어쩌다가 이곳에 찾아오는 외부인들에 대해서는 꽤 격렬한 반응을 보일 수밖에 없는 거야. 이곳의 마법사들은 그런 이방인들을 싫어하지만… 아, 혹시 별다른 일 당하지는 않았어? 다른 마법사들이 네가 아이들하고 접촉하려는 것을 봤다면 봉변을 당했을 수도 있는데."

"어떤 남자가 나에게 지팡이를 휘두르더군. 막았더니 욕을 하면서 사라졌다."

“손은 안 댔지?”

“그래.”

“손은 안 댔다니까 다행이네. 이곳에서 지팡이를 가지고 다닐 수 있는 건 가디언뿐이거든. 아아, 끝났다.”

레전트는 종이 뭉치를 다시 오른쪽에 쌓더니 한숨을 푹 쉬면서 등받이에 등을 기대며 중얼거리듯 말했다.

“기분 나쁜 곳이지?”

룬은 무의식 중에 고개를 끄덕거렸다. 묘하게 생기가 없고 쓸쓸한 바람이 부는 곳이다. 인간도 있고, 사람 사는 곳이라는 분위기가 없는 것은 아니지만 확실히 그런 느낌이 드는 곳. 룬에게 있어서는 상당히 껄끄러운 느낌이 드는 곳이었다.

“당연할지도 몰라. 외부와는 단절된 채 마법만을 연구하는 마법사들, 그리고 마법사가 되기 위해서 역시 외부와는 단절되어 균일화된 방식으로 살아가야 하는 아이들… 뭔가 기계적이고 싫은 느낌이지? 나는 이 체제가 굉장히 싫어. 물론 한낱 왕자밖에 안 되는 내가 허무의 전당의 일에 이래라저래라 할 수는 없으니까. 그래서 나는 나 혼자라도 이곳에 나가고 싶은 거야. 그래서 너의 도움을 받고 싶다.”

“도움?”

레전트는 고개를 끄덕였다.

“여기서는 방랑 마법사가 되기 위해서는 자신의 스승에게 인정을 받아야 해. 그리고 그 인정을 받기 위해서는 스승이 내주는 과제 네 개를 풀어야 하지. 한 개는 예전에 끝냈고, 두 번째는 네 도움을 받아서 끝낼 수 있었어. 이제 두 개만 더 끝내면 마법사의 지팡이를 받게 돼.”

레전트는 일단 말을 끊고 룬에게 고개를 돌렸다. 룬은 자신을 바라보는 레전트의 시선을 아무 말 없이 받았다.

"고마웠어. 어쨌거나 이번 일에는 네 도움을 받았으니까. 그리고 앞으로 두 개의 과제가 남아 있어. 그러니까 그동안……."

룬은 조용히 입을 열었다.

"3년이다. 너의 뒤를 봐주기로 한 것은. 3년 이내는 어떤 일이 벌어져도 나는 너를 돕고 지킨다. 난 너에게 고용된 고용인이니까."

레전트는 픽 하고 웃더니 고개를 끄덕거렸다.

"너다운 대답이다. 어쨌든 기분 나쁜 곳이기는 하지만 새로운 과제가 주어질 때까지 쉬어두도록 해. 아마도 티아스가 깨어나면 바로 출발할 것 같으니까. 그리고 함부로 입을 열지 말고 되도록 벙어리인 체하고 살아. 쓸데없이 입을 열면 너나 나나 곤란해져."

"알았다."

"그러면 얼마 동안이지만 이곳에서 살아가는 데 필요한 규율을 가르쳐 줄게. 잘못하면 밥도 못 먹는 수가 있으니까 잘 들어둬. 이곳은 규율이 아주 엄격하거든. 너도 이곳에서 사는 동안에는 그 규율을 따라야 할 거야."

3

나흘이란 시간은 차가운 북풍에 실려 빠르게 흘러갔다.

아이들은 식사 시간만 되면 우르르 몰려들었다가 종이 치면 우르르 사라졌다. 어디로 가는 건지 알 순 없지만 그들의 표정은 결코 밝지 않았다. 룬은 그것 하나만으로도 여기가 굉장히 삭막한 곳이라는 것을 느낄 수 있었다.

군대만큼이나 규칙적이고 제한된 생활. 몇몇 아이들은 그런 생활의 한가운데로 갑작스럽게 파고 들어온 이방인에게 호기심을 느꼈다. 약간 나이를 먹거나 신분이 높은 아이들은 룬의 출현에 대해서 별다른 반응을 보이지 않았지만, 아직 어리고 이곳에 온 지 얼마 되지 않은 아이들은 바깥의 소식을 가지고 있는 룬의 곁을 맴돌았다.

처음에는 레전트의 충고도 있고 했기 때문에 그런 아이들의 곁에서 멀어지려고 했었던 룬이지만 포기하지 않고 끝까지 자신에게 달라붙는 아이들에게 손을 들고 말았다.

룬이 워낙 말하는 것을 좋아하지 않다 보니 이야기도 상당히 딱딱한 쪽으로 흘러가기 마련이었지만 아이들은 그런 룬의 이야기가 질리지도 않는지 룬의 주위에 앉아서 이야기를 경청했다.

"아저씨, 아저씨는 왜 여기 왔어요?"

"어떤 분에게 고용됐다."

하지만 룬은 자신이 왜 이곳에 오게 됐는지, 그리고 자신을 고용한 게 누구인지에 대해서는 대답을 회피했다. 룬은 그저 바깥의 이야기를 약간 늘어놓거나 했을 뿐이었다.

룬에게 그 질문을 던졌던 여자 아이는 고개를 끄덕거리며 대충 납득을 했고 룬도 더 이상 말을 잇지는 않았다. 그 여자 아이는 룬을 힐끔거리면서도 더 이상 말을 하지 않았다. 누구든지 룬과 이야기를 하면 깨닫게 되는 것이지만 룬과 대화를 시작하는 것은 어려웠고, 그 대화를 길게 이끌어가는 것도 보통 힘든 일이 아니었다.

어떻게든 이야기를 더욱 길게 끌어볼 생각을 하던 소녀는 문득 자신의 등 뒤에서 묘한 느낌의 뭔가가 있는 것을 알아차리고 조심스럽게 고개를 돌렸다. 그리고 바로 음식이 담겨 있는 식판을 들고 자리에서 일어섰다. 룬도 그 소녀의 움직임에 누군가 자신의 등 뒤에 와 있다는 것을 알 수 있었다.

이곳에 온 지 나흘. 그리고 하루 세 번 식사 때는 꼭 한 번씩 겪게 되는 일이었고 오늘도 예외는 아니었다. 하지만 룬은 그 누군가에게는 전혀 신경을 쓰지 않고 빵을 집어 들었다.

"이 더러운 용병 놈이… 레전트님에게 고용되었다고 잘난 체하는 거냐? 너 같은 자식이 이곳에 있다는 것 하나만으로도 충분히 구역질

나는데 아이들에게 바람이나 불어넣고 있나!"

 룬은 그 말을 철저히 무시했다. 분노라는 감정에 대한 제어가 강해진 룬이기에 가능한 일이었다. 지팡이를 들고 수염을 짧게 기른 젊은 남자는 그런 룬의 태도가 마음에 들지 않았는지 지팡이를 꽉 움켜잡고 온몸을 부들부들 떨며 잇소리를 냈다.

 "이, 이놈이!"

 룬은 아무 말도 하지 않고 자리에서 일어섰다. 무장을 하고 있는 상태가 아니었지만 단단하고 균형이 잘 잡힌 룬의 몸은 보통 마법사에게 있어서는 상당히 위협적이었다. 그는 자신도 모르는 사이에 뒤로 몇 발자국 물러섰고 룬은 눈을 약간 가늘게 뜨며 입을 열었다.

 "죄송합니다."

 하지만 말의 의미와 그 말을 하는 심정은 전혀 일치되지 않았다. 룬은 분노와 증오를 가득 담아 그에게 말을 내뱉으며 그를 노려보았고 그는 몸을 움찔거리면서도 더 이상 룬에게 뭐라고 말을 하지 않았다. 잠시 후 식사 시간의 끝을 알리는 종이 울리자 룬은 아직 반쯤 채워져 있는 자신의 식판을 들고 급식소의 한쪽 구석으로 향했다.

 "가딘 말이야?"

 "글쎄, 그런 이름인가……?"

 룬이 그 가디언의 이름을 알고 있을 리가 없었다. 룬은 레전트가 건네주는 컵을 받아 들며 의자에 앉았다. 레전트의 방은 여전히 복잡했다. 그다지 넓지도 않은 것 같은 방 가득히 먼지가 수북한 책들이 높이 쌓여져 있고 레전트는 별로 어울리지 않는 안경을 쓰고 의미 모를 문자가 쓰여져 있는 양피지를 읽고 있었다.

하지만 이곳이 룬에게 있어서는 가장 안전하고 편안한 곳이었다. 이곳에서는 별로 조심할 것도 없었고 귀찮게 구는 인간들도 없었다. 룬이 차를 마시는 동안 레전트는 약간 기분 나쁜 표정으로 컵을 만지작거리며 중얼거렸다.

"그 녀석, 나같이 여기를 나가고 싶어하면서… 자기 스승이 낸 과제를 풀지 못해서 자격을 상실당한 녀석이야. 보통 스승들은 제자가 과제를 풀지 못하면 몇 년 정도는 자숙하라는 의미에서 과제를 내주지 않거든."

"과제가 뭐였는데?"

"길드 문장을 쓰지 않고 다른 나라에서 세 달 동안 살다 오기. 솔직히 한 번 권력에 맛든 인간에게는 힘들어. 나도 마찬가지고."

레전트는 쓴웃음을 지으며 화제를 돌리려는 듯 다른 말을 꺼냈다.

"티아스는 어때? 아직도?"

"잠꼬대하는 것처럼 움직이고는 있지만 자리에서 일어나지는 못하고 있어. 하지만 네 스승의 말이 맞다면 곧 일어나겠지."

룬은 그렇게 말하고 컵을 옆에 있는 책상 위에 내려놓았다.

"차 잘 마셨다."

"벌써 가려고?"

"꽤 시간이 된 것 같은데. 더 이상 폐를 끼치기도 싫으니까."

"폐라고 할 것까지야… 그래, 그럼 나중에 보자."

룬은 고개를 끄덕이고 탑을 걸어나왔다. 이미 해는 서산 너머로 사라져 뿌연 빛이 하늘을 약간 밝히고 있을 뿐이었다. 저녁 시간은 이미 지났을 것이다. 룬은 왠지 기분이 나빠져 그 마법사를 보지 않기 위해 점심 시간 이후로 계속 레전트의 방에서 지내고 있던 중이었다.

“······?”

숙소가 가까워졌을 때, 룬은 누군가가 문 옆에 쭈그리고 앉아 있는 것을 보았다. 어둠이 가리기는 했지만 룬은 그것이 짙은 푸른색의 옷을 입고 있는 갈색 머리카락의 누군가라는 것을 알아차릴 수 있었다.

룬이 바로 앞까지 걸어갈 때까지 그 아이는 계속 쭈그린 자세를 유지하고 있었다. 룬은 이런 추운 계절에 저런 옷차림으로 계속 바닥에 쭈그리고 앉아 있으면 몸을 쉽게 버리게 된다는 것을 알고 있었기 때문에 조용히 그 아이의 앞에서 몸을 숙이고 몸을 흔들었다.

“이봐.”

그 아이는 졸고 있었는지 누군가 자신의 몸에 손을 대자 깜짝 놀라며 고개를 들었다. 룬으로서는 누군가 자신의 숙소 앞에서 있다가 병에 걸린다거나 다친다거나 하는 것이 달갑지 않았다. 그런 일이 벌어진다면 그 일에 대한 화살은 고스란히 룬을 향해 쏟아지게 될 것은 분명했다.

룬은 약간 멍한 눈으로 자신을 올려다보고 있는 사람이 누군지 알 수 있었다. 처음에도 자신에게 접근해 왔고, 그 뒤로도 나흘 동안 계속 자신의 옆에서 식사를 하면서 뭔가를 말하려고 했었던 소녀. 이름은 알 수 없었지만 묘하게 자신에게 달라붙던 그 소녀였다.

“무슨 일인지 몰라도 돌아가라. 지금은 너희들 자유 시간이지 않나?”

해가 지고 나서는 학교에서 뭔가를 배우지는 않았다. 그 뒤에는 숙소에서 취침 시간까지 자신의 공부를 하거나 뭔가 다른 일을 하는 자유 시간이 주어졌다. 하지만 보통 평민 아이들은 귀족 아이들의 시중을 들거나 빨래를 하면서 시간을 보내기 마련이었고, 귀족 아이들은 공부를 하거나 다른 아이들과 놀거나 하는 것이 대부분이었다.

룬은 그 소녀가 귀족이 아니라는 것쯤은 금방 눈치 챘다. 귀족과 평민 아이들은 분위기에서부터 차이가 많이 나기 마련이었다. 그런 평민 아이가 이렇게 개인 행동을 한다면 다음에 어떤 일을 당하게 될지는 대충 상상이 갔다.

하지만 소녀는 룬의 말의 의미를 이해했는지 이해하지 못했는지 비틀거리며 자리에서 일어섰다. 그리고 품에 안고 있던 뭔가를 룬을 향해 조심스럽게 내밀었다. 룬은 자신에게 내밀어진 흰 빵과 그 소녀를 번갈아 보면서 바라보았다.

"받아요."

명령조나 강요하는 건 아니었지만 룬은 무의식 중에 그 소녀의 손에서 흰 빵을 받아 들었다. 그 소녀는 룬이 빵을 받자 빙긋 웃더니 룬을 향해 손을 흔들어 인사를 했다. 그리고 여자 학생들의 숙소가 있는 쪽으로 비틀거리며 걸어가기 시작했다.

"잠깐, 너……."

룬은 소녀를 멈춰 세웠다. 원래는 왜 이 빵을 자신에게 준 것인지 물으려 했지만 그 소녀가 뒤를 돌아보자 룬은 엉뚱한 것을 묻고 말았다.

"…이름이 뭐지?"

"디이리스 모류."

아주 잠시 동안 룬은 무슨 말을 해야 할지 생각했다. 이런 경우는 지난 몇 년 간 룬이 자신의 기억을 가지고 있는 동안 한 번도 겪어본 적이 없는 일이었다. 누군가 아무런 이유 없이 자신에게 먹을 것을 주고 자신은 그것에 무의식 중에 반응했다.

룬은 이럴 때 보통 사람들이 하는 말을 생각했다. 무엇이든지 다른 이에게 도움을 받았을 때 보통 사람들이 하는 이야기를.

"괜찮다면, 들어와서 불이나 쬐고 가라."

그 소녀는 다시 발걸음을 돌려 룬을 향해 가까이 걸어왔다. 룬에 비하면 머리 하나 정도가 더 작은 소녀는 룬의 바로 앞에까지 다가와서야 걸음을 멈추고 빙긋 웃는 얼굴로 고개를 들며 말했다.

"감사합니다."

화악—

벽난로에서 붉은 불꽃이 피어 올랐다. 아직 가을이라고 불리는 계절이기는 하지만 해가 사라지는 밤은 추울 수밖에 없었다. 게다가 이곳은 산이나 다름없을 정도로 높은 지대였다. 밤만 되면 몸이 얼어붙을 만큼 차가운 바람이 강하게 몰아닥쳤다.

곧 난로의 장작이 타닥타닥 소리를 내면서 타오르고 방 안에 따뜻한 온기가 감돌 때쯤 룬은 아까 물어보려고 하다가 말았던 것을 묻기로 하고 난로 앞에 앉아서 불을 쬐고 있는 소녀의 이름을 어색하게 불렀다.

"디이리스?"

"예?"

디이리스는 룬의 부름에 뒤를 돌아보았다. 뜨거운 불꽃 때문인지 그 소녀의 얼굴은 빨갛게 달아올라 있었고 눈은 난로의 불빛을 받아 머리카락과 같은 짙은 갈색으로 반짝이고 있었다. 룬은 흰 빵을 들어 보였다.

"왜 이걸 나에게 준 거지?"

"응… 아저씨는 선생님하고 싸우느라고 밥 제대로 못 먹었잖아요? 저녁도 안 먹었고. 그래서 배고플 것 같아서요."

"그러니까 왜?"

룬은 다시 동일한 질문을 던졌다.

"왜 이걸 나에게 가져다 준 거지?"

자신을 얼마 보지 않은 타인이었다. 타인과 자신의 관계는 물질적으로 이루어져 있다고 생각하는 룬으로서는 아무런 대가를 바라지 않고—오히려 자신이 피해를 받았을지도 모른다—자신에게 이런 일을 하는 디이리스의 태도가 전혀 이해가 되지 않았다.

만약 자신이 이 소녀와 어떤 관계에 있었다면—동료라던가—그런 행위가 조금이라도 이해됐을지도 모른다. 하지만 룬과 디이리스는 아무런 관계도 아니었다. 그렇기 때문에 룬은 디이리스가 하는 말에 대해서 이해를 할 수 없었다.

"그냥요. 그런데 아저씨 멋졌어요! 선생님은 무서워서 선배님들도 함부로 그 선생님에게 대들지 않거든요?"

"가딘… 을 말하는 건가?"

디이리스는 고개를 가볍게 끄덕였다. 룬은 디이리스의 반응에서 그 가딘이라는 마법사의 평가가 학생들 사이에서도 그다지 좋지 못하다는 것을 알 수 있었다. 생각해 보면 가딘이 지나갈 때마다 학생들이 조용해지곤 했었다.

'따돌림을 받는가……?'

가딘의 성격을 생각해 보면 어째서 그렇게 따돌림받는지는 확실히 이해가 됐다. 그것은 분명히 가딘 자신의 잘못이라고 말할 수 있었다.

룬은 문득 바깥을 바라보았다. 디이리스가 이곳에 온 지 시간이 꽤 흘러 있었다. 이곳에서 학생들은 정해진 시간에 취침하고 정해진 시간에 일어나서 정해진 시간에 교육을 받는 생활을 한다. 개개인의 인격이나 특성을 전혀 생각하지 않고 능력을 균등화시키기 위해서라면 상당히 좋은 교육 방법일지도 몰랐다.

룬은 디이리스가 그런 교육을 받는 이곳의 학생이라는 사실을 잊지 않고 있었다. 이대로 그냥 놔둔다면 그 규칙을 어기게 될지도 몰랐다.

"이제 슬슬 돌아가야 하지 않나. 늦게 돌아가면 규율 위반일 텐데."

디이리스는 룬의 말에 고개를 끄덕이더니 자리에서 일어났다. 규율 위반에는 그만큼의 벌칙이 따르기 마련이다. 그리고 벌칙은 인간을 고통스럽게 만드는 것인만큼 아무도 벌칙을 의도적으로 당하려고 하지는 않는다. 물론 그 벌칙에 비해서 더 중요한 일이 있다면 벌칙을 무시할 수 있을지도 모르지만.

"그럼 내일 봐요, 아저씨!"

룬은 방문이 열림과 동시에 디이리스의 뒷모습이 순식간에 사라지고 난 후 바깥문이 열리며 뭔가 뛰어가는 발소리가 사라질 때까지 의자에 앉아 있었다. 그리고 아직 자신의 손에 들려 있는 흰 빵을 바라보았다.

뭔가 약간 어색한 느낌이 방 안에 흐르고 있는 온기와 섞여 묘한 기분이 룬의 머리 속으로 침투했다.

"내일… 인가."

룬은 디이리스가 말한 그 내일이라는 단어를 되새기며 빵을 뜯었다.

룬은 그 다음날 아침 식사 시간에 디이리스의 얼굴이 보이지 않는다는 것을 어렵지 않게 눈치 챌 수 있었다. 룬이 잘못 본 것은 아니었다. 물론 학생들의 옷은 하나의 유니폼으로 되어 있어서 거의 비슷비슷하기는 했지만 어딘가 모르게 특이해 보이는 디이리스의 얼굴은 어디에서도 눈에 띄지 않았다.

만약 디이리스가 있었다면 누구보다 먼저 자신의 옆에 와 앉아서 식사를 했을 것이다. 룬은 뭔가 허전함을 느낄 수밖에 없었다. 게다가 무슨 일인지 평소 때는 룬의 주위로 모이던 아이들도 룬에게서 거리를 두고 있었다. 룬으로서는 혼자 있는 것이 편한 것이 사실이었지만 이건 뭔가 분명히 비정상적이었다.

룬은 빠르게 식사를 끝내고 급식소 바깥으로 나갔다. 그리고 바깥으로 나가는 학생들을 잡아 디이리스의 일에 대해서 물으려고 했다. 하지만 룬이 부른 아이는 룬의 목소리를 듣더니 당황해하며 어디론가 뛰어가 버렸다.

뭔가 이상하다고 생각한 룬이 시선을 막 급식소에서 나오는 아이들에게로 돌리자 그 아이들도 급히 룬에게서 눈을 돌리고 어딘가 어색하게 대화를 나누며 걸어가 버렸다. 불과 어제만 해도 룬을 꺼리지 않던 아이들이 룬을 멀리 하고 있었다.

뭔가가 허전했다. 귀찮은 존재들이었지만 그들이 없어지자 텅 빈 듯한 느낌이 드는 것은 어쩔 수 없었다. 그때 누군가가 묘한 웃음을 입가에 걸치고 룬의 곁을 스쳐 지나갔다. 보통 때는 항상 찡그린 얼굴로 자신을 노려보던 얼굴이었다.

'…가딘.'

룬은 벽에 대고 있던 등을 떼어내고 가딘을 향해 달려나가려고 하다가 움직임을 멈췄다. 룬은 가딘에게 뭔가 다른 행동을 할 수 있는 그런 직위나 능력을 가지고 있지 못했다. 룬은 가딘의 뒤를 쫓아 몇 걸음 걸어가다가 멈춰 섰다.

분명히 기분 나쁜 미소가 가딘의 입가에 걸려 있었다. 뭔가에 만족한 듯한, 그리고 어딘가 음흉한 그런 미소. 룬은 분명히 가딘이 뭔가를 했다는 것을 단정했다. 하지만 움직이지는 못했다. 가딘은 이따금 뒤를 힐끔거리며 룬을 바라보면서 킥킥거리는 웃음을 지었다.

"젠장……."

룬은 계속 앞으로 걸어가는 가딘을 바라보았다. 이 상태에서는 질문할 만한 인간도 없었다. 방 안에만 있는 레전트가 학생들의 일에 대해서 알 수는 없을 테고 학생들은 룬을 무조건적으로 피하고 있었다.

룬은 이 사태보다 디이리스의 걱정이 앞섰다. 설마 어떤 체벌을 받고 있는 것인지, 아니면 어떤 사고를 당한 것인지. 어젯밤만 해도 자신을 향해서 그렇게 해맑게 웃었던 소녀였다.

휙―

그때 뭔가가 날아왔고 룬은 간단히 고개를 돌려서 자신에게 날아오는 돌을 피해냈다. 항상 주의를 기울이고 있는 룬에게 그런 엉성한 돌팔매질이 먹힐 리 없었다. 하지만 룬에게 돌을 집어던진 아이는 그런 것에 신경을 쓰지 않는다는 듯 다시 손에 들고 있는 돌을 룬을 향해서 집어던지며 울먹거렸다.

"너 때문이야! 없어져! 없어지란 말야!"

너무나도 엉성한 돌팔매질이라 룬이 피하지 않아도 대부분 룬을 맞히지 못했다. 룬이 자신에게로 걸음을 옮기자 그 아이는 재빨리 도망가려 했다. 룬은 재빨리 뛰어가 막 건물의 모퉁이를 돌아가는 그 아이의 어깨를 잡고 힘을 주었다.

그 아이는 몸부림을 치면서 룬의 손에서 벗어나려고 했지만 룬은 놓아주지 않았다. 오히려 침착하게 그 아이의 어깨를 움켜쥐고 주위를 둘러보며 건물의 구석으로 들어갔다. 그 아이는 그런 룬을 향해 욕을 내뱉으면서 발버둥을 쳤다.

“놔! 놔! 놓으란 말야!”

“무슨 소리냐?”

“너 때문에! 디이리스가 벌을 받는단 말이야! 너 때문에!”

순간 룬은 숨이 턱 막히는 것을 느꼈다. 자신 때문에? 설마 어젯밤에 조금 늦게 들어간 것 때문에? 분명히 늦게 들어가서 체벌을 받는 것은 자신의 탓이기도 했다. 하지만 룬이 디이리스를 잡고 있던 시간은 짧지 않았다.

‘어째서?’

룬은 학생들의 규칙에 대해서도 알고 있었다. 외부인과 접촉하는 것은 죄가 되지 않았다. 그리고 밤늦게 취침 시간을 어기는 것도 그다지 큰 벌을 받을 만한 행동은 아니었다. 그저 반성문을 적는 것 정도의 체벌을 받으면 됐다.

“디이리스는 어디 있지?”

“네 따위가 알 게 뭐야! 가버려! 가버리라구!”

보통 사람들은 자신의 동료가 반성문을 쓰는 것 정도로 남에게 돌을 집어던지지는 않는다. 룬은 그 사실을 잘 알고 있었다. 게다가 반성문으로는 디이리스가 급식소에서 모습을 보이지 않았던 것도 설명되지 않았다. 룬은 끝까지 몸부림을 치며 자신의 손에서 벗어나려고 하는 소년의 어깨를 놓지 않았다.

“디이리스가… 디이리스가…….”

“디이리스가 어쨌단 말이냐?”

소년의 목소리가 작아지자 룬은 팔을 내렸다. 소년은 눈물이 흐르는 눈으로 룬을 올려다보면서 훌쩍였다.

"디이리스가……."

"레전트!"

"고막 터지겠다. 웬일로 네가 그렇게 소리를 지르는 거야? 뭐가 그 렇게 급한데?"

레전트는 책을 보고 있다가 갑작스럽게 룬이 문을 열고 들어오자 뒤를 돌아보면서 그렇게 대답하며 안경을 벗었다.

"어떤 규칙을 어겼을 시의 체벌. 학생들을 가르치는 선생들이 마음 대로 바꿀 수 있는 건가?"

"아, 응. 규칙이라고 정해져 있기는 하지만… 그것도 선생들 재량껏 하는 거야. 왜?"

룬은 상당히 화가 난 상태였다. 가딘이 자신에게 그런 좋지 않은 감정을 가지고 있다는 것을 모르는 것은 아니었다. 오히려 분명히 인식하고 있었다.

'…치졸하다. 정말로.'

원래대로라면 가볍게 끝낼 체벌이었지만 가딘은 보통 학생들에게 내리는 것보다 훨씬 더 무거운 체벌을 디이리스에게 내렸다. 그리고 디이리스가 그런 벌을 받게 되는 이유를 학생들에게 말했다.

당연히 학생들은 가딘의 성격 때문에 이런 일이 일어나게 됐다는 것을 알면서도 룬을 피할 수밖에 없었다. 가딘의 행동은 일종의 경고였다. 더 이상 룬과 상대한다면 누구든지 사소한 잘못으로도 큰 벌을 받게 될 것이 분명했다.

룬은 아이들이 자신에게 다가오지 않는다는 것은 별로 상관하고 싶지 않았고, 사실 아무래도 상관은 없었다. 하지만 자신으로 인하여 누군가 피해를 받게 된다는 점이 아무리 생각해도 걸렸다.

"왜 그러는데?"

"사실은……."

룬은 자초지종을 짧게 레전트에게 설명했다. 어젯밤에 어떤 여학생이 자신의 숙소에 찾아왔었던 일, 그리고 조금 늦게 돌아갔는데 오늘 모습이 보이지 않았던 일, 그리고 그 소년에게서 들은 이야기까지.

레전트는 그 말을 전부 듣고 나서 얼굴을 심하게 찡그리며 어이없다는 듯 중얼거렸다.

"에에? 밖에다가 묶어놨다고? 그건 너무 심한데… 그런 벌은 상당히 큰 잘못을 저지르지 않고서는 주지 않아. 이 자식… 엉뚱한 데다가 화풀이하고 있군. 재수 없어."

반나절 동안 아무것도 먹거나 마시지 못하게 공터 한가운데 박아놓은 말뚝에 묶어놓는 체벌은 결코 가벼운 벌이 아니었다. 먹고 마시는 것뿐만 아니라 기본적인 생리적 욕구나 추위, 더위 모든 것에서 상당한 고통이 닥쳐 오게 된다.

게다가 보통 몸이 약한 어린이들이 그런 일을 당하게 된다면 몸이 상하거나 병에 걸리게 될 수도 있었다. 룬은 어제 보았던 디이리스의 모습을 떠올렸다. 결코 튼튼해 보이지는 않았다. 그저 보통 아이들 정도의 건강함을 가지고 있는 것 같은 그런 모습이었다.

"그 녀석… 너를 자극해서 내가 움직이는 것을 보고 싶은 모양인데. 아마 내가 움직이면 선생의 지위를 들먹이면서 학생들을 처벌하는 것은 자기의 일이라고 하면서 너하고 나를 약 올리려는 거겠지. 그 녀석답게 비열한 짓이야."

"네가 도와줄 수 없겠군."

"냉정하게 들리겠지만 나는 학생들의 일에 관여할 수 없으니까. 다행히 햇빛도 그다지 뜨겁지 않고 날씨도 추운 편은 아니니까 그 아이도 반나절 정도면 견딜 수 있을 거야. 너도 더 이상 학생들하고 관여하지 않는 게 좋겠어."

룬은 고개를 흔들었다. 분명히 더 이상 학생들과 관여하고 싶지는 않았다. 하지만 디이리스를 그냥 놔둘 수는 없었다. 그 소녀는 자신에게 쓸데없는 친절을 베풀려고 하다가 이런 일을 당하고 만 것이다.

그런 룬의 표정을 보더니 레전트는 이상하다는 듯 고개를 갸우뚱거리며 안경을 썼다.

"너답지 않잖아? 왜 그렇게 그 소녀의 일에 대해서 신경을 쓰는 거야? 어차피 오랫동안 알고 지낼 사이도 아닌데."

"언젠가 내가 너에게 그와 비슷한 질문을 한 적이 있었지."

레전트는 잠시 생각에 잠겼다가 예전에 자신이 룬에게 어떤 소리를 했었는지를 기억해 내고 피식 웃었다.

"그래, 나나 너나 상대방에 대해서 다 알 리가 없으니까. 하지만 그렇다고 해도 그 일에 대해서는 아무리 나라고 해도 힘 못 써. 여기는 온통 마법사들이 넘쳐 나니까. 아, 그리고 너도 마찬가지야. 만약에 네가 이상한 짓 하다가 걸리면 나도 힘 못 쓴다."

"알고 있어."

따지자면 이곳에 룬보다 신분이 낮은 사람은 마법사들의 시중을 들고 요리를 하거나 빨래를 하는 하인들밖에 없었다. 그리고 만약 레전트의 힘으로 디이리스를 돕는다 치더라도 룬이나 레전트는 영원히 이곳에 있을 것이 아니었다. 후에 레전트가 여기에서 떠나 버리면 디이리스는 다시 가딘에게 미움을 받게 될 것은 뻔한 일이었다.

룬은 자신이 정말로 무력하게 느껴졌다. 레전트도 제대로 보호하지도 못했고, 그런 작은 소녀에게조차 아무런 힘이 되지 못했다.

"가딘 녀석도 함부로 애 죽여서 비난받기는 싫을 테니까 아마 적당히 할 거야. 너무 걱정하지는 마."

"레전트, 부탁이 있다."

"부탁?"

그 체벌에 관해서는 레전트가 관여할 수는 없겠지만 룬은 레전트의 힘은 권력뿐만이 아니라는 것을 잘 알고 있었다. 룬은 레전트와 몇 주간이나 같이 여행을 했고 레전트의 힘이 어느 정도인지 잘 알고 있었다. 룬은 문득 생각난 자신의 의견을 레전트에게 말했고 레전트는 한참 동안 룬의 말을 듣다가 고개를 끄덕이더니 약간 밝아진 표정으로 고개를 끄덕였다.

"그 정도라면 나도 도와줄 수 있겠다."

"할 수 있나?"

"당연하지. 그 정도는 사용할 수 있어."

"알았다. 그럼 부탁한다."

마법사들이 머리를 쓰는 존재들이라고는 하지만 체력 단련을 게을리 하는 건 아니었다. 정신은 몸에 깃들고, 당연히 마법을 사용하는 것은 그 마법사의 몸이 지탱을 해줘야 가능한 일이기에 학생들은 몸도 어느 정도 단련을 해야 했다.

그리고 어떤 마법들은 실내에서 사용하기에는 상당히 위험하기 때문에 그런 여러 가지 일을 해야 하는 공터가 존재했다. 그리고 디이리스는 그 공터의 한쪽 구석에 묶여 있었다.

쏟아지는 햇볕이 디이리스의 살결을 뜨겁게 달아오르게 만들고 차가운 고지대의 바람이 얇은 디이리스의 옷 안으로 스며들었다. 추위와 더위가 동시에 느껴지는 늦가을의 화창한 날씨는 얇은 옷차림의 디이리스에게 아무런 위안이 되지 못했다.

'목말라……'

취침 시간에 맞춰서 잠들지 않았다. 단지 그뿐이었다. 밀린 바느질을 하느라 조금 늦게 잠들었을 뿐이다. 그런데 가딘은 취침 시간을 어겼다는 작은 이유로 디이리스에게 이런 큰 벌을 주고 말았다.

취침 시간이 정해져 있기는 했지만 선생들은 학생들이 언제 자든지 수업 시간에 늦지만 않으면 상관없다고 생각했다. 그렇기에 다른 선생들은 굳이 학생들의 취침 시간을 단속하려 하지 않았다. 그저 학생들이 자신들의 방에 얌전히 있는가만 체크할 뿐이었다.

그런데 가딘은 막무가내였다. 다른 선생들도 말렸지만 결국 디이리스는 아침 일찍부터 이곳에 매달려야 했고 시간의 흐름에 따라 추위와 더위를 동시에 느껴야 했다.

왜 가딘이 그런 반응을 보였는지는 디이리스 자신이 잘 알고 있었다. 자신이 외부인과 접촉하려 했고 쓸데없이 가딘의 성질을 긁었기 때문일 것이다.

억울했다. 왜 자신이 이곳에 매달려 있어야 하는 건지, 왜 자신이 이 허무의 전당에 있어야 하는지도 억울했다. 디이리스는 눈물을 억지로 삼키며 고개를 흔들었다. 오기로라도, 근성으로라도 버틸 거라고 다짐했다.

"훌쩍."

눈물이 뺨을 간질이며 흘러내리는 느낌이 몸서리치게 느껴졌다. 아직 디이리스는 소녀였다.

그때 뭔가가 디이리스의 뺨을 가볍게 스치고 지나가며 눈물방울을 떨어뜨렸다. 디이리스는 깜짝 놀라며 고개를 들었지만 디이리스의 눈에는 아무것도 보이지 않았다. 쓸쓸히 바람 부는 공터만이 디이리스의 눈으로 한가득 넘쳐흘렀다.

"디이리스."

디이리스는 자신의 눈앞에서 들리는 누군가의 목소리에 깜짝 놀라며 숨을 들이마셨다. 분명히 자신의 눈앞에는 아무도 존재하지 않았다. 디이리스는 조심스럽게 고개를 돌리려 하다가 뭔가가 자신의 얼굴을 붙잡자 깜짝 놀라며 몸을 굳혔다.

"가만히 있어. 누군가 보고 있을지도 모르니까."

얼굴을 잡힌 디이리스는 자신의 얼굴을 가볍게 누르고 있는 따뜻한 인간의 체온에 몸서리치며 조심스러운 말투로 말했다.

"아저씨?"

디이리스는 눈에 보이지 않는 룬의 모습에 잠깐 생각하다가 작게 소리를 냈다.

"아저씨? 이건 마법……."

"다른 사람에게 부탁했다. 목마르면 입 벌리고 사람들 오지 않는지 잘 살펴봐라."

디이리스가 가만히 입을 벌리자 뭔가 보이지 않는 딱딱한 것이 디이리스의 입에 와 닿았다.

룬은 레전트가 자신에게 걸어준 투명화 마법에 대해 감탄했다. 이곳에 오면서 몇몇 사람들을 만났지만 그들은 룬의 존재를 전혀 알아차리지 못했다. 몸이 자신의 눈에는 멀쩡하게 보이지만 남의 눈에는 전혀 보이지 않는 마법은 상당히 효율적이었다.

룬은 디이리스의 목이 막히지 않게 조심스럽게 물을 흘려 넣었다.

가을의 햇볕은 곡식들을 여물게 하기 위해서 여름이 무색할 정도로 내리쬐기 마련이다. 그런 햇볕을 아무런 여과 없이 받은 디이리스의 피부는 빨갛게 달아올라 있었다. 그것을 본 룬은 눈을 찡그릴 수밖에 없었다.

잠시 후 디이리스가 입을 다물자 룬은 물통을 치우고 다시 주위를 조심스럽게 살폈다.

"고마워요."

"…나에게도 책임이 있으니까 도우는 것뿐이다."

"그래도 이 정도면 버틸 만한걸요?"

아래의 세계에서 평민으로 생활할 때를 떠올린 디이리스는 자신의 얼굴을 보고 있을 룬의 무뚝뚝한 표정을 상상하며 해맑게 웃었다. 그리고 룬은 디이리스의 생각대로 그런 디이리스의 얼굴을 바라보았다.

룬은 손을 들어 눈물이 흐른 뺨을 만지려고 하다가 손을 멈추고 뒤로 물러섰다.

"미안하지만 내가 해줄 수 있는 건 이 정도다. 더 이상 나에게 가까이 오지 마라. 그 녀석에게 보복당할지도 모르니까."

"아저씨?"

룬은 자신을 부르는 디이리스의 목소리를 무시하며 뒤로 돌아섰다. 차라리 자신이 이런 일을 당한다면 마음이 편할 것 같았다. 룬은 자신으로 인해서 누군가가 무고한 피해를 입는 것은 될 수 있으면 막고 싶었다.

'어쩌면 나는… 이곳에 오지 않는 것이 훨씬 좋았을지도 몰라.'

자신에게나, 그리고 다른 사람에게나. 룬은 그렇게 속으로 중얼거리면서 자신의 숙소로 향했다.

룬은 그 후로 따돌림 아닌 따돌림을 받아야 했다. 숙소 바깥에 있으면 어김없이 이상한 시선이 느껴졌고 학생들에게 선생님이라고 불리는 마법사들도 룬을 곱지 않는 눈으로 바라봤다. 처음에는 주저하면서 가까이 접근했던 학생들도 전혀 접근하지 않았다.

차라리 룬에게는 이것이 더 익숙했다. 뭔가 좋지 않은 공기라는 것이 피부로 느껴지며 긴장감이 생겨났다. 호기심이나 호감으로 나타났던 감정들이 어느 한순간에 살기와 따돌림, 그리고 천한 것을 바라보는 눈으로 바뀌어갔다.

하지만 익숙하다고 좋은 것은 아니었다. 그런 시선을 받다 보니 자연히 신경을 쓰게 될 수밖에 없었다. 물론 마법사들이 그렇게 경솔하게 룬을 해치거나 하지는 않겠지만 본능적으로 몸이 반응하여 살기나 나쁜 느낌을 경계했다.

룬은 그렇게 정신이나 몸이 피곤하게 되는 것은 질색이었다. 때문에 룬은 대부분의 시간을 숙소 안에서 보내려고 노력했다.

하지만 이상하게도 그런 신경을 쓰지 않았는데 뭔가 가슴 한복판에 단단히 틀어박혀 있는 듯한 느낌이 생겨났다. 분명히 불편한 느낌이었다. 마치 슬라임이 폐와 심장에서 기어 다니고 있는 듯한 느낌이었다.

룬은 그 느낌을 무시하려고 노력했다. 그리고 다른 이들의 눈에 띄지 않으려고 노력하기도 했다. 하지만 혼자서 검을 휘두르고, 혼자서 정신을 집중하며 몸을 쉴 때에도 그 느낌은 가슴 한복판에서 사라지지 않고 계속 맴돌며 룬의 가슴을 단단하게 짓눌렀다.

　그렇게 사흘이 지나 룬이 이곳에 온 지 일주일이 되던 날 레전트는 몸소 룬이 있는 숙소로 찾아왔다.

“떠나라고?”

　룬은 조금 묘한 기분이 됐다. 확실히 여기의 공기는 정신에 이롭지 않았다. 하지만 레전트가 조심스럽게 떠나는 게 어떻겠냐는 말을 꺼냈을 때, 룬은 가슴 한복판에 있던 그 덩어리가 다시 가슴을 강하게 짓누르는 것을 느꼈다.

“그렇다고 널 놔주겠다는 건 아니야. 알고 있지? 그 칼에는 추적 주문이 걸려 있다는 것. 여차하면 찾을 수도 있어.”

　룬은 레전트의 말에 고개를 끄덕였다. 룬이 레전트에게 붙들린 첫 번째 이유는 이터 때문이었다.

“물론 바로 떠나라는 건 아니니까 며칠 간 더 생각해 봐.”

“그렇다 해도 네가 분명히 조금 있으면 엘반님에게서 임무를 받는다고 하지 않았던가.”

“아, 그게 말이지…….”

　레전트는 약간 얼굴을 찌푸리더니 웅얼거리는 목소리로 작게 말했다.

“뭔가 잃어버린 것도 많고 해서… 몇 주 동안은 혹사당해야 할 것 같아. 임무하고는 관계없이. 칫, 괴짜 늙은이 같으니. 그러니까 적어도 2, 3주 정도는 하고 싶은 일을 할 수 있는 방향으로 해. 그렇다고 찾기 힘든 곳에 틀어박혀 있지는 말고.”

　몇 주 동안의 자유 시간. 레전트가 풀어야 할 임무가 몇 개 남지 않았다는 것은 앞으로 3년 동안 룬에게 이런 자유 시간은 생기기 힘들다는 이야기였다. 레전트는 임무를 마치고 나면 방랑 마법사로서 여기저기를 떠돌아다닐 생각이었다.

　룬은 문득 자신이 이곳으로 올 때 한 가지 계획했었던 것을 생각해 냈다. 바로 리테일을 찾아가는 것. 리테일이 룬에게 자신이 머물겠다고 말한 곳은 커르니안의 근처였다.

　이곳에서 커르니안까지 걸어가는 것은 단지 몇 주 가지고는 말도 안 되는 일이었고 그렇다는 것은 워프 게이트를 통과해야 한다는 소리였다.

　"게이트를 사용할 수 있을까?"

　"게이트? 커르니안 쪽으로 가 있게?"

　"그래."

　"조금 힘들기는 하겠지만, 내 권한으로 사용한다면 일단 가능해. 그리고 정 뭐하면 내가 바래다줄 수도 있으니까 가고 싶으면 걱정 말고 말해. 알았지?"

　레전트는 그렇게 말하더니 자리에서 일어나 문을 나섰다.

　"멀리는 나가지 않겠다."

　레전트는 알았다는 듯이 손을 흔들었고 룬은 한숨을 내쉬며 눈을 감았다. 곧 문이 닫히고 바깥문 열리는 소리가 났지만 한참 동안이나 문이 다시 닫히는 소리가 들려오지 않았다.

　룬은 뭔가 이상한 기분에 눈을 뜨고 방문을 바라보았고 곧 바깥문이 닫히는 소리가 남과 동시에 가벼운 발소리가 방문 앞쪽으로 다가왔다. 분명히 레전트의 발소리는 아니었다. 룬은 자연스럽게 자신의 옆에 세워져 있는 이터의 손잡이를 잡고 여차하면 공격할 태세를 취했다. 그때 뭔가가 방문을 두드리는 소리가 들리자 룬은 이터의 손잡이를 단단히 움켜쥐고 낮은 목소리로 경고하듯 말했다.

"누구지?"

"저예요, 아저씨."

룬은 문 바깥에서 들려온 목소리에 순간적으로 맥이 탁 풀려 버리는 느낌을 받았다.

"디이리스?"

하지만 룬은 곧 정신을 차림과 동시에 얼굴을 찡그리며 냉정한 목소리로 답했다.

"오지 말라고 말했을 텐데. 나와 같이 있는 것이 눈에 띄면 너에게 어떤 피해가 갈지 모른다고 말했을 거다."

"하지만……."

"돌아가."

계속 이러면 일이 귀찮게 되어버릴 수밖에 없었다. 하지만 룬의 말에도 문밖의 인기척은 없어지지 않았고 룬은 꽤 오랜 시간이 흐른 후에야 한숨을 내쉬고 포기하는 기분이 되어 중얼거렸다.

"…들어와."

룬의 말이 떨어지자마자 문이 끼익거리는 소리를 내면서 살짝 열렸다. 디이리스는 문 안쪽으로 조심스럽게 고개를 내밀어서 룬의 얼굴을 보더니 멋쩍은 듯 웃으며 방으로 들어왔다.

디이리스는 그날 반나절 동안 햇볕을 받은 영향으로 얼굴이 조금 탄 모습이었지만 그 이외에는 전혀 달라진 것이 없어 보였다. 룬은 그런 디이리스의 얼굴에서 눈을 멈추고 딱딱하게 입을 열었다.

"왜 온 거지?"

"그날… 그러니까 고맙다는 말도 제대로 못했잖아요."

"말했지만 나 때문에 생긴 일이니까 도운 거다. 할 말이 그것뿐이라면 돌아가. 더 있다가 그 녀석에게 들키기라도 하면……."

"레전트님이 봐주신다고 했으니까 괜찮아요."

룬은 반사적으로 짧게 한숨을 내쉬며 바깥문이 있는 쪽을 바라보았지만 룬에게는 투시력이 존재하지 않았다. 룬은 자신의 입으로도 다른 사람과 접촉하는 것을 주의하라고 했던 레전트가 이런 짓을 했다는 것이 믿어지지 않았다.

"그리고 아저씨가 가지 말라고 해도 갈 거예요. 레전트님에게도 그렇게 말했거든요. 한마디만 하고 나오겠다고."

디이리스는 약간 삐친 듯한 말투로 그렇게 말하더니 말과는 달리 그대로 레전트가 앉아 있었던 의자에 풀썩 주저앉았다. 룬은 조심스럽게 디이리스의 말을 기다렸지만 디이리스는 아무 말도 하지 않고 계속 룬의 얼굴을 바라보았고 자연히 룬도 디이리스의 얼굴을 관찰하게 됐다.

'그냥 평범한 어린아이다.'

특별히 다른 아이들에 비하면 예쁘게 생기지도, 귀엽게 생기지도 않은 평범한 아이인데. 도대체 디이리스 모류라는 아이는 무엇을 믿고 겁도 없이 계속 자신에게 달라붙는 것인지 알 수가 없었다.

룬에게는 사람의 속을 들여다볼 수 있는 재주가 없었다. 그렇기에 그저 그런 디이리스의 얼굴을 바라보고 있을 수밖에 없었다.

"아저씨."

"할 말 있으면 빨리 하고 가는 게 어때?"

한참 시간이 흘렀을 때, 디이리스와 룬은 거의 동시에 말을 꺼냈다. 그리고 룬은 디이리스가 당황해하는 것을 보면서 한숨을 쉬었다. 멍하게 있기는 했지만 시간 관념까지 잊고 있던 건 아니었다. 아까 레전트가 바깥으로 나감과 거의 동시에 디이리스가 들어왔었다면, 그리고 그

때부터 계속 바깥에 서 있었다면 레전트도 상당히 지루해하고 있을 것은 불 보듯 뻔한 일이었다.

디이리스는 어색하게 자리에서 일어나더니 어색하게 문을 열며 어색한 웃음을 지으면서 어색하게 말했다.

"난 아저씨 싫어하지 않아요. 아마 다른 아이들도… 그러니까 실망하지 마세요. 알았죠?"

룬은 아무런 반응도 보이지 않았다. 디이리스가 문을 닫고 나가자 곧 작은 발소리가 탁탁탁 하고 울려 퍼졌다. 잠시 후 그 발소리가 사라졌을 때, 룬은 며칠 동안이나 가슴을 누르고 있던 뭔가가 사라진 것을 느꼈다.

너무나도 오랜만에 사라진 그것의 느낌은 오히려 이상할 정도로 익숙하지 않은 기분으로 변해서 룬에게 다가왔다. 그리고 그와 동시에 뭔가가 뜨거운 것이 룬의 눈가를 따라 흘러넘치고 있었다.

"아? 아… 아……."

룬은 아무 말도 하지 못했다. 저급 몬스터들이 내뱉은 이상한 의성어 같은 울림이 목구멍을 타고 올라와 입 바깥으로 흩뿌려졌다. 룬은 그런 이상한 울림이 입 바깥으로 나가지 못하게 하기 위해서 입을 막았다.

'내가 왜 이러는 거지? 왜? 어째서?'

룬은 고개를 푹 숙였다. 의자가 길게 끼익 하는 소리를 내면서 룬의 귀를 자극했다. 하지만 그런 것을 생각할 틈도 없이 입을 막은 손가락 위로 뜨거운 액체가, 눈물이 따라 흘렀다.

가슴을 답답하게 막고 있던 것이 녹아서 흘러나오듯 룬은 눈물이 흐르는 것을 막을 수도 없었고, 막지도 않았다.

'볼썽사나워…….'

 룬은 스스로를 볼썽사납다고 생각했다. 룬은 울고 있었다. 얼굴을 가리고 있었던 무표정의 가면이 눈물에 녹아내리자 룬 자신도 한 번도 보지 못했던 얼굴이 드러났다. 룬은 자신의 감정을 있는 힘껏, 그리고 강하게 분출했다.

 평생 울음이라는 것이 무엇인지 알 수 없었을 것 같은 룬 크리셔드라는 인간이 울고 있었다. 언제까지 계속될지 모르는 그런 울음을…….

Chapter 4 휴식

4

평화로웠다.

농부들은 뜨거운 가을의 햇볕에 얼굴이 까맣게 타는 것을 잊은 채 누렇게 익은 밀들을 수확하며 싱글벙글한 표정들이었다. 평지가 그다지 많지 않아 논이나 밭농사가 제대로 이루어지지 않는 네스트에서 풍작이란 농부들이나 다른 시민들에게 있어서도 커다란 축복이다.

마을 사람들은 작은 주점에서 맥주잔을 가득 채우며 이번 수확이나 그 외 다른 소문에 대해서 이야기하며 그렇게 시간을 보내고 있었다.

마을 사람들은 아무런 일도 일어나지 않았는데 무슨 일이 있지 않았었냐고 물어보는 낯선 청년에게 이상한 표정을 지어 보였고 그 청년은 낭패한 표정으로 얌전히 물러설 수밖에 없었다.

'어떻게 이럴 수가 있지?

낯선 청년, 스펙은 입속으로 중얼거리며 짙은 갈색 머리카락을 만지작거렸다. 아무 일도 없었다고 하는 마을 사람들이지만 대략 일주일 정도 일어난 폭우에 대한 이야기만은 무성했다. 농부들은 가을비답지 않게 쏟아지던 그 빗줄기 때문에 하마터면 수확을 앞둔 농작물들이 상하지 않을까 걱정했었다며 웃으며 그때 일을 이야기할 뿐이었다.

"그전에 마른하늘에 날벼락이 치기에 얼마나 놀랐는지… 그것 말고는 별다른 일이 없었네만?"

"아, 예. 감사합니다. 주인장, 이분의 술값은 제가 대신 내겠습니다."

스펙은 그렇게 동전을 카운터에 놓아두고 예상치 못한 이득에 기뻐하는 주민을 뒤로하고 펍 안에서 빠져나와 한숨을 쉬었다. 벌써 수십 번이나 마을 사람들에게 질문을 했지만 그들의 대답은 다들 똑같았다. 일주일 전 크라우드와 시라닌이 합동 작전을 펼친 그날 밤 큰비가 내렸다고.

혹시나 싶어서 성으로도 향해보았던 스펙은 더 더욱 말도 안 되는 상황 앞에 머리를 굴려야 했다. 성은 이미 폐허가 되어 있었다. 폭약에 의한 폭발의 잔재일 것이 분명한 성벽의 구멍들. 그리고 성 한가운데에 솟아 있었을 것이 분명한 탑도 꼭대기 층이 부서져 있었다. 차라리 성이 깨끗하게 수복되어 있었다거나 마을 주민들이 성이 부서진 것을 몰랐다면 이벨의 계략이라고 생각할 수 있을지 몰랐다. 하지만 주민들은 일주일 전쯤에 성이 크게 부서진 사실 또한 확실히 인식하고 있었다.

이 지방의 성주가 사는 성이 그렇게 부서졌는데 어떻게 이렇게 태연할 수 있단 말인가? 하지만 아무리 스펙이 그 성에 대해서 파고들려고 해도 마을 사람들은 그 문제가 별것 아니라는 듯 대답하지 않으려 했다. 만약 마을 사람들이 이벨의 마법에 걸려 있거나 한 것이라면 자신과 같이 이곳에 온 친구들이 알아채지 못할 리가 없었다.

'스펙님.'

스펙은 머리 속에서 직접 들려오는 작은 목소리에 고개를 들어 하늘을 올려보았다. 찬란한 햇빛과 뭉게뭉게 피어 오르는 구름 사이에서 상당히 큰 검은빛의 까마귀가 흑아의 머리 위를 선회하고 있었다. 스펙은 입을 열지 않고 그 목소리에 대답했다.

'킨, 뭔가 발견한 것이라도 있나?'

'아닙니다. 그 반대입니다. 성안은 비어 있는 것 같습니다. 살아 있는 것은 아무것도 보이지 않습니다. 움직이는 것도 보이지 않습니다.'

'알았어. 감시를 계속하다가 힘이 들면 쉬어.'

스펙은 창공을 선회하고 있던 거대한 까마귀, 킨에게 마지막으로 명령을 내렸고 그 명령과 동시에 운과 흑아의 대화는 끝났다. 스펙은 주점의 옆에 있던 좁은 골목으로 접어들어 주위에 인기척이 있지 않나 살피고 조용히 마음속으로 외쳤다.

'핀.'

'예, 주인님.'

'너도?'

곧 흑아의 머리 위로 작게 푸드덕거리는 소리가 나더니 검은 날개를 가진 작은 까마귀 한 마리가 흑아의 어깨 위에 올라앉아 익살스럽게 고개를 흔들었다. 스펙은 핀의 움직임에 한숨을 쉬며 중얼거리듯 질문했다.

'너도 아무것도 발견한 게 없는 거야?'

'예, 하지만 이상합니다.'

‘뭐가?’

‘여전히 인간 이외의 짐승이 없습니다. 새도, 심지어는 쥐새끼까지도.’

‘알았어. 너도 탐색을 계속하다가 힘들면 쉬어.’

지옥기사단 10번대대 ‘까마귀’ 의 스펙은 자신의 정신과 연결되어 있는 다른 작은 새들에게도 그렇게 명령을 내린 후에야 골목을 빠져나왔다. 킨은 이미 흑아의 어깨를 떠나 다른 곳으로 날아가 버린 뒤였고 스펙은 고개를 흔들며 작게 중얼거렸다.

“내가 이렇게…….”

스펙은 뒷말을 억지로 삼켰다. 탐색 능력에 있어서는 지옥기사단 9번대대 ‘유령’ 과 함께 최강을 자랑하던 흑아가 아무런 성과도 얻어내지 못한 것이 이틀째. 다른 이들이 보기에는 이틀 정도는 괜찮지 않느냐고 할지 몰랐지만 그의 대지 탐색 능력은 일반인의 상상을 훨씬 뛰어넘고 있었다. 새의 눈과 오감, 정신을 공유하여 탐색을 펼치는 그의 눈에 아무런 단서가 잡히지 않았다는 것은 그의 능력을 떠나 자존심에 커다란 상처를 끼치는.문제인 것이다.

“그쪽도?”

“음.”

스펙은 그 골목의 반대 편 벽에 기대고 서 있는 죽은 눈을 한 사내를 보며 더 더욱 일이 막막해지는 것을 느꼈다. 죽은 이들의 잔류 사념으로 정보 수집을 하는 흑아의 손에 아무런 단서가 잡히지 않았다는 것은 자신이 아무런 단서를 찾지 못했다는 것보다 더 더욱 말도 안 되는 일이었다.

“뭔가 확실히 이상하군.”

"뭐가?"

스펙은 흑아의 말에 의아해하며 그를 바라보았다.

"영혼들이 몸을 떠난다고 해도 그 영혼은 며칠 간은 그 자리에 머문다. 물론 우리가 너무 늦게 온 탓도 있겠지만 잔류 사념조차 남아 있지 않다는 것은 확실히 이상하다. 게다가……."

"게다가?"

"근 이 주 간에 죽은 영혼들의 잔류 사념이 전혀 잡히지 않는다. 심지어는 벌레나 식물들의 것이라고 해도."

"우리가 뭔가 잘못 생각하고 있다는 거야?"

스펙은 흑아의 말에 고개를 끄덕이며 다른 곳으로 걷기 시작했다.

"그럴지도 모르지. 어쨌든 기한은 내일까지… 내일까지 아무런 소득이 없으면 우리는 이 도시를 떠나야 할 거다. 무력하게."

죽은 자와 대화를 할 수 있고, 그래서 지옥기사단 중에서는 죽음에서 가장 가까운 자라고 불리는 흑아는 그렇게 중얼거렸다. 수많은 부대원들이 성 근처, 그리고 성안에서 죽은 흔적은 희미하게 남아 있는 영혼의 냄새로 인하여 알 수 있었지만 그 영혼이 남겼을 잔류 사념은 깨끗이 사라져 있었다. 원래 그 자리에서는 아무도 죽지 않았다는 듯이.

"알고 있다고. 반드시 단서를 찾아내고 말 테니까 두고 봐."

스펙은 그렇게 호언장담을 하며 흑아가 걷는 반대 방향으로 걷기 시작했다.

*　　　*　　　*

룬이 이곳을 떠나는 것을 조금 더 생각해 보기로 한 것은 눈에서 더이상 눈물이 흐르지 않게 됐을 때였다. 룬은 레전트에게 조금만 더 이곳에 있겠다고 말했고 레전트는 고개를 절레절레 흔들면서 멋대로 하라는 의견을 전했다.

룬은 그 말대로 자기 멋대로 하기로 했다. 그렇다고 룬이 아이들과 접촉하려고 하거나 친해지려고 한 것은 아니었다. 며칠 전, 그제, 그리고 어제와 같이 그저 방 안에서 지내거나 잠시 바깥으로 나가서 약간의 트레이닝을 했을 뿐이었다.

룬은 자신의 행동이 상당히 바보 같다는 생각을 버리지 못했다. 이대로 이곳에 계속 머물러 봤자 아무것도 나오지 않는다는 것을 모르는 것도 아니었다.

하지만 룬 자신은 그 이유도 모르지만 이곳에 머물기를 원하고 있었다. 원하는 곳에서 도망치는 것은 한 번만으로 족했다. 자신의 삶에서 도망치면 아무것도 되지 못한다고 그렇게 알고 배웠던 룬이었다. 룬은 아마도 자신이 이곳에 머물고 싶어하는 이유를 언젠가 알게 될 거라고 생각했다. 지금까지 계속 그래 왔으니까.

룬은 그 며칠 동안 생각했다. 언제나 자신이 누군가의 도움만 받고 사는 것 같다고. 지금까지 살아오면서 혼자의 힘으로 세상을 살아간다고 그렇게 생각했었지만 따지고 보면 어이없는 일이었다.

기억에 남는 사람들, 기억에 남지 않는 사람들, 그리고 전혀 모르는 사람들이라고 해도 룬 크리셔드라는 인간은 그들에게서 도움을 받으며 세상을 살아간다. 룬은 그들에게 구해지고, 위로를 받고 배운다. 아마도 지금까지 계속 그랬고 앞으로도 계속 그렇게 될 것이다. 물론 그것이 진실인지 아닌지는 역시 나중에, 지금이 아닌 나중에야 알게 될 것이다.

　룬은 되도록 가딘의 눈에 띄지 않으려 노력했고 그에 앞서 다른 선생들의 비위도 거스르지 않으려고 노력했다. 자신보다 더 높은 지위에 있는 인간의 비위를 맞춰주면서 살았던 것은 지금까지 한두 번 있었던 일이 아니었다.

　룬은 지위에 집착하는 인간들에게는 그만큼의 대우를 해주는 것이 좋다는 것을 이미 오래전부터 알고 있었으면서 이만큼이나 자신이 흐트러져 있었다는 것이 아무래도 마음에 들지 않았다.

　룬은 그 후로는 다른 마법사들의 말에 고분고분하게 행동했다. 하지만 가딘에게는 눈에 띄지 않으려고 했을 뿐 다른 일에 대해서는 그 전의 태도를 유지했다.

　다른 마법사들은 룬이 고분고분하게 되자 중립적인 입장에서 가딘이 룬에게 삿대질을 하면 막았다. 그들로서도 쓸데없는 싸움이 벌어지는 것은 사양이었다. 룬이 고분고분해진 지금에 와서는 그들로서도 룬에게 그다지 악감정을 가질 필요는 없었다. 오히려 그들은 룬에게 어느 정도 호의적인 태도를 보였다.

　그 후에 룬은 좀 더 편안하게 허무의 전당에서 지낼 수 있었다. 다만 하나 마음에 걸렸던 것은 디이리스가 계속적으로 룬과 가까이 지내려고 한다는 것이었다.

　"괜찮아요, 꼬투리 잡힐 일만 하지 않으면 되니까요. 그날도 취침 시간에 늦어서 그런 거니까… 이제 늦지 않게 갈 거니까 괜찮아요."

　디이리스는 그렇게 말하면서 끈덕지게 룬의 곁으로 달라붙었고 룬은 며칠이 지나도 자신의 말에는 신경 쓰지 않는 디이리스의 태도에 더 이상 뭐라고 하는 것을 포기해 버렸다.

그 후로 디이리스는 시간이 날 때마다 룬의 방으로 찾아와서 룬에게 바깥의 일에 대해서 묻거나 잠자듯 누워 있는 티아스의 머리카락을 만지작거리며 놀았다. 어쨌든 룬은 디이리스가 무엇을 하든 신경을 끄기로 했기 때문에 굳이 디이리스의 행동에 신경을 쓰지 않았다.

"그래서요?"

"도망쳤지."

다만 약간 귀찮은 일 하나가 생겼다. 어느 사이에 룬의 방으로 찾아오는 아이들의 숫자가 하나둘씩 늘어나기 시작했고 룬은 바깥의 이야기를 바라는 아이들에게 과거에 자신이 싸웠던 이야기를 해줘야 했다.

흔히 글 속에서 용사들이 물리치는 마왕들이나 드래곤들이 실제로 있었다면 정말로 신이 아니고서야 그런 존재를 인간이 물리친다는 것은 거의 불가능에 가까울지도 몰랐다. 이곳의 아이들은 그 사실을 확실히 파악하고 있었다.

지금 룬은 현 시대에 남아 있는 몬스터 중 가장 드래곤에 가깝다고 불리는 에이션트 와이번과 싸웠던 이야기를 해주는 중이었다(정확히는 도망친 것에 가까웠지만).

"에이션트 와이번은 전설의 드래곤처럼 브레스를 뿜지는 못하지만 꼬리의 독침에는 인간 따위는 스쳐도 죽을 수 있을 만큼 위협적인 독이 있다. 꼭 그것이 아니라고 해도 워낙 비늘이 두꺼워서 칼날도 거의 들어가지 않는 데다가 꼬리나 앞발에 적중당하면 장 파열로 거의 한방에 즉사하지."

아이들은 룬의 이야기를 차분하게 듣고 있었다. 그런 허무맹랑한 옛날이야기에 비하면 훨씬 현실에 가깝고 피 냄새 나는 이야기들을. 마법사의 재능을 가진 인간은 꼭 귀족에게서만 나오는 것은 아니다. 오히려 그 귀족의 수십 배에 달하는 숫자의 평민에게서 태어날 확률이 높다.

지금 룬의 주위에 있는 아이들은 그런 평민의 자식들이었다. 그들은 어린 나이에도 꿈보다 현실에 타협하는 것을 잘 알고 있었다. 그렇기 때문에 그들은 룬의 이야기에 오히려 귀를 기울이고 있었다.

"그럼 그 에이션트 와이번… 죽여본 적은 있어요?"

"전혀."

룬은 디스트럭션도 튕겨내는 비늘을 무엇으로 자르면 좋을지 몰라서 그냥 도망갈 수밖에 없었다. 다행인 것은 에이션트 와이번들은 각자의 영역에서 행동하는 데다가 수십 미터에 가까운 체형으로 인하여 날개가 상당히 퇴화되어서 오랜 시간 동안 날지 못했다. 만약 에이션트 와이번이 보통 와이번들처럼 날아다닐 수 있었다면 도망가는 것도 불가능한 것은 둘째 치고 인간이란 종족은 상당히 보기 힘들어졌을지도 몰랐다.

여기까지 이야기를 마친 룬은 열려 있는 창문을 바라보며 아이들에게 경고하듯 말했다.

"늦었다. 곧 있으면 취침 시간 아닌가?"

"아! 그럼 내일 봐요, 아저씨. 그리고 내일도 이야기해 줘요!"

아이들은 룬의 중얼거림에 바깥을 바라보더니 바깥으로 달려나가 버렸다. 룬은 그들의 뒤를 바라보다가 한숨을 내쉬며 의자에 등을 기대고 눈을 감았다.

"아저씨."

"왜."

룬은 다시 눈을 뜨고 노려보았다. 다른 아이들에 비해서 가딘의 눈

바깥에 나 있는 것의 정도가 심각한 디이리스가 다시 어떤 일에 걸린
다면 또다시 큰 벌을 받게 될 것이다.

"또 매달리고 싶어서 아직 가지 않은 건가?"

"아뇨, 그냥… 고맙다는 소리 하려고요."

"뭐가?"

"응… 아저씨 때문에 좀 더 재미있어졌어요. 이곳의 생활이."

쓸데없는 소리라는 생각이 들었다. 하지만 룬은 디이리스가 다음 말
을 하자 아무런 소리도 하지 못하고 고개를 돌려 버리고 말았다.

"아마… 아저씨도 언젠가 여길 떠나겠죠?"

분명히 룬은 디이리스에게 위로를 받아서 이곳에 남아 있었다. 하지
만 룬은 이곳을 떠나게 될 것이다. 그리고 아마 이곳을 다시 찾게 되기
는 힘들 것이다. 룬은 이런 것에 대해서 거짓말을 하기도 싫었고 왠지
냉정하게 대답하기도 싫었기 때문에 아무 말도 하지 않고 침묵을 지켰
다.

디이리스도 그런 반응이 무엇을 뜻하는지 눈치 챈 듯 룬을 향해서
가볍게 고개를 끄덕여 보이더니 바깥으로 뛰어나갔다. 분명히 룬에게
는 이곳을 자신의 의지로 떠나는 날이 올 것이다. 도망가는 것이 아니
라 다른 일을 찾기 위해서.

"하지만… 분명히 바보 같은 생각이지만……."

잠시 혼잣말을 끊었던 룬은 힘없이 그 다음 말을 뱉어냈다.

"지금은 이곳을 떠나기 싫어."

룬은 잠시 입을 다물었다가 조소했다.

"웃기는 소리로군……."

입가에 자신을 향한 비웃음이 흘려졌다. 얼마 전까지만 해도 이곳을

떠나겠다고 설치던 녀석이 이제 와서는 이곳을 떠나기 싫다고 말하고 있었다. 룬은 문득 자신이 엄청 바보 같다는 생각이 들었다.

"정말로 바보인가……."

"이씨… 정말 욕 나온다……."

레전트는 6,452번째 책을 다시 제자리에 꽂아두며 울먹거렸다. 가상공간 내에 만들어져 있는 현자의 서고에 보관 중인 고대 서적이나 희귀 서적은 약 6만 권에 이른다.

레전트가 머리카락에 들러붙는 먼지를 털어내는 것을 완전히 포기한 것은 3,523번째 책을 다시 제자리에 꽂아두었을 때였다. 그때 상황을 생각해서 그 상황에서 벌어졌을 법한 일에 관련된 책을 뽑은 것만 약 1만 권. 주로 죽음에 관한 주술이나 영생, 신이 되기 위한 마법사의 이야기 등이 담겨 있는 책들이었다.

레전트는 이미 초점을 거의 잃어버린 눈을 비비다가 먼지가 눈에 들어가자 마구 발악을 하면서 혼자 날뛰다가 다시 한숨을 쉬고 6,453번째 책을 펴들었다.

"영생을 이루기 위한 목적으로 그는… 아, 젠장."

레전트는 그 책을 집어던지고 싶어지는 마음을 억누르며 그 책을 다시 제자리에 꽂아두었다. 아무리 떠올려도 그 상황을 설명하기에는 너무나도 단서가 부족했다. 자신을 살려두려고 했던 그 영주, 그리고 그 성벽에서 불어닥쳤던 검은 구름의 물결, 그 구름에 스친 다음 몸 상태가 급속도로 악화되어 버린 룬과 티아스. 단지 이 정도의 단서로 그것이 무엇에 관한 일이었는지 찾으려니 끝이 없었다.

엘반은 자신의 생각대로 티아스가 깨어나지 않자 자신의 제자인 레전트를 시켜서 그 일에 대한 것을 조사하고 있는 중이었다. 티아스는 마치 가사 상태에 들어간 것처럼 생명력이 극도로 낮아져 있었다. 지금 티아스는 그 실낱같은 생명력으로 목숨을 부지하고 있는 중이었다.

레전트는 6,454번째 책을 빼 들어서 잠깐 훑어보더니 뒤에 쌓여 있는 책들 위에 올려두었다. 여기서 해볼 수 있는 것은 일단 그런 비슷한 일에 관련된 일이 쓰여져 있는 책들을 모아 그것을 다시 한 번 검토하는 방법밖에 없었다.

"아악! 젠장, 이러고 있으려니 차라리 커르니안에 가서 단서를 찾는 게 더 쉽겠다!"

레전트는 주먹을 불끈 움켜쥐고 허공을 향해 삿대질을 하며 고함을 질렀다. 벌써 이공간에서 지낸 것이 나흘째였다. 간혹 책을 찾으러 들어왔던 마법사는 먼지로 온몸을 치장하고 있는 레전트를 보고 깜짝 놀라 하다가 허둥거리며 다시 바깥으로 나가 버렸고 레전트는 잠깐 그쪽을 쳐다봤다가 핏발 서린 눈으로 책을 노려보곤 했다.

레전트가 혼자서 머리를 감싸 쥐고 소리치자 레전트의 머리 위로 먼지가 소복이 쌓이기 시작했고, 레전트는 머리에 쌓인 먼지를 신경질적으로 털어내며 바깥으로 나갈 수 있는 공간의 문을 열었다.

"일단 밥 좀 먹고 찾자. 젠장, 그런데 지금 몇 시지?"

이미 날짜 관념과 시간 관념은 이공간 저편으로 날려 버린 레전트였다.

＊　　　＊　　　＊

음머~

흑아는 구슬픈 울음소리를 내는 황소 한 마리를 끌고 마을 바깥으로 걸어나가고 있었다.

보통 이런 마을에서 황소같이 농사에 요긴하게 쓰이는 가축을 팔 리가 없었지만 흑아는 보통 시세의 세 배를 치르고 그 황소를 사내고 말았다.

곧 마을에서 약간 떨어진 곳에 이른 흑아는 주위를 둘러보며 자신과 황소, 그리고 자신의 바로 옆에서 길잡이 역할을 해준 스펙 외에는 아무도 없다는 것을 확인했다.

"꼭 이래야 돼?"

"그래."

살아 있는 인간이나 가축, 식물에게 스며들어 있는 영혼의 흐름까지도 읽을 수 있는 흑아의 앞에서 잠복이라는 것을 한다는 것은 살아 있는 생물로는 불가능한 소리였다. 하지만 지금 주위에서 느껴지는 느낌은 너무나도 비정상적이었다. 그들의 주위에는 자연적으로 느껴져야 할 작은 영혼이나 영혼의 사념까지도 남아 있지 않았다.

영혼은 작은 풀포기, 벌레에게조차 스며들어 있는 생명을 지탱해 주는 힘이며 에너지이고 생명 그 자체였다. 그런데 그 영혼의 기척이 전혀 느껴지지 않는다는 것은 비정상적인 것을 넘어서 불가능한 일인 것이다. 흑아는 고개를 약간 흔들고 허리춤에 아무렇게나 끼워져 있는 칼집을 빼 들었다.

스르릉—

제법 깨끗한 소리가 작게 울리며 흑아의 칼집에서 칼날의 길이가 집게손가락 두 개쯤 되는 짧은 단검이 빠져나왔다. 마법적인 문장이 은빛으로 새겨져 있는 검은 단도는 금속으로 만들어지지 않은 듯 윤기

없는 검은 빛을 띠고 있었다.

흑아는 손을 뻗어 커다란 눈망울을 굴리며 눈치를 살피고 있는 황소의 머리를 쓰다듬었다.

"미안하구나……."

스윽!

흑아의 손에 들려 있던 검은 단도가 눈 깜짝할 순간 황소의 목줄기를 훑고 지나갔다. 황소는 자신에게 무슨 일어난지 눈치 채지도 못한 듯 아무런 움직임도 보이지 않았다. 하지만 곧 황소의 다리는 힘이 빠진 듯 허무하게 꺾여졌고, 누렇고 커다란 몸은 대지에 쓰러져 아무런 미동도 하지 않았다. 그러나 분명히 황소의 목줄기를 훑고 지나갔을 단도에는 피 한 방울 묻어 있지 않았고 황소의 목에도 상처 하나 나 있지 않았다.

"어때?"

하지만 스펙은 그런 풍경이 익숙한지 허공을 멍하게 응시하고 있는 흑아에게 질문을 던졌다. 하지만 흑아는 스펙의 질문에 찡그린 눈으로 하늘을 바라볼 뿐이었다. 흑아에게는 다른 사람처럼 평범하게 색을 보고 사물의 모습을 볼 수 있는 능력이 없는 대신 영혼이나 영혼의 흐름을 보통 사람이 사물을 보는 것처럼 아주 똑똑히 볼 수 있는 능력이 있었다.

흑아는 자신에게 이런 능력이 있다는 것이 고마웠다. 악마의 자식이나 마족이라고 오인받았던 것이 한두 번이 아니었지만 이런 능력이 없었더라면 살아가는 것 자체가 불가능했을 것이다.

지금 그의 눈에 보이는 황소의 영혼은 강하게 몸부림치며 살아 있었을 때 머물렀던 육신을 떠나가고 있었다. 죽어버린 몸에 집착하는 어리석은 영혼의 몸부림. 하지만 살아 있었던 자가 살아생전의 삶에 집착하는 것은 어리석다고 할 수 없는 걸지도 몰랐다. 하지만 지금 흑아의 눈에 보이는 황소의 영혼은 뭔가에 억지로 끌려가듯 몸을 벗어나고 있었다. 분명히 비정상적인 모습이었다.

"이런……."

죽은 자의 영혼은 전생의 바람이라 불리는 흐름을 타고 죽음의 신 데카드와 생명의 여신 히세니아가 동시에 생명을 거두고 치유하는 곳, 그랜드 스톰으로 흘러 들어가게 되고 그 속에서 거대한 의지에 따라 다시 전생의 길에 이르게 된다.

그것이 일반 마법사나 성직자들에게 널리 알려진 학설이고 흑아도 그동안 영혼이 어디로 흘러가는지 수없이 봐왔기 때문에 그 학설에 의심을 품지 않았다. 하지만 지금 황소의 영혼은 자신이 알고 있는 그 흐름을 타고 있지 않았다.

"흐름이……."

흑아는 눈을 크게 뜨고 영혼의 흐름을 살폈다. 황소의 영혼이나 그 영혼에서 흩뿌려지는 약한 사념의 가루들도 아무런 반항도 하지 못한 채 그 흐름에 휩싸이고 있었다. 그 흐름은 전생의 바람에 비하면 훨씬 거칠고, 강제적이며, 조화롭지 못했다. 그렇게 황소의 영혼은 그 흐름을 따라 빠르게 흘러가다가 어느 지점에서 완전히 사라져 버렸다. 흑아는 영혼이 순식간에 사라지자 깜짝 놀라 하며 손가락으로 그곳을 가리켰다.

"스펙, 저곳에 뭐가 있지?"

"저기? 음……."

스펙은 흑아의 손가락 끝이 가리키고 있는 쪽을 바라보더니 얼굴을 찡그리며 기분 나쁜 듯한 목소리로 중얼거렸다.

"지금 손가락으로 가리키고 있는 곳에서 뭔가를 느꼈어?"

"일단은."

"증거라고 하기는 뭐하지만 어쨌든 확실해졌군. 영주의 성이다."

흑아는 흠칫하며 손을 거두었다. 그리고 황소의 영혼이 완전히 사라졌던 곳을 자세히 주시했다. 성의 모습이 그의 눈에 보일 리는 없었지만 한 가지는 확실했다. 성이 있는 곳에는 다른 곳에 비하여 더 더욱 깊고 끝없이 뭔가를 갈구하고 있는 공간이 존재하고 있었다.

"공간 자체가… 뭔가를 갈구하고 있어."

"통신이 되지 않는 것도 그것 때문인가? 어쨌든 일단 돌아가자고."

하지만 흑아는 스펙의 말에 고집스럽게 고개를 내저었다.

"아니, 이대로 돌아갈 수는 없다. 뭔가 확실한 증거가 필요해. 그렇지 않다면 태양기사단을 움직일 수는 없을 거고 지옥기사단 전체가 움직이는 것도 힘들어지니까."

인간은 눈에 보이는 증거를 믿는다. 적어도 작은 증거라도. 증거가 아니라면 그것을 증명할 확실한 단서가 있지 않는 이상 지옥기사단이나 태양기사단이 움직이는 것은 힘들어질 수밖에 없었다. 물론 지옥기사단은 전체가 움직이는 것이 아니라 한두 부대씩 움직이는 것이라면 어렵지 않겠지만, 이미 두 부대가 이곳에서 몰살당하는 일이 일어난 이상 일에 신중을 기하지 않으면 안 됐다.

"그래서 어쩌려고? 여기에서는 영혼의 기척이 느껴지지 않는다면서? 그럼 막말로 말해서 넌 아무런 쓸모도 없다는 소린데……."

"…아니, 방법은 있다."

흑아는 아랫입술을 깨물며 고개를 내저었다. 흑아와 거의 팀으로 행동하는 스펙은 흑아가 무엇을 이야기하는 것인지 금방 알아차렸고 곧 스펙은 한숨을 푹 쉬더니 등에 메고 있던 배낭에서 침낭을 꺼내서 바닥에 깔았다. 흑아는 뭔가 부스럭거리는 소리가 들리자 스펙이 지금 무슨 행동을 하고 있는지 알아차리고 진심을 담아 말했다.

"미안하다."

"쳇, 콱 죽어버려라."

흑아는 스펙의 악담을 한 귀로 흘리고 바닥에 깔려 있는 침낭을 더듬어 편하게 눕더니 아까 소의 목을 잘랐던 그 단도를 꺼내 들었다. 스펙은 흑아가 하는 짓을 막지 않고 보고 있다가 퉁명스러운 목소리로 말했다.

"시체는 친구들한테 말해서 거둬주지."

"네 친구들한테 시체를 거두게 한다면 시체가 원형을 유지하기는 힘들겠군. 시체 거두게 하지는 않을 거니까 걱정 마라."

흑아는 머리 속에서 스펙이 친구들이라고 부르는 까마귀들이 자신의 죽은 몸을 쪼아 먹는 장면이 떠올려지는 것을 무시하며 숨을 들이쉰 다음 손에 들고 있는 단도를 자신의 심장 깊숙이 찔러 넣었다. 단도의 칼날은 원래 실체가 없는 것처럼 아무런 저항 없이 흑아의 가슴 한복판에 박혔고 그와 동시에 흑아는 온몸이 찢어지는 듯한 아픔이 몰려오는 것을 느꼈다. 마치 온몸을 작은 단도로 갈기갈기 찢어내는 듯한 아픔. 흑아는 그 아픔을 느끼고 고통에 찬 비명을 질렀지만 그 비명 소리는 흑아의 입 바깥으로 나가지 않았다.

곧 그 아픔이 점점 사그라지자 흑아는 자신의 마안(魔眼)에 주위의 모습이 똑똑히 들어오는 것을 볼 수 있었다. 살아 있는 인간의 모습을 하고 있는 자신의 영혼과 그런 영혼과 끈으로 연결되어 있는 자신의 육체, 주위에서 아주 희미하게 반짝이는 사념의 가루들, 그리고 자신의 육체 가까이에서 투덜거리고 있는 커다란 영혼. 비록 볼 수는 없었지만 흑아는 그 영혼이 스펙의 것이라는 것을 의심치 않았다.

'그럼 조금만 기다려라.'

들리지 않을 것이 뻔했지만 흑아는 살아 있을 때의 버릇대로 그렇게 중얼거렸다가 소용없다는 것을 눈치 챘다. 사실 영혼이 이런 인간의 모습을 갖추고 있다는 것도 의미없는 행동이다. 어차피 영혼은 그냥 영혼일 뿐이지 일정한 모습이 있는 게 아니니까.

흑아는 이것이 전부 살아생전의 집착일 거라고 생각하며 눈을 크게 떴다. 그러자 공간에 미세하게 깔려 있는 영혼의 흐름이 눈에 들어오기 시작했고 흑아는 자신의 생각이 틀리지 않았다는 것을 알 수 있었다. 이 지역에는 영혼의 흐름 자체가 주위와 완전히 끊겨 재구성되어 있었다. 신들이 만들어놓은 영혼의 흐름을 일부나마 자신의 마음대로 제어하려고 한다는 것은 신들에게 도전하는 행위이다.

'신에게 도전이라도 할 생각인가?'

움직일 수도 없고 눈에 보이는 것도 아니었지만 확실한 증거였다. 이벨 사베이언이 뭔가를 꾸미고 있고 그 꾸미는 일이 신의 위상에 관계되는 일이라는 증거가. 이 정도의 증거라면 태양기사단들도 납득할 수 있을 것이다. 그 사실을 확인한 흑아는 막 몸으로 돌아가려고 했지만 그 순간 엄청난 폭풍이 자신의 영혼을 휘감는 것을 느낄 수 있었다.

'큭?!'

영혼 상태인 흑아에게 물질계의 법칙이 존재할 리가 없었다. 하지만 그 폭풍은 물질계의 그것처럼 강렬하게 휘몰아치며 흑아의 영혼을 어디론가 데려가려고 하고 있었다. 하지만 흑아는 자신의 몸을 휘감는 그 폭풍을 힘들게 뿌리치고 아직 끈이 연결되어 있는 자신의 몸에 영혼을 집어넣었다.

그 순간까지도 그 폭풍은 흑아의 몸과 영혼을 떼어놓으려고 발악했지만 이미 몸으로 귀환한 흑아의 영혼이 쉽게 끌려 나갈 리가 없었다. 결국 흑아의 영혼이 몸 안에 완전히 스며들 무렵 그 폭풍은 마지막 발악을 하는 듯 흑아의 영혼을 거칠게 잡아 뜯었다.

"크악!"

흑아는 가위에 눌린 사람처럼 자리에서 벌떡 일어나 아직도 영혼이 뜯긴 고통이 생생한 자신의 몸을 어루만졌다. 육체에는 아무런 상처도 없었지만 살아 있는 영혼의 일부가 잡아 뜯겨져 나가는 고통은 영혼이 몸에서 잠시 빠져나올 때의 그 아픔에 비할 바가 아니었다. 잠시 몸을 떨던 흑아는 고통스러운 비명을 지르며 땅바닥을 마구 뒹굴었다.

"야, 왜 그래!? 흑아!"

"으아아악! 아악! 크아아악!!"

흑아는 예리한 풀잎 때문에 얼굴에 예리한 상처가 나거나 땅바닥에 긁히는 아픔을 무시하고 계속 땅바닥을 굴렀다. 스펙은 흑아가 왜 그러는지도 모르고 어쩔 줄 몰라 하며 마구 몸부림을 치는 흑아를 찍어 눌렀다. 흑아는 이를 악물고 머리를 흔들었다. 영혼의 일부가 뜯겨져 나갈 때의 고통은 몸의 일부가 잘려 나간 아픔이나 다름없다. 흑아는 한참 동안이나 스펙에게 찍혀 눌린 채로 고통에 몸을 떨다가 조금 고통이 사그라지자 겨우 몸부림치던 것을 멈췄다.

"도대체 왜 그래? 무슨 일이라도 있었어?"

"크… 윽… 도, 돌아가자. 증거… 확실한 증거를 찾았다. 보여줄 수는 없지만 확실한……."

흑아는 몸을 한차례 부르르 떨더니 그대로 기절해 버렸고 스펙은 재빨리 정신을 잃어 축 늘어진 흑아의 몸을 어깨에 짊어졌다. 이 근처에서는 아티팩트를 이용한 통신이 불가능하다는 것은 이미 이곳에 도착해서부터 알고 있던 사실이었다.

통신을 하기 위해서는 이곳에서 적어도 40km 정도의 거리는 떨어져야 했다. 어차피 흑아도 증거를 찾았다고 한 이런 상황에서 이곳에 더 이상 머무르는 건 좋지 않다고 생각한 스펙은 막 발을 옮기려고 했다.

'주인님.'

그때 급한 듯한 킨의 목소리가 스펙의 머리 속에 울려 퍼졌다.

'무슨 일이야?'

'뭔가가 성에서 날아오르고 있습니다. 수는 넷, 마치… 해골 같은 모습을 하고 있습니다.'

스펙은 그 소리를 듣자마자 성을 바라보는 대신 땅을 박차고 빠른 속력으로 뛰기 시작했다. 곧 킨의 시선이 스펙의 머리 속에 떠올려졌고 스펙은 킨이 말했던 해골들이 도저히 하늘을 날 수 없을 것 같은 뼈로 이루어진 앙상한 날개를 퍼덕이는 것을 볼 수 있었다. 하지만 그 날개들은 점차 공기를 밀어내며 몸을 공중으로 띄우기 시작했고 스펙은 계속 앞으로 뛰며 그것들의 모습을 살폈다. 마치 개과 동물의 두개골을 인간에게 붙이고 거대한 조류의 날개 뼈를 등에 달아놓은 듯한 모습은 분명히 일반적인 몬스터의 모습은 아니었다.

'어떻게 할까요?'

'만에 하나 뭔가 잘못된 경우……'

스펙은 그동안 모았던 정보와 방금 흑아와 이야기했었던 상황을 떠올려 킨에게 보여주었다.

'이 영상을 그대로 대장에게 전해. 알았지? 지금 당장 대장에게 가!'

킨은 자신에게로 옮겨져 온 스펙의 기억을 다시 더듬어 완벽히 기억한 후 커르니안을 향해 방향을 틀었다. 스펙은 킨과의 시야 공유를 끝내고 뒤를 힐끔 바라보았다. 그 뼛조각들은 막 성 위로 날아올라 이쪽을 향해서 날아오려고 하고 있었다. 다행히 날개의 구조가 바람을 제대로 탈 수 없어서인지 그것들의 나는 속력은 굉장히 느렸다.

"이대로라면 도망갈 수 있겠는데. 안 되면 별수없지만. 이왕이면 나도 살고 싶고. 너도 죽고 싶지는 않겠지?"

스펙은 자신의 어깨에 짊어져 정신을 잃고 있는 혹아에게, 그리고 자기 자신에게 중얼거리며 다리에 힘을 넣었다. 탐사 및 첩보를 담당으로 하고 있는 만큼 스펙의 속력은 굉장히 빨랐고 마치 바람이 스쳐 지나가는 것처럼 조용했다. 그렇게 달리던 스펙은 가까이에 있던 숲속으로 뛰어 들어갔다. 저렇게나 거대한 날개를 가진 존재들은 이런 나무 사이에서는 제대로 날 수 없는 것이 일반적이기에 도망치기가 더더욱 쉬워질 거라고 생각했기 때문이다.

얼마쯤 달려가던 스펙은 급히 커다란 나무 사이의 그림자에 몸을 숨겼다. 자연 속에서 몸을 숨기는 것은 일류 레인저들도 한 수 접고 들어가는 스펙의 은폐 실력이었다. 스펙은 배낭에서 작은 메이스를 빼 들고 숨소리조차 작게 죽인 채 그들의 동태를 살폈다. 잠시 후 스펙이 주변에 거의 동화됐을 즈음 뭔가가 걸어오는 소리가 스펙의 귀에 들려왔다.

끼리리릭, 끼럭.

뼈와 뼈가 부딪치거나 마찰되어 일어나는 기분 나쁜 소리. 스펙은 그 소리가 자신이 숨어 있는 근처까지 다가오자 더 더욱 숨을 죽였다. 하지만 그것들은 스펙이 있는 근처에서 계속 맴돌다가 스펙을 찾는 것을 포기했는지 예의 그 기분 나쁜 마찰음을 내며 숲 바깥으로 나가 버렸다. 스펙은 그 소리들이 사라지고 나서도 경계를 풀지 않고 계속 은폐 상태를 지속했다. 유인책일 수도 있는 것이다. 그리고 최악의 경우에는 자신을 찾고도 못 찾은 척한 것일 수도 있었다. 그것을 알고 있는 스펙이기에 조용히 눈을 뜨고 주위를 둘러보며 서서히 은폐 상태를 풀기 시작했다. 곧 주위에 어떠한 기척도 느껴지지 않는다는 것을 완전히 확인한 스펙은 서서히 자리에서 일어났다.

키잉!

그때 스펙의 머리 위에서 뭔가가 떨어져 내리는 소리가 들렸고 스펙은 급히 몸을 옆으로 틀었다. 공중에서 떨어져 내린 그것은 스펙의 왼팔을 스치며 땅에 박혔고 스펙은 급히 뒤로 물러서며 하늘을 올려다보았다. 분명히 아무런 기척도 없었다.

스펙은 자신의 팔에 스치며 땅에 박힌 길다란 헬버드를 힐끔 바라보고 난 뒤 다시 뛰기 시작했다. 가만히 있거나 어정쩡하게 움직이면 오히려 당할 확률이 높았다. 차라리 전력 질주로 이곳을 벗어나는 것이 더욱 좋은 방법일 것이다.

"쿠오오오—"

뭔가가 사납게 울부짖는 소리가 등 뒤에서 들려오자 스펙은 뒤에서 투척 무기를 던질 경우 빗나가게 하기 위해서 나무를 지나치며 지그재그로 뛰었다. 상대방이 어떤 존재인지는 몰라도 지금 스펙의 뒤에서 느껴지는 기색으로 일반적인 존재는 아니라는 것을 확인시켜 주고 있었다.

그때 파공음이 울리며 뒤에서 뭔가가 날아왔고 스펙은 급히 걸음을 멈추고 앞으로 꼬꾸라지듯이 고개를 숙였다. 스펙의 머리 위로 뭔가 묵직한 것이 스쳐 지나갔고 스펙은 그것이 방금 자신이 봤었던 그 헬버드라는 것을 알 수 있었다. 검은 빛을 음산하게 흘리는 헬버드는 스펙의 앞쪽에 있던 나무를 완전히 절단하고 나서 그 다음 나무에 깊숙이 틀어박혔다. 첫 번째로 절단당한 나무는 커다란 소리를 내며 옆으로 쓰러졌고 스펙은 그 위력에 치를 떨며 뒤를 돌아보았다.

"……?"

하지만 스펙의 눈에는 아무것도 보이지 않았다. 헬버드를 투창같이 던져 아름드리 나무 하나를 박살 내고 그 다음 나무에서야 멈출 정도의 위력을 낸다는 것은 인간으로서는 절대로 불가능한 이야기고, 인간이 아닌 존재라고 해도 눈에 보이지 않을 정도로 작은 존재에게는 절대로 불가능한 일일 것이다. 하지만 스펙은 순간 대기가 출렁이는 것을 볼 수 있었다. 마치 물속에 들어가 그 물의 투명함과 동화되었던 뭔가가 움직이는 것같이.

부웅—

그리고 스펙은 그것이 움직이는 것을 보자마자 다리에 힘을 주어 재빨리 그 자리에서 벗어났다. 날카롭고 중량감이 실린 일격은 스펙이 서 있던 땅을 깊숙이 파고들었고 거대한 충격은 땅과 그 공격을 날린 자의 몸을 흔들었다. 마치 잔잔한 물에 파문이 이는 것같이 그 존재가 있는 공간에 파문이 일었고 그 존재는 더 이상 투명하다는 것이 무색할 정도로 모습을 드러내고 말았다.

스펙은 급히 위치가 드러난 그 존재에게 단검을 던졌지만 그 단검은 허무하게 공중에서 팅 소리를 내며 팅겨져 날아가 버렸다. 하지만 그 공격은 효과가 있었는지 그 존재의 모습이 드러나기 시작했다. 물 같은 투명함은 점점 검은빛의 단단한 금속 재질로 바뀌어져 가고 그 금속 재질은 마치 대기 중에서 금속의 결정이 점점 자라 서로 붙는 듯한 모양이 되어가며 서서히 완전한 모습을 갖췄다.

"크ㅇㅇㅇ……."

어떤 병기도 감히 침범하지 못할 정도로 두꺼워 보이는 검은 갑옷, 그리고 헬름의 틈새에서 언뜻 비치는 붉은 빛, 그리고 보통 사람이라면 옆에 서 있는 것만으로도 심장 마비로 즉사시켜 버릴 수 있을 것 같은 기운. 그는 자신에게 단검을 던진 스펙을 바라보았고 순간 스펙은 무형의 기운이 자신을 밀어내는 것 같은 기분을 느끼며 자신도 모르는 사이에 한 발자국 뒤로 물러서고 말았다.

"제, 젠장……."

그는 땅에 박혀 있는 투 핸드 소드를 회수하더니 허리춤에 달린 거대한 검집에 꽂아 넣었다. 그리고 천천히 스펙을 지나쳐 뒤쪽 나무에 박혀 있는 헬버드로 다가갔다. 스펙은 그가 헬버드의 자루를 잡고 헬버드를 나무에서 뽑아낼 때까지 아무런 행동도 하지 못했다.

'움직여라… 제발 좀…….'

스펙은 움직이지 않는 자신의 육체를 억지로 움직여 보려고 했지만 뭔가 단단한 주박에 걸려 버린 것처럼 떨리기만 할 뿐 움직여지지 않았다. 자신보다 너무 강대한 존재라는 것을 몸이 본능적으로 알아버린 탓일까. 완전히 압도당해 버린 것이다. 스펙은 자신의 뒤에서 들려오는 갑옷의 철컹거리는 소리에 공포에 떨면서도 억지로 입을 열었다.

"너, 넌… 누, 누구지?"

하지만 그는 스펙의 질문에 아무런 말도 하지 않았다. 하지만 스펙은 여전히 그 기운이 자신의 몸을 짓누르고 있다는 사실에 절망했다. 자신이 어떤 방법을 쓴다고 하더라도 이 괴물에게는 이기지 못할 것이 분명했다. 스펙은 그나마 킨에게 커르니안으로 가라고 전해둔 것이 다행이라고 생각하며 모든 것을 단념하듯 눈을 감았다. 눈을 감은 스펙의 머리 속에는 죽기 직전에나 볼 수 있다는 주마등이 스쳐 지나가기 시작했다.

'가라. 그리고 알려라.'

그때 누군가가 스펙에게 정신으로 직접 말을 건넸고 스펙은 순간 주마등이 깨지는 것을 느끼고 눈을 번쩍 떴다. 스펙은 자신의 바로 앞에서 붉은 빛이 자신을 내려다보고 있다는 것을 눈치 채고 식은땀을 흘리며 힘겹게 입을 열었다.

"무엇… 을?"

'나의 주인님의 강함. 그리고 너희는 알게 될 거다. 나의 주인님에게 반항한다는 것이 얼마나 쓸모없고 어리석은 일인지.'

"주인님?"

하지만 그 존재는 스펙이 어떤 반응을 보이든지 상관하지 않고 갑작스럽게 거대한 날개를 펼쳤다. 어떠한 물질로 이루어져 있는 날개가 아닌 마치 반투명한 검은빛의 수정을 깎아서 만들어놓은 것 같은 날개가 펼쳐졌고 스펙은 그 날개의 아름다움과 기운에 더 더욱 압도되어 그 자리에 주저앉고 말았다.

그 날개는 천천히 자신의 주인의 몸을 완전히 감쌌고 다음 순간 그의 모습이 공기 중에 스르륵 녹아버리듯 사라지고 말았다. 스펙은 갑자기 그가 사라지자 깜짝 놀라며 주위를 둘러보았지만 주위 어디에도 그 존재의 모습은 보이지 않았다.

“차라리 꿈이면 좋을 텐데.”

하지만 곧 스펙은 고개를 흔들었다. 아무렇게나 널브러져 있는 나무 둥치나 땅속으로 깊게 파고들어 있는 발자국들은 그것이 꿈이 아니었다는 것을 스펙에게 단단히 각인시키고 있었다. 스펙은 자리에서 일어나려다가 힘없이 넘어져 실소했다. 너무 긴장한 나머지 다리에 완전히 힘이 빠져 버린 것이다. 그때 기절해 있던 흑아가 몸을 꿈틀거리더니 나지막이 스펙의 이름을 불렀다.

“스펙…….”

“…아? 아, 일어났나 보군.”

“아까부터 일어나 있었다. 도대체… 그 존재는 뭐였지?”

눈이 보이지 않는 만큼 감각은 남들보다 훨씬 뛰어난 흑아다. 스펙은 그 존재의 모습을 설명하려고 하다가 가볍게 고개를 흔들며 중얼거렸다.

“악마야.”

“악마?”

스펙이 알고 있는 단어 중에서 그보다 그 존재에 대해서 자세하고 간단하게 설명할 수 있는 단어는 존재하지 않았다. 인간에게서 찾아볼 수 없는 엄청난 기운과 힘, 그리고 차라리 하프 오거인 케딜이 더 귀엽게 보일 정도인 그 모습…….

흑아는 자신의 의문형의 말에 대해서 스펙이 아무런 말도 하지 않자 휘청거리면서 자리에서 일어섰다. 스펙은 흑아가 일어서자 깜짝 놀라하며 자신도 억지로 다리에 힘을 넣고 일어섰다.

“가자.”

“뭐?”

"커르니안… 아니, 통신이 되는 곳으로. 일단 이곳을 벗어나는 거다."

"그런데 너, 몸은?"

영혼의 일부가 뜯겨져 나간 이상 몸이 멀쩡할 리가 없었다. 하지만 흑아는 아무 말도 없이 단호히 걸음을 옮겼다. 더 이상 이곳에서 지체할 수는 없었다. 왜 그가 자신들을 그냥 돌려보내는 건지는 모를 일이었지만 자신들로서는 그 존재를 이길 수 없다는 것은 너무나도 명백했다. 그것이 함정이든, 아니면 다른 속셈이 있던지 이미 둘에게는 더 이상 선택의 여지가 없었다.

"스펙."

"왜?"

"묻겠는데… 지옥기사단에서 그 존재를 이길 수 있는 자가 있을 거라고 생각하나?"

"솔직히 대답해야겠지?"

흑아는 스펙의 말에 고개를 끄덕였고 스펙은 한숨을 푹 내쉬더니 대뜸 흑아를 다시 어깨에 짊어지고 뛰며 중얼거렸다.

"국왕님이 나선다면 이길 수… 있을지도 모르지."

흑아는 스펙의 어깨 위에서 몸을 축 늘어뜨린 채 참담한 심정이 되어 고개를 흔들어야 했다. 이번 일이 자신이 생각했던 것보다 큰일이 될지도 모른다고 생각하면서.

『그들은 살려 보내고 왔는가, 시드리칸?』

시드리칸은 한쪽 무릎을 꿇은 채로 앉아 고개를 더욱 숙여 보임으로써 그 질문에 대한 긍정을 표현했다. 그의 앞에는 거대한 유기질로 이루어진 둥그런 뭔가가 박동하고 있었다. 마치 인간의 심장을 연상케 만드는 그것은 몇 개의 관을 사방으로 내뻗고 심장이 뛰며 피를 순환 하듯 꿈틀거렸다.

『새로운 몸을 움직여 본 소감은 어떤가?』

그 목소리는 그 심장 모양의 유기질 덩어리에서 울리고 있었다. 시드리칸은 그 물음에 다시 한 번 고개를 숙여 보였다. 시드리칸이 기억 하는 자신의 마지막은 날개를 펼쳐 이벨에게 날아들던 폭시들을 몸으로 막아냈던 것. 마법에 의한 공격이라면 어둠이 대부분 막았을 테지만 그 폭발은 마법이 아니었다.

시드리칸은 그 폭발에 의하여 어둠이 산산이 부서지고 온몸이 불타 오르는 것을 느끼며 정신을 잃었다. 자신은 이미 그때에 죽었어야 했을 것이다. 하지만 오히려 시드리칸이 다시 정신을 차렸을 때는 분명히 자신의 갑옷, 어둠의 안에서 불타 버렸을 육체는 상처 하나 없이 멀쩡했다. 아니, 오히려 그전보다 힘이 더 넘쳐흘렀다. 그리고 어둠도 상처 하나 입지 않은 모습으로 다시 몸을 감싸고 있었다.

"나를 도와주게, 여신에게 버림받은 수인족. 그러면 나는 자네에게 모든 존재 위에 설 수 있는 힘을 주겠네."

수년 전 이벨이 자신을 구해주었을 때 했던 말이었다. 그리고 그는 자신의 원래 이름을 버리고 이벨의 손을 잡았다. 그리고 맹세했다. 자신에게 힘을 주겠다면 끝까지 이벨을 주인으로서 섬기겠다고. 이미 그곳을 떠나서 죽어가고 있던 자신으로서는 이것이 최선이었다. 그렇기에 최후의 마지막까지 그는 이벨에게 몸을 바쳤고 자신의 주인, 이벨도 자신과 했던 약속을 지켰다.

『그 몸은 임시네. 나의 이 몸도… 다시 신을 뛰어넘는 육체로 태어나게 될 거네. 그때까지 자네는 나를 도와주겠는가?』

그리고 지금의 이 몸은 그 약속에 대한 대가. 시드리칸은 다시 고개를 숙였다. 자신의 존재 가치를 증명할 수 있다면, 그래서 힘을 얻을 수 있다면 시간은 얼마나 걸려도 상관없었다. 시드리칸이 더 더욱 고개를 조아리자 더 이상 말소리는 들리지 않았다. 그저 피가 뚝뚝 떨어질 것같이 두근거리는 박동만이 그 방 안에서 벽을 타고 울려 퍼지고 있었다.

5

"왜 그래?"

"…아니, 미안하다."

룬은 순간적으로 이상한 기분이 척추를 타고 흐르는 것 같은 느낌에 잠시 걸음을 멈추고 몸을 떨었다. 하지만 더 이상의 이상한 느낌은 없었기 때문에 룬은 그 느낌을 단순한 기분 탓으로 돌리고 양손 가득 들고 있던 책을 조심스럽게 옆에 쌓여 있던 책들 사이에 놓아두었다. 레전트는 아무것도 묻어 있지 않은 머리카락을 신경질적으로 털어내면서 책상 위에 놓여 있는 안경을 집어 들었다.

"며칠 동안 먼지 더미 안에서 살았더니 아직도 머리 속에서 먼지가 털려 나올 것 같아. 아, 그런데 너, 애들하고 많이 친해졌다며? 괜찮은 거야?"

"그럭저럭. 선생이라 불리는 마법사들에게도 밉게 보이지 않으려고 노력하고 있으니까."

종이 한 장은 가볍지만 그런 종이가 수백 장이 뭉쳐져 만들어진 책 수백 권은 정말로 상상을 초월하는 무게로 변모한다. 룬은 레전트의 명령에 따라 도서관이라고 불리는 곳에서 레전트의 방까지 수백 권에 달하는 책을 날라야 했다. 가뜩이나 좁은 레전트의 방은 수백 권의 책이 차지한 공간 덕분에 더 더욱 좁아 보였다.

"티아스가 일어나지 않는 건……."

레전트는 룬이 쌓아둔 책을 주먹으로 툭툭 치며 중얼거렸다.

"이제 뒤져 봐야지. 정보가 너무 적어. 그런 일이 벌어졌는데도 커르니안에서도 아무런 연락이 없는 것도 이상하고. 그 문제에 대해서는 스승님이 알아서 잘하겠지만 말이지. 어쨌든 오랜만에 봤는데 일 시켜서 미안해."

"상관없다. 어차피 여기서 내가 할 일은 없으니까."

"그런데… 정말로 시간 많아? 나중에 시간 내달라는 소리 하지 말라고."

레전트는 슬쩍 떠보는 듯한 말투로 중얼거렸고 룬은 가볍게 고개를 돌려 버렸다. 레전트의 말이 무슨 의미인지는 룬 자신도 확실히 인식하고 있었다.

할 일이 있으면 지금 시간이 있을 때 처리하라는 소리.

나중에는 룬에게 있어서 개인적인 일을 볼 수 있는 시간은 거의 없어지게 될 것이 뻔했다. 하지만 룬은 이곳을 벗어나기 싫다고 생각하고 있었다. 겨우 이곳에 익숙해지고 아이들에게 받아들여졌는데 이곳을 떠난다는 사실이 싫었다. 룬은 과거의 자신이라면 이런 결정을 내린다는 것 자체가 우스운 일이라는 것을 모르는 것도 아니었다.

‘하지만 이곳을 떠나기는 싫다.’

자신의 감정에 충실해야 한다고 생각했기 때문에 룬은 굳이 고개를 흔들었다. 어차피 당장 개인적으로 볼 일은 리테일을 만나는 것밖에 없고 리테일을 만나는 것 정도는 어느 정도 미루거나 해도 상관없을 것 같았다.

“그럼 이제 한 2주쯤 남았으니까 알아서 잘 생각해 봐. 시간이란 게 아무것도 하지 않으면서 지내면 의외로 빨리 흐른다고.”

“뭔가를 해도 빨리 흐르기는 마찬가지지. 알았다.”

룬은 레전트의 말을 가볍게 되받아치고 탑 바깥으로 걸어나갔다. 바깥에서는 매서울 정도로 세찬 바람이 몰아치고 있었고 하늘에는 먹구름이 슬금슬금 해를 가려가고 있었다. 룬은 분명히 비가 올 거라는 생각을 했다. 습기를 가득 머금은 약간은 따뜻한 공기. 아마도 지금 내릴 비는 이번 년에서 마지막 비가 될 것임에 분명했다.

“마지막… 가을비인가.”

콰릉—

룬의 생각에 반응하듯 멀리에서 벼락 치는 소리가 들려왔다. 그리고 그와 동시에 더 더욱 세찬 바람이 룬의 몸을 떠밀듯 불어 닥쳤다. 룬은 사방에서 바람과 함께 휘몰아치는 흙먼지나 모래를 바라보다가 오른손으로 얼굴을 가리고 그 바람의 사이로 걸어 들어갔다. 어차피 숙소까지의 거리는 얼마 되지도 않을 뿐더러 비에 젖는 것은 아무리 건강해도 몸에 좋은 일이 아니었다.

‘루니안.’

“……?!”

룬은 갑자기 모래바람 속에서 들려오는 목소리에 눈을 크게 떴다.

자신을 룬이 아닌 루니안이라는 부르는 인간은 자신의 기억 속에서 단 한 명밖에 존재하지 않았다.

꿈과 환상에서 봤었던 자신과 같은 검은 머리의 남자. 룬은 더욱 심하게 불어 닥치는 모래 폭풍 속에서 희미한 실루엣이 보이는 것을 보고 허리에 손을 가져갔다가 그 다음에 들려온 목소리에 몸을 움찔했다.

'나를 이길 수 있나?'

한순간의 망설임과 동시에 뭔가가 룬을 향해 닥쳐왔다. 룬은 재빨리 얼굴을 돌리며 허리춤에서 이터를 뽑아 자신의 옆을 스쳐 가는 무언가를 향해 휘둘렀다. 하지만 이터는 아무런 저항감 없이 공기를 갈랐다. 룬은 느껴져야 할 감촉이 느껴지지 않자 몸을 움찔거리며 머리를 다시 숙였다.

키익!

짧은 비명 소리와 함께 뭔가가 룬의 머리 위로 지나갔다. 공기가 갈라지는 짧은 비명. 그리고 그와 거의 동시에 닥쳐온 날카로운 무형의 무언가. 룬은 그 두 가지 사실로 자신의 머리를 스치고 지나간 것이 진공의 칼날이라는 것을 어렵지 않게 눈치 챌 수 있었다.

'나를 죽일 수 있나?'

"넌 누구지?"

룬은 그 말소리에 차분하게 질문을 던졌다. 룬은 더 이상 분노에 지배당하지는 않았다. 그때 흙먼지와 모래를 공중으로 날리던 바람이 서서히 약해지기 시작했다.

'아직 너에게 안식은 사치다. 너에게는 아직 해야 할 일이 있다.'

"대답해라. 도대체 넌 누구지? 왜 나를 루니안이라고 부르는 거냐?"

하지만 더 이상 그 말소리는 대답하지 않았다. 룬은 거센 모래바람이 사라지고 나서 한참 후에야 단검을 허리춤에 숨겼다. 아직도 약간의 모래는 바람에 실려 휘몰아치고 있었지만 방금 룬에게 뭔가를 휘둘렀던 그 존재는 어디에도 존재하지 않았다.

툭.

룬은 자신의 뺨에서 느껴지는 뜨거운 뭔가에 손바닥을 뺨에 가져다 댔다. 그러자 아릿한 아픔과 함께 끈적한 뭔가가 손바닥에 묻어 나왔다. 룬은 손바닥을 바라보았다. 절대로 환상은 아니었다. 날카롭게 스친 상처. 그리고 붉은 피와 통증은 방금 일어났던 일이 환상이나 꿈이 아니라는 것을 룬에게 확실히 인식시켜 주고 있었다. 룬은 피가 묻은 손바닥을 꽉 움켜쥐고 나지막이 중얼거렸다.

"…해야 할 일이라고?"

쨍그랑—

한 남자가 거칠게 팔을 휘두르자 얇고 고급스러운 유리로 만들어진 술잔이 바닥으로 내팽개쳐졌다. 보통 사람이 일주일 정도 막노동을 해야 살 수 있을 정도로 비싼 유리잔은 바닥과 접촉함과 동시에 깨져서 사방으로 흩어졌고, 그는 유리잔이 장렬히 산화해 버린 광경을 히죽 웃으며 바라보았다.

"젠장!"

그리고 그는 갑작스럽게 표정을 바꿔 자신의 곁에 아슬아슬하게 서 있는 와인병을 잡아채 입에 들이댔다. 붉은 와인이 그 남자의 목구멍으로 흘러 들어가기 시작했고 잠시 후 그는 그 와인병을 아무렇게나 던져 버렸다.

와인병은 방금 바닥과 부딪친 대가로 생을 잃은 유리잔과 같은 신세가 되어 와인을 방바닥에 뿌렸다. 붉은 와인은 마치 피로 그린 추상화와 같이 바닥에 번지며 얼룩을 남겼고, 그 광경을 바라보던 그 남자는 다시 옆에 있던 와인병의 코르크 마개를 따려고 용을 썼다. 하지만 단단히 꽂혀 있는 코르크 마개는 술에 취할 대로 취해 버린 그의 손으로 열릴 만큼 만만하지 않았다. 그는 결국 코르크 마개를 뽑는 것을 포기하고 한숨을 쉬며 자신의 주위에 있는 와인병 중 안에 와인이 남아 있을 만한 병을 탐색했다.

"딸꾹! 흐으… 내가, 내가 왜 이런 취급을 받… 딸꾹! 제, 젠장!'

곧 그는 아직 와인이 약간 남아 있는 와인병을 찾아 입에 대고 목구멍으로 와인을 흘려 넣었다. 하지만 쓰러져 있었던 병 안에 들어 있는 와인의 양은 그리 많지 않았고, 그는 비어버린 와인병을 다시 아무렇게나 던져 버리고 미친 것처럼 흐느꼈다.

"크히히히… 아무도… 아무도… 딸꾹! 나를… 이 가딘을 무시하지… 못해! 못한다고!!"

이곳에 있는 학생들, 그들에게 있어서 가딘은 신이나 다름없는 존재였다. 학생들은 항상 가딘에게 순종했고 가딘은 그 안에서 항상 거리낌없이 자신의 권리를 행사했다. 하지만 가딘은 이곳에서 나가고 싶어했다. 마법사로서의 자신의 가치는 단지 이 정도가 아닐 거라고 생각했다. 대륙에 마법사가 귀한 곳은 얼마든지 있다. 그렇기에 가딘은 이곳에서 나가려고 했다. 그런 곳에 가면 지금보다 더 큰 권력을 가질 수 있을 거라고 생각했기 때문에.

그러나 가딘의 꿈은 스스로를 짓눌렀다. 시험을 제대로 치르지 못한 가딘은 어느 사이 주위에서 자신을 바라보는 시선이 이상해졌다는 것을 느낄 수 있었다.

"결국 저 정도밖에 안 되는 인간 주제에……."

"야야, 가자. 저런 인간에게 뭘 배우겠어?"

항상 그들은 그의 말에 귀를 기울이고 순종해야 했다. 그런 그들이 어느 순간부터 자신을 경멸하고 피하기 시작했다는 사실에, 가딘은 그런 그들의 태도에 화가 나서 미칠 지경이었다.

"닥쳐! 닥치란… 딸꾹!"

가딘은 그 사실을 모르고 있었다. 깨져 버린 권위는 유리와 같아 쉽게 회복될 수 있는 것이 아니라는 것을. 이미 한번 깨져 버린 권위를 회복시키기 위해서는 엄청나게 많은 노력과 시간이 소비된다는 것을. 그래서 가딘은 자신의 권력으로 모두를 찍어 눌렀다. 그렇게 그들에게 자신의 말과 행동을 억지로 따르게 만들었다. 힘만 있으면 권위 따위는 깨져도 그에게 반항하는 이는 없었다.

하지만 비천한 존재이면서, 겨우 고용된 용병인 주제에 자신의 권력을 무시하는 남자가 나타났을 때부터 일은 조금씩 틀어지기 시작했다.

"그놈… 그놈만 아니었어도!"

그는 조금씩 조금씩 이곳에 가딘이 깔아놓은 권력의 힘을 제거해 나가기 시작했다. 학생들은 다시 가딘을 슬슬 피하며 되도록 가딘과 관계하지 않으려 했고, 가딘과 같은 위치에 있던 마법사들도 가딘을 멀리했다.

그 검은 머리의 용병은 가딘에게 있어서 사악한 악마와 다름없는 존재였다. 자신이 겨우 다시 만들어놓은 보금자리를 파괴해 버린 그는 악마와 다름없었다.

"이대로… 내가 이대로 있을 거라고 생각하지 마! 비천한 것!"

가딘은 비틀거리면서도 자리에서 일어났다. 그 남자 존재 자체가 화가 나서 참을 수가 없었다. 그 남자가 지금도 이곳에서 자신의 보금자리를 파괴하고 있다고 생각하면 화가 치밀어 올랐다.

"네놈만 없어지면……."

그 남자만 사라지면 다시 모두들 자신을 우러러볼 것이다. 가딘은 그렇게 생각을 하며 자리에서 일어섰다. 어떤 일이든 꼬투리를 잡아야 했다. 아무리 작은 일이라도 꼬투리를 잡을 수만 있다면 그를 어디론 가 쫓아버리는 것 정도는 할 수 있었다.

"두고 봐… 두고 보란 말이다……!"

가을비는 강렬하게 내리쬐는 햇볕 아래에서 바싹 말라 버린 대지를 촉촉이 적혔다. 아마도 이번 년에 마지막으로 내리는 것이 분명할 가을비는 마치 하늘에 구멍이 뚫린 것처럼 쏟아졌다.

룬은 닫아놓은 창문 바깥에서 조금씩 새어 들어오는 빗물을 바라보며 왼뺨에 나 있는 상처에 대어두었던 천을 떼어냈다. 환상이나 꿈이 아니라는 것은 이 상처가 증명해 주고 있었다. 혹시 바람에 작은 모래 같은 뭔가 날카로운 것이 날려서 상처가 났을 수도 있다고도 생각했지만 이런 상처는 얇고 날카로운 물체가 스치고 지나갈 때 날 수 있는 상처였다. 자연적으로 이런 상처가 날 수 있는 경우는 굉장히 드물었다.

"누구지……?"

룬은 허공으로 손을 뻗었다. 꿈에서 봤었던 검은 머리의 남자가 머리 속에서 떠올랐다. 잔인할 정도로 냉정해 보이는 얼굴. 그리고 꿈에서 싸워보고도 느낄 수 있었던 강함.

"이길 수 있을까?"

룬은 손톱이 손바닥을 파고들 정도로 주먹을 강하게 움켜쥐었다. 누구인지는 모르겠지만 그와 싸운다면 과연 이길 수 있을 것인가? 전사의 싸움은 실력만이 모든 것을 말해 주지는 않는다. 운과 몸의 상태, 감정의 동요 등 그 외의 여러 가지 요소는 싸움에 영향을 미친다. 아무리 강대한 존재라고 하더라도 완벽히 이길 수는 없었다.

"이길 수도 있겠지. 그리고… 질 수도."

룬은 뒷말을 작게 중얼거렸다. 그리고 그가 한 말에 대해서 생각했다.

"아직 너에게 안식은 사치다. 너에게는 아직 해야 할 일이 있다라고……."

안식한다는 것이… 쉰다는 것이… 왜 자신에게 있어서 사치라고 하는 것인지 룬은 전혀 이해가 되지 않았다. 그런 룬의 머리 속에서 소설이나 고대의 이야기에서 등장하는 신에게서의 신탁 혹은 영웅의 대서사시가 생각났지만 곧 룬은 고개를 흔들었다.

이미 신의 모습은 대지 위에 존재하지 않고 영웅이 나설 만한 일은 없다. 무엇보다 룬은 그런 글 속에서 나오는 영웅에 비하면 턱없이 약했다. 산을 한 번에 베어버리는 검도, 한 번의 손짓만으로 수십만의 마물을 날려 버리는 마법도, 죽어서 고통받는 많은 이들을 한 번에 살려내는 신성력 같은 것도 없었다. 룬은 과거의 기억을 잃어버린 전사일 뿐이었다.

"조금은 어지럽게 살고 있기는 하지만……."

그때 룬의 귓가에서 뭔가 창문을 두드리는 소리가 들렸다. 빗물이 창을 두드리는 소리라고 생각했던 룬은 그 소리가 상당히 리듬있게 들린다는 것을 눈치 채고 창문으로 가까이 다가갔다. 분명히 누군가가 창문을 두드리고 있는 소리. 룬은 조심스럽게 창문을 조금 열었다. 그 사이로 빗물과 함께 바람이 쏟아져 들어왔고, 룬은 바깥에 누군가가 서 있는 것을 볼 수 있었다.

"무슨 일이지?"

"무, 문 좀 열어줘요. 추, 추워요……."

잠시 후. 디이리스는 우비를 벗고 룬의 방 안으로 들어왔다. 방으로 들어온 디이리스는 난로 앞에 앉아서 불을 쬐기 시작했고 룬은 그런 디이리스를 바라보다가 의자에 앉았다.

"문도 두드렸는데… 잠겨 있는데다가 열리지 않아서……."

"뭘 좀 생각하는 중이었다. 다른 아이들은?"

"그냥 저만 온 거예요. 다른 애들은 그냥……."

룬은 아무 말 없이 마른 수건 한 장을 디이리스에게 던졌다. 아무리 우비를 입었다고 해도 이런 비를 완전히 막는 것은 무리였는지 디이리스의 온몸은 상당히 젖어 있었다.

"고마워요."

"그냥 방에 있을 일이지 왜 찾아온 거지? 이런 빗속에서는 뭐 할 말이라도 있나?"

"응, 선물 주려고요."

룬은 갑작스러운 디이리스의 대답에 아무 말도 하지 못했다. 하지만 디이리스는 룬의 반응이 어떻든지 상관하지 않고 옷 안쪽을 뒤적거리더니 뭔가를 꺼내서 룬에게 다가왔다. 룬은 디이리스의 손에 들려 있는 물체와 디이리스의 얼굴을 번갈아 바라보았다.

"이거."

손가락 두 개를 겹쳐 놓은 정도로 작은 나무 조각에는 서툰 솜씨로 어떤 문자가 음각으로 파여져 은빛으로 빛나는 어떤 가루가 채워져 있었다. 나무 조각에는 옻칠이 되어 있어서 쉽게 습기를 먹거나 갈라지거나 할 것 같지는 않았다.

룬이 그다지 익숙하지 않는 솜씨로 음각되어 있는 나무 조각을 계속 보고 있자 디이리스는 분위기가 어색해졌다고 생각했는지 작게 말을 꺼냈다.

"좀 이상하죠? 그래도 만드는 데 힘들었다고요."

룬은 다시 약간 어색한 미소를 짓고 있는 디이리스의 얼굴을 바라보다가 손을 내밀었다. 순간 디이리스의 얼굴이 약간 밝아졌고 곧 그 나무 조각은 룬의 손 위에 올려졌다.

"용도는?"

"음, 부적이라고 만들었는데… 솔직히 효과는 장담 못하겠네요."

"부적이라… 미신 같은 거군."

"재미없는 말은 하지 말아요, 바보 아저씨."

룬은 그 부적―이라고 하는 나무 조각―을 한참 동안이나 바라보았다. 분명히 서툰 솜씨로 만들어져 화려하거나 섬세하지는 않았지만 그만큼 많은 정성이 스며 있었다. 룬은 디이리스를 바라보다가 입을 열었다.

"디이리스."

"왜요?"

룬은 막상 디이리스의 이름을 불러놓고 아무런 말도 하지 못했다. 디이리스는 룬의 말을 기다렸고 룬은 뭔가 말을 하려고 했지만 머리 속에서 말이 정리가 되지 않는 듯 입을 약간 벌리고 가만히 있었다. 결국 꽤 시간이 흐른 후에야 룬은 고개를 흔들었다.

“…아무것도 아니다.”

“에에에! 사람 이렇게 기대하게 해놓고서!”

디이리스는 그렇게 외치고 난 뒤 잠시 룬을 바라보다가 다시 난로 앞으로 다가가 쪼그리고 앉았다. 한쪽의 반응이 없으면 아무리 이야기를 하려 해도 대화가 성립되지 않는다. 디이리스도 며칠 동안 룬과 이야기를 해봐서 그 사실을 알고 있었기 때문에 무리하게 대화를 진행하려고 하지는 않았다. 룬도 설명하는 것은 잘할 수 있었지만 사람과 대화하는 것은 왠지 모르게 익숙하지 않았기 때문에 구태여 자신에게 말을 시키려고 하지 않는 디이리스가 편하게 느껴졌다.

“디이리스.”

디이리스는 갑작스럽게 뒤에서 들려오는 룬의 목소리에 뒤를 돌아보았다. 하지만 룬은 닫혀 있는 창문을 응시한 채 계속 말했다.

“내가 이렇게 하고 싶다고 생각해 본 건… 처음이다. 진정으로 내 자신이 어떻게 하겠다고 생각해 본 것은…….”

언제나 룬은 떠나기만 했다. 그리고 그것이 유일하게 자신이 하고 싶다고 생각하여 했었던 일들. 룬에게 있어서 자아라는 것은 미묘했다. 언제나 기계적으로 움직였고 어떤 일이 있기 때문에 어떻게 움직여야 한다는 생각밖에는 하지 않았다. 그래서 한곳에 머무르는 것은 생각해 본 적이 없었다. 그저 잠시 동안의 휴식… 그리고 떠난다.

“쉬고 싶은 것이 나쁜 걸까?”

잘못된 것이라는 생각이 들었다. 영원히 이곳에서 쉬고 싶다는 생각은 분명히 잘못됐다고 머리 속에 있는 자아가 외치고 있었지만 또 다른 자아는 이곳에서 쉬고 싶어했다. 둘 다 자신의 자아에서 나오는 자신의 생각이기에 룬은 어떻게 해야 할지 혼란스러웠다.

“…잘 모르겠지만.”

디이리스는 보이지 않을 창밖의 어딘가를 응시하고 있는 룬을 힐끔 바라보다가 우물쭈물하며 말을 꺼냈다.

“음… 어떤 선생님이 예전에 말해 줬어요. 마력은 항상 흐르고 다른 모든 존재, 심지어 신이라고 해도 움직이고 바뀌어가기 마련이라고. 영혼도 전생한다고 하잖아요? 끝없이.”

모든 것은 흐른다.

“그러니까 되도록 편해지고 싶어하는 것… 쉬고 싶어하는 것은 다들 어쩔 수 없다고 생각해요. 애들도 그렇고 저도 그렇고 일하는 것은 싫지만 노는 것은 좋아하잖아요? 그러니까 아저씨도 그런 걸 거예요. 아마도…….”

그렇기에 안식하려 한다.

“하지만 아무것도 모르고 그냥 있는 건 싫어요. 아이들도 더 많은 것을 배워서 잘 살기를 원하고… 아시겠지만 평민의 자식들이 많으니까요. 지금처럼 이렇게 있기는 싫은 거예요. 아저씨는… 일하는 게 싫었어요?”

싫지는 않았다.

“아니.”

룬은 자신이 지금까지 걸었기 때문에, 항상 움직였기 때문에 변해왔던 것을 잊지 않았다. 어느 한곳에서 영원히 안식했었다면 바뀌지 않았을 자기 자신. 룬은 그렇게 변해왔던, 그리고 지금도 조금씩 변해가고 있는 자기 자신이 싫지 않았다.

어떤 부분에서는 후회스러운 일도 있었다. 그리고 앞으로도 후회할 만한 일을 하게 될지도 몰랐지만 싫지는 않았다.

‘당연한 거였던가?’

룬은 쓴웃음을 지었다. 생각할 가치도 없을 만큼 당연한 일에서 고민하고 있었던 자신이 바보같이 생각됐다. 아마도 그가 룬을 자극하지 않았더라면 룬은 아마 점점 평화와 안식에 찌들어져 이곳에 정착해 버리려고 했을 것이다. 룬은 그가 적이든지 아니든지 이번만은 감사해 두기로 했다. 이번만은.

“그럼 이만 돌아갈게요. 내일 봐요!”

디이리스는 우비를 뒤집어쓰더니 복도 쪽의 문을 열었다. 룬은 의자에서 일어나 디이리스가 문을 열고 가는 것을 배웅했다. 디이리스는 막 비가 쏟아지는 바깥으로 뛰쳐나가려고 하다가 뒤에서 들려오는 목소리에 잠시 걸음을 멈췄다가 다시 발을 움직였다.

“고맙다.”

가을비가 한차례 지나가고 나자 본격적인 겨울이 찾아오려는 듯 차가운 북풍이 불어 닥쳤다. 다른 지역에 비하면 겨울이 빨리 찾아오는 디스터의 사람들은 그 북풍을 신호로 각자 분주히 움직이며 겨울을 날 준비를 하기 시작했다.

사람들은 땔감 장수들에게 겨울 내내 땔 나무를 주문했고 조금 더 잘 사는 사람들은 나무보다 화력이 좋은 석탄을 주문하기도 했다. 마른 과일이나 육포 등이 날개 돋친 듯 팔려 나가는가 하면 밀 같은 곡식들도 마차에 실어 날라졌다. 이런 움직임은 도시 내에서만 일어난 것은 아니었다.

“자, 그럼 앞으로 이틀 동안은 겨울 준비를 하기 때문에 수업은 하지 않겠다. 곧 보급품도 도착할 테니 다들 지금부터 준비하고 있도록.”

선생의 말이 끝나자 학생들은 두꺼운 책과 노트를 챙겨 바깥으로 걸어나갔다. 학생들도 오늘이 겨울 준비를 하는 날이라는 것을 알고 있었다. 허무의 탑 학생들에게는 일 년 중 단 두 번 외부와 접촉할 수 있는 기회. 물론 단 이틀뿐인 시간이라지만 그래도 외부와 접촉할 수 있다는 것만으로도 그 가치는 컸다. 그리고 그들이 이런 행사를 기다리는 또 다른 이유가 하나 더 있었다.

검술 연습을 하다가 겨울 준비에 동원되었던 룬은 공중에 떠서 이쪽으로 다가오는 검은 점들의 정체를 알아차리자마자 숙소 안에 들어가 이터를 무장하고 바깥으로 뛰쳐나왔다.

"와이번?"

와이번은 인적이 거의 닿지 않는 산속 깊은 곳에서나 아주 가끔 볼 수 있는 귀한 몬스터이다. 그런 와이번 십수 마리가 짝을 지어 일사불란하게 공중을 날아다니는 장면은 절경이기도 했지만 그와 동시에 보통 사람이 보기에는 심장이 멈출 정도로 공포스러운 장면이기도 했다. 하지만 룬은 그 와이번들의 등에 사람이 타고 있고 몸통에는 나무 상자를 매달고 있는 것을 보고 이터의 손잡이를 놓을 수 있었다. 허무의 탑의 겨울 준비는 칼스 최고의 전투 병력 중 하나인 와이번 라이더(Wyvern Rider)들이 동원될 정도로 큰 행사였던 것이다.

와이번 라이더들은 와이번들을 조종해 인적이 없는 공터에 짐을 내려놓고 천천히 와이번들을 착륙시켰다. 적어도 몸 길이가 7미터 이상인 와이번들은 착륙하는 것도 보통 어려운 일이 아닌 듯싶었다. 땅에 착륙한 와이번들은 뒤뚱거리는 걸음으로 옆으로 비켜서서 다른 와이번들이 내릴 자리를 마련했고, 곧 열다섯 마리의 와이번은 무사히 공터에 착륙했다.

“와이번이다!”

와이번들이 착륙하자 그때 공터 한쪽 구석에서 함성이 들려왔다. 많은 수의 학생들이 와이번을 구경하기 위해서 와이번 라이더들을 기다리고 있었다. 안전하게 와이번을 볼 수 있는 일생에서 몇 안 되는 기회를 이들은 아낌없이 누리고 싶어했다.

길들여진 와이번은 라이더의 의지에 따라 움직이며 함부로 인간을 공격하지는 않는다(물론 난폭한 성격이라는 것임에는 변함이 없다). 라이더들은 그 함성 소리에 짜증을 내는 와이번들을 다독거리며 안장에서 내려왔다.

룬은 골렘들의 사이에서 멀뚱히 그 장면을 계속 지켜보고 있었다. 라이더들은 여러 번 해본 일인지 커다란 돌골렘의 팔다리에 와이번의 고삐를 묶었다. 그러자 고삐에 묶인 돌골렘들은 그 자리에서 다리를 땅에 박았다.

“어? 저거 누구야?”

그때 라이더 중 한 명이 그 과정을 계속 지켜보던 룬을 가리키며 그렇게 외쳤다. 순식간에 수많은 라이더들의 시선은 룬을 향했고 룬은 그런 그들의 시선을 가볍게 무시하고 짐들 중 하나를 어깨에 들쳐 맸다.

“어이, 그래, 당신 말이오.”

룬은 짐을 어깨에 짊어진 채 자신을 부른 라이더를 향해서 고개를 돌렸다. 그 라이더는 룬에게 가까이 다가오더니 룬을 이리저리 살폈다. 룬은 그의 그런 시선이 마음에 들지 않았지만 일단 잠자코 있었다. 한참 동안이나 룬을 살피던 그는 짧게 자라 있는 턱수염을 쓰다듬으며 뒤로 물러섰다.

"당신, 혹시 마법 생물이나 키메라요?"

"…보통 사람입니다만."

"음, 실례했소. 보통 사람이 와이번을 보고 긴장하거나 하지도 않으며 골렘들을 신경 쓰지 않고 짐을 나르는 것을 보는 것은 보기 쉬운 일이 아니거든. 이름이 뭐요?"

"룬 크리셔드."

그는 룬의 몸을 훑어보며 중얼거렸다.

"마법사는 아닌 것 같고, 그렇다고 학생도 아닌 것 같은데… 도대체 어째서 이런 곳에 있는 거요? 아, 수상하게 보는 건 아니니 걱정 마시오. 난 그저 놀라워서 그런 거요."

"사정이 있는 것뿐입니다. 그리고 저는 이곳에 짐이 오면 저기 창고까지 짐을 나르라는 명령을 받았습니다."

룬은 자신에게 와이번 라이더에 대해서 일체 언급하지 않았던 마법사에게 약간 불만을 품을 수밖에 없었다. 보통 전사라도 와이번을 보면 그 크기와 위용에 얼어버리기 마련이고 룬도 하마터면 상대방을 공격할 뻔했다. 그 남자는 룬이 그런 생각을 하는지 어쩐지는 신경 쓰지 않고 한 손을 앞으로 내밀었다.

"나는 바논 버딘이오. 어쨌든 이틀뿐이겠지만 잘 지내봅시다."

룬은 자신에게 내밀어진 바논의 손을 마주 잡았고 그것을 신호로 하기라도 한 듯 다른 라이더들도 짐을 짊어지고 나르기 시작했다.

"아, 그리고 일 끝나고 한잔할 텐데 어떻소? 같이 하겠소?"

"……."

학생들도 가을에 입었던 가을옷을 벗어버리고 겨울옷이나 그 외 필

요한 물품들을 보급받았다. 하지만 그 보급품은 거의가 귀족 집안의
아이들을 위한 것들이 대부분이었다. 평민 집안의 아이들은 국가에서
기본적으로 보급되는 물품밖에는 보급받지 못했다. 평민 집안 아이들
도 그것에 대해서 나쁘게 생각하지는 않았다. 귀족 집안의 아이들에게
돌아가는 보급품들은 귀족들이 헌금을 한 돈으로 구입한 것들이었기
때문이다.

　평민 집안의 아이들은 전년도에 입었던 동복을 직접 수선해서 입든
지 아니면 귀족 집안의 아이들이 버린 옷을 주어다가 간단히 수선을
해서 입었다. 바늘이나 실 같은 물품은 기본 보급품에 속했기 때문에
수선하는 데 드는 천이나 실 같은 것은 구하기가 어렵지 않았다. 어쩌
면 그 이틀의 휴일은 평민 집안의 아이들이 옷을 수선하는 시간을 주
기 위해서인지도 몰랐다.

　"디이리스, 바빠?"

　디이리스는 작년까지 입었던 옷을 바느질하기 위해 바늘에 실을 끼
우던 중 갑자기 뒤에서 들려온 목소리에 바늘을 손에 들고 뒤를 돌아
보았다. 디이리스의 뒤에는 디이리스와 같은 방을 쓰는 한 여학생이
디이리스를 내려다보고 있었다. 디이리스보다 나이도 두 살 많은 귀족
집안의 아이. 디이리스는 바느질거리를 내려놓고 뒤로 공손히 돌아앉
았다.

　"왜 그러세요?"

　"이것 좀 수선해 줄래?"

　그 학생은 귀 부분이 찢어진 곰인형을 디이리스에게 내밀었다. 디
이리스는 아무 말 없이 그것을 받았다. 사회에서는 함부로 말도 나누
지 못할 신분 차이다. '못한다' 라는 말을 한다는 것은 생각도 할 수

없었다.

"좀 늦어도 괜찮아. 알았지?"

"예, 선배님."

그나마 다행인 것은 디이리스와 같은 룸메이트인 키월은 디이리스를 부려먹기는 해도 완전히 하인 취급은 하지 않았다. 키월도 오랫동안 디이리스와 같이 지내다 보니 그렇게 힘든 일을 시키지도 않았고, 그저 자신이 서툰 일을 디이리스에게 맡겨 일을 시키는 정도였다.

디이리스는 그 곰인형을 받아서 대충 걸릴 시간을 생각했다. 아직 가을옷을 챙겨 넣지는 않았지만 가을옷을 입고 다니기에는 추운 날씨였다.

"그리고 나는 새 옷이 와서 작년에 입던 것은 안 입을 건데… 입을래?"

"네? 정말요? 정말 주실 거예요?"

키월은 방긋 웃었다. 아직은 귀족이나 평민이라는 어른이 만들어놓은 굴레에 완전히 씌워지지 않고 물들여지지 않는 나이. 그렇기에 키월은 기뻐하는 디이리스를 보며 아무런 사심 없는 웃음을 지을 수 있었다.

"응, 그래도 네가 나보다는 약간 작은 편이니까 좀 맞춰야겠다. 그치?"

"아… 예, 나중에 해도 돼요. 일단 그것부터 수선해 둘게요."

"고마워, 디이리스."

디이리스는 곰인형을 받아 들고 키월을 바라보며 빙긋 웃었다. 하지만 그 미소는 키월의 미소와 완전히 다른 미소였다. 사심이 없기는 마찬가지지만 세상을 힘들게 산 사람만이 지을 수 있는 약간 쓸쓸한 미

소. 디이리스는 그 미소의 끝에서 힘들게 살고 있을 부모님을 생각해
냈다.

"디이리스? 왜 그래? 찔렸어?"

"아, 아뇨. 눈에 뭐가 들어갔어요."

디이리스는 눈물이 어려 흐릿해진 눈을 훔치며 바늘을 바로잡았다.

보급품이라고 전해지는 물품의 상당 부분은 귀족집에서 보내주는
것들이었다. 게다가 이미 그 보급품들에는 주인이 정해져 있었다. 귀
족들은 이곳에서 공부를 하고 있는 자신들의 자제에게 전달되게 하기
위해서 보급품 위에 자신의 가문의 이름을 써놓곤 했다. 모든 이들에
게 공평하게 돌아가는 물품에는 아무런 이름도 적혀져 있지 않고 그냥
도장 하나만 찍혀 있을 뿐이었다.

라이더들도 생각 같아서는 그 물품들을 확 부숴 버리고 싶은 생각도
하지 않은 것은 아니었지만, 그렇다고 보급품에 잔뜩 기대를 하고 있을
아이들의 동심을 짓밟을 수는 없었다.

"사실은 그랬다가는 목이 날아가거든. 실수로라도 부서지면 안 돼.
그래서 깨지는 물품들은 마법사들이 마법으로 수송하지."

바논은 마지막으로 짐을 내려놓고 담배 파이프를 물었다. 룬은 문득
그 담배 파이프를 보고 잊어버리고 있었던 크라우드를 떠올렸다. 항상
불도 붙이지 않으면서 담배를 물고 다니던 크라우드. 크라우드가 과연
그곳에서 무사히 탈출했는지 의문이었다.

"…나쁜 녀석은 아니었는데."

크라우드를 죽은 사람으로 취급해 버린 룬은 마지막으로 짐을 내려
두고 어깨를 돌리며 근육을 풀었다. 바논은 그런 룬의 어깨를 툭 치며

주위에서 담배를 피거나 몸을 풀고 있는 라이더들에게 외쳤다.

"오늘은 이걸로 끝인가? 이봐들, 내려가서 한잔들 하자고!"

"예에? 좋죠."

보통 사람들은 아무런 이유 없이 허무의 전당에서 머무르지 못한다는 것은 모두에게 잘 알려진 사실이었다. 비록 지금 이들은 어떤 이유 때문에 이곳에 있는 것이기는 하지만 이들 역시 이곳에서 하룻밤이라도 지낸다는 것이 얼마나 신경 쓰이는 일인지 잘 알고 있었다. 특히 귀족도 평민도 아닌 자신들이 귀족들의 눈에 얼마만큼이나 거슬리는지는 잘 알고 있었다.

와이번 라이더는 일종의 특수 직책이다. 와이번을 길들일 수만 있다면 누구나 될 수 있는 것이다. 자신을 경멸하고 멀리하려는 자들과 친하게 지내는 것은 자신들을 동경하고 약간 두려워하는 자들과 친하게 지내는 것에 비해 훨씬 힘든 일이다.

"어이, 자네는 어쩔 텐가?"

"…예?"

"한잔하러 가자는 얘긴데… 아까도 말했잖는가?"

"저는……."

"사양하지 말고. 와이번에 타는 경험은 자주 할 수 있는 경험이 아니니까 말이야."

룬은 갑작스럽게 바논에게 팔을 잡힌 채 끌려가야 했다. 와이번의 등 위에서 와이번의 움직임을 제어하며 장시간 날아다니는 것은 엄청난 힘과 체력이 필요한 일이었다. 와이번 라이더인 바논의 힘은 유연성이나 속력에 의존하는 룬에 비해서 강할 수밖에 없었고 룬은 반항하지 못한 채 끌려가야 했다.

크르르르······.

룬은 어둠 속에서 꿈틀거리며 낮게 으르릉거리는 수십 마리의 거대 파충류를 보자 아무래도 조금은 경계심이 생기는지 근육을 긴장시키기 시작했다. 노랗게 빛나는 눈동자와 검은빛으로 번쩍이는 비늘을 가진 와이번은 낮보다는 밤에 보는 것이 더욱 강력하게 보여졌다.

바논은 그런 룬의 심정을 알아차렸는지 빙긋 웃으며 자신이 먼저 와이번 위에 붙어 있는 안장 위에 올랐고 라이더들도 거리낌없이 각자의 와이번에 올라타고 고삐를 잡아당겼다. 그러자 주인이 올라탈 때까지 웅크리고 있던 수십 마리의 와이번들이 온 날개를 쫙 펴며 기지개를 켜기 시작했다.

"자, 올라와."

룬은 자신에게 내밀어진 바논의 손을 잠시 바라보다가 결국은 그 손을 잡았다. 순식간에 룬의 몸이 웅크리고 있는 와이번의 몸 위로 끌어올려지고 나자 바논은 그제야 고삐를 잡아당겼다. 그러자 사람을 등에 태우기 위해서 몸을 웅크리고 있던 와이번이 몸을 쭉 펴고 고개를 흔들었다.

"이건 안장이 일인용이라 거기 앉아 있으면 좀 미끄러울 거네. 꽉 안 잡으면 떨어질지도 모르니까 조심하라구!"

와이번들이 차례차례 날갯짓을 하며 한 마리씩 하늘로 날아올랐다. 한꺼번에 여러 마리가 날아오를 경우 그 날개에 다른 와이번이 다칠 수도 있고 날갯짓에 일어나는 바람에 휩쓸릴 수도 있기 때문에 와이번들은 하늘 위로 날아오르며 달빛에 번뜩이는 눈동자로 주위를 주시했고 룬은 떨어지지 않기 위해서 바논의 허리를 꽉 움켜잡아야 했다.

"이봐, 눈은 감지 말라고. 보통 사람은 이런 광경 보기 힘들 테니까."

룬은 그 말소리와 동시에 몸이 위로 쑥 빨려 올라가는 듯한 느낌을 받았다. 와이번들이 고원의 벽을 타고 바닥을 향해서 빠른 속력으로 낙하하자 룬은 망치처럼 얼굴을 두드려 대는 공기의 저항 때문에 별수 없이 눈을 감았다. 잠깐 동안이지만 꽤 길게 느껴지는 시간이 흐르고 나서 와이번은 다시 날개를 쫙 펴고 제대로 된 비행을 펼치기 시작했다. 룬도 그제야 눈을 뜨고 주위를 둘러보았다.

"어때? 멋지지 않나?"

와이번들은 낮 동안 별로 날지 못한 것에 대한 화풀이인지 고원의 주위를 빙글빙글 돌면서 날았고, 룬은 와이번의 아래로 내려다보이는 도시의 모습을 볼 수 있었다. 여기저기에는 많은 색깔의 불빛이 반짝거리고 커다란 성에서는 휘황찬란한 빛이 뿜어져 나오고 있었다. 마치 별들이 지상으로 강림한 듯한 모습들의 사이로는 개미만큼이나 작게 보이는 수많은 인간들이 화려한 옷을 입고 돌아다니고 있었다. 칼스의 밤은 결코 낮에 뒤처지지 않을 정도로 밝고 화려했다. 룬은 그 광경을 보고 무심하게 한마디 중얼거렸다.

"그렇군요."

"흠, 표현이 시원찮군. 뭐 상관없지."

바논이 와이번의 고삐를 잡아당기자 와이번이 천천히 고원의 주위를 돌며 아래로 내려가기 시작했다.

와이번 라이더들은 기사가 아니다. 그렇다고 마법사들도 아니었다. 와이번 라이더라는 직업 자체가 그들에게 있어서는 직업이었고 신분이었으며 명예였다. 막 태어난 새끼 와이번들은 한 사람의 와이번 라이더에 의하여 훈련되고, 라이더가 죽을 경우에는 대부분 그 라이더의 핏

줄에서 태어난 인간의 말을 듣는다.

와이번들과 라이더들은 종족, 몬스터와 인간이라는 점을 벗어나 둘도 없는 친구여야 했다. 그렇지 않으면 라이더들은 와이번을 타는 것에 대해서 공포를 느끼게 되고 와이번은 라이더를 거부한다. 그러면 라이더를 거부한 와이번은 살해당하고 그 라이더의 집안은 평범한 평민으로 돌아가야 한다. 그렇기에 라이더들은 언제나 평민과 다름없는 쾌활함을 지니고 살아가는 자들이 많았다.

"자자! 한잔 더 마시라고!"

"저……."

"괜찮아, 괜찮아. 여기는 이틀 동안은 우리가 전부 빌렸으니까 걱정하지 말게. 자자, 마셔!"

허무의 전당이 있는 고원의 주위에는 인가가 없었다. 만에 하나라도 낙석이라도 일어날 경우 그 근처에 사람이 있었다가는 피해를 입을 수도 있었기 때문에 고원에서 100미터 안쪽의 공간은 위험 지대로 분류되어 아무도 살지 않는 그냥 풀밭일 뿐이었다. 그리고 와이번들과 라이더들은 그곳에서 임시 천막을 치고 있었다.

와이번이 들어가서 편히 쉬기 위한 공간을 전면적으로 갖춘 곳은 디스터의 남부 산맥에 위치하고 있는 와이번 라이더들의 성인 드래곤 캐슬밖에 없었다. 게다가 거대한 덩치의 와이번이 들어가서 쉴 만한 곳이 이런 번화한 도시 내에 있을 리가 없었다.

와이번들은 밀짚을 두껍게 깔아놓은 임시 잠자리 위에서 몸을 둥그렇게 말고 날개를 접은 채 기분 좋게 잠들어 있었다. 그리고 라이더들은 임시 천막 안에서 멋대로 굴러다니거나 허름한 나무 의자나 탁자에 앉아 맥주통을 통째로 가져다 놓고 마시고 있었다.

"자네, 젊지만 꽤 힘들게 살았나 본데? 젊은 나이에 그런 표정 짓는 용병들은 흔치 않지. 음? 맥주잔이 비었잖아? 사양하지 말고 더 마시게."

"아니, 저는……."

룬은 몸이 자신의 마음대로 움직이지 않는다는 것이 상당히 이상하다고 생각하면서도 바논이 건네주는 맥주잔을 받았다. 쓰고 시원한 맥주가 목구멍을 타고 넘어가자 룬은 정신이 멍해지는 것을 느끼며 잔을 다시 제자리에 놓아두었다.

"자네, 술이 약하군. 뭐, 무리하지는 말게."

바논은 룬이 고개를 탁자에 처박고 일어나지 못하자 잠시 룬을 흔들어보다가 그렇게 중얼거리며 술잔을 들고 다른 라이더들이 있는 곳으로 이동했다. 룬은 잠시 후 바논이 사라진 것을 확인한 후 천천히 고개를 들고 슬그머니 천막 바깥으로 나갔다.

술을 그다지 즐겨 마시거나 하지 않는 룬으로서는 이렇게 독한 맥주를 연속적으로 마셔본 경험은 처음이었다. 룬은 열로 인하여 들뜬 상태가 돼서 비틀거리며 천막의 옆에 주저앉았다. 룬에게서 풍겨 나오는 술 냄새와 인간 냄새가 익숙하지 않은지 와이번 중 한 마리가 고개를 들고 잠시 룬을 노려보았고 룬도 별 감정 없이 그 와이번들을 바라보았다.

다른 사람이 보기에는 상당히 기괴한 장면일지도 몰랐다. 아무런 감정 없이 와이번을 바라보는 남자와 그런 남자에게 아무런 짓도 하지 않는 와이번.

"…후."

룬은 짤막하게 웃음이 섞인 숨을 내쉬고 비틀거리며 자리에서 일어

섰다. 룬이 움직이자 룬을 바라보던 와이번은 룬의 움직임에 시선을
고정하고 눈동자를 움직였다. 와이번은 갑자기 룬이 자신에게 다가오
자 그 큰 몸을 움찔하며 고개를 약간 쳐들었다. 하지만 룬은 그런 와이
번의 움직임에 신경 쓰지 않고 와이번의 눈앞까지 다가갔다.

"이봐."

크르르…….

"넌 네 의지대로 그곳에 있는 거냐? 아니면… 다른 이유 때문인가?
야생에서의 삶의 고통 때문인 건가?"

하지만 와이번이 이런 복잡한 인간의 말을 알아들을 리가 없었다.
자주 듣는 간단한 단어 따위는 눈치로 알 수 있지만, 이런 길고 의미
모를 문장을 와이번이 제대로 인식할 리가 없는 것이다. 와이번은 계
속 낮게 크르릉거리는 소리를 내다가 룬이 꼼짝달싹하지 않자 크르릉
거리는 것을 멈추고 눈을 감아버렸다.

아마도 룬이 적대적인 태도는 취하지 않았기 때문에 최소한의 경계
만을 하기로 결심한 것 같았다. 그러자 룬은 겁도 없이 그대로 손을 뻗
어서 두꺼운 비늘로 뒤덮여 있는 와이번의 미간을 만지작거렸다. 그
와이번은 눈을 번쩍 뜨기는 했지만 더 이상 아무런 행동도 하지 않고
노란 눈동자를 번뜩이며 룬을 주시했다. 하지만 곧 와이번은 귀찮다는
듯 다시 눈을 감아버렸다. 라이더의 명령 없이는 인간을 공격하지 못
하게 되어 있는데다가 겁을 주려고 해도 상대방이 겁을 먹어야 위협을
할 수 있었다.

"…후, 쓸데없나."

룬은 와이번의 미간에서 손을 떼고 다시 천막 안으로 들어갔다. 와
이번은 룬의 모습이 사라지고 나자 머리를 더욱 몸 쪽으로 파묻으며

잠을 청했다.

붉은 달이 음산하고 위험한 핏빛을 대지에 흩뿌리자 대지는 엷은 선홍색으로 물들어간다. 겨울이 다가오면 올수록 달은 붉어지고 대부분의 인간들은 그런 달을 불길해하며 겨울밤에는 함부로 밖에 나가지 않는다. 모든 존재에게 질병과 죽음, 그리고 파괴의 본능을 일깨우는 불길한 달. 그렇기에 지금과 같은 한밤중은 대부분의 인간들이 잠들어 한참 꿈에 빠져 있을 시간이다. 하지만 선생들의 기숙사에서 나온 검은 두 개의 그림자는 엉성하긴 하지만 조심스럽게 발소리를 죽이고 어디론가 걸어가고 있었다.

"저, 정말로 이런 짓을 해도 될까요?"

"나를 따르겠다고 하지 않았나! 얌전히 시키는 대로 해. 그렇게만 한다면 약속한 것은 지켜주겠다."

"하지만 만약에⋯⋯."

"어차피 저런 파충류 정도로는 이곳 시설에 흠집도 낼 수 없을 거다. 그리고 네놈은 이미 내 계획을 알고 있으니, 못한다고 하지는 말아라."

소심해 보이는 한 청년이 자신보다 겨우 네다섯 살 정도 많아 보이는 가딘의 말에 눈에 보일 정도로 흠칫하며 고개를 흔들었다.

"아, 아닙니다, 선생님. 선생님의 말씀에 따르겠습니다."

"그래, 그래야지⋯ 그럼 나는 다른 곳에 갔다 오겠다. 만에 하나라도 실수를 했다가는 네놈은 끝장인 줄 알아!"

그 청년은 가딘의 말에 식은땀을 흘리며 크게 고개를 끄덕였다. 가딘은 조심스러운 걸음걸이로 다른 곳으로 향했고, 그 청년은 눈을 요란하게 돌리며 주위에 아무도 없는가를 살폈다. 하지만 오직 차가운 북풍이 건물 사이사이를 파고들어 휘몰아치며 음산한 귀곡성을 내고 있었다. 그는 바람이 외치는 귀곡성에 움찔하며 빠른 걸음으로 학생들의 기숙사로 향했다.

휘이이이―

그는 귀를 틀어막아 버리고 싶었지만 품에 들고 있는 물건 때문에 함부로 손을 놀릴 수 없었다. 그의 품에 안겨 있는 사람 머리통만한 유리병 안에는 검붉은 색의 액체가 출렁이고 있었다.

그가 마침내 기숙사의 입구에 도착했을 때 그의 몸은 마치 목욕이라도 한 것처럼 땀이 흐르고 있었다. 마지막 한 조각의 양심이 그의 머리 속에서 이래서는 안 된다며 큰 소리로 외치고 있었다. 하지만 그는 몸을 부들부들 떨면서 아직 따뜻한 붉은 액체가 담긴 유리병을 깨지지 않게 양손으로 꼭 잡았다. 그에게 주어진 유혹은 너무나도 컸다. 평민이면서 마법사로서의 재능도 얼마 되지 않는 자신이 이대로 고향에 돌아간다고 하면 얼마나 많은 사람이 자신을 비웃을 것인가? 게다가 그 유혹은 이미 유혹의 수준을 넘어선 협박에 가까웠다. 이 일에 대한 이야기를 듣기로 했을 때부터 이미 그는 가딘의 마수에 걸려든 것이다.

"우⋯ 우⋯⋯."

이미 돌아볼 수 있는 뒤는 존재하지 않았다. 전진해서 가딘이 약속한 그것을 손아귀에 움켜쥐느냐, 아니면 가딘과 같이 죄를 뒤집어쓰고 이곳에서 쫓겨나느냐. 그가 선택할 수 있는 일은 너무나도 명확했다.

그는 자리에 주저앉아 한 손으로는 병을 꼭 잡고, 한 손으로는 병의 입구를 단단하게 틀어막고 있는 마개를 뽑았다. 식물의 뿌리를 특수하게 가공하여 만든 마개가 퐁― 소리를 내면서 뽑히자 바람에 스쳐 지나가는 냄새를 맡는 것만으로도 기절해 버릴 것 같은 아찔한 냄새가 병에서 흘러나왔다. 그는 고개를 흔들어 정신을 차리고 그 병 안에 들어 있는 액체를 조심스럽게 건물의 주위에 흘리기 시작했다. 강렬한 냄새는 어느 사이에 사라져 버리고 그 액체에서는 아무런 냄새도 나지 않았다. 게다가 원래 붉은빛이 감돌던 그 액체는 마치 물과 같이 아무런 색도 나지 않는 투명한 물처럼 변해 있었다.

그는 주위를 살피며 병 안에 들어 있던 액체를 기숙사의 주변에 전부 뿌린 후 다시 병을 품속에 집어넣고 조심스럽게 기숙사의 문을 열고 안쪽으로 들어갔다. 모두가 잠들어 있는 기숙사는 조용하기만 했다. 하지만 그는 공포에 질린 눈길로 주위를 둘러보면서 아주 조심스럽게 자신의 방을 향해서 살금살금 들어갔다. 마침내 방문 앞에 도착한 그는 천천히 방문을 열고 침대 위에 누웠다.

"…으음?"

순간 같은 방을 쓰는 청년이 잠시 몸을 뒤척거렸고, 그는 이불 속에 파고들어서 숨소리도 내지 않았다. 곧 몸을 뒤척이던 청년이 다시 잠잠해지자 그는 이불을 머리끝까지 덮어쓴 채 몸을 떨었다. 겨우 이정도로 무슨 일이 있을 리가 없었다. 자신은 그저 가딘이 시킨 대로 그 액체를 기숙사의 주위에 뿌렸을 뿐이다. 그는 겨우 그것 정도로 자신에게 무슨 일이 생길 리는 없다고 자기 자신을 안심시키려 했다. 하지만 그 순간 뭔가가 창문을 흔드는 소리가 들려오자 그는 더 더욱 침대 속에 파고들었다.

"아, 아니야… 나는… 나는 아무것도……."

룬은 문득 이상한 기분에 고개를 들었다. 순간 머리를 메이스로 후려치는 듯한 통증이 몰려들었지만 룬은 단지 얼굴을 약간 찡그리는 정도로 그 고통을 떨쳐 버리고 휘청거리며 자리에서 일어섰다. 잠시 그 대로 멍하게 서 있던 룬은 술은 과하면 좋지 않다라는 명언을 떠올리며 쓰러져 코를 골고 있는 라이더들을 넘어 천막의 바깥으로 나갔다.

밤인만큼 차고 상쾌하게 불어야 할 바람이 왠지 모르게 따뜻하게 느껴졌다. 좋은 느낌의 따뜻함이 아닌, 마치 도살장에서 도살되는 동물들에게서 뿜어져 나오는 약간은 역겹고 피비린내 나는 열기가 느껴졌다.

철컹— 철컹—

룬은 문득 묘한 살기를 느끼고 눈을 크게 떴다. 밀짚 위에서 엎드려 잠을 청하고 있던 와이번들이 하나둘씩 깨어나기 시작했다. 노란 눈동자가 빠르게 돌아가며 사방을 살피고 거대한 몸이 들썩이기 시작한다. 룬은 본능적으로 분명히 뭔가가 잘못되었다는 생각을 할 수 있었다.

캬오오오!

한 마리의 와이번이 갑작스럽게 기다란 목을 쳐들며 울부짖자 다른 와이번들도 흥분한 듯 커다란 날개를 퍼덕였다. 와이번들은 서로 날아오르기 위해서 옆에 누군가 있다는 것을 잊어버리고 무조건 날개를 퍼덕였고 몇몇 와이번들은 그 펄럭이는 날개에 두들겨 맞아 쓰러져 버리기도 했다. 순식간에 난장판이 되어버린 와이번들의 잠자리 앞에서 룬은 자신이 해야 할 일을 떠올렸다.

"무, 무슨 일이야!"

"와이번들이 난동을! 빨리 모두 나오십시오!"

룬은 급히 천막 안으로 들어가 아직도 쓰러져 있는 라이더들을 흔들어 깨웠다. 몇몇 라이더들은 이미 와이번의 울음소리를 듣고 자리에서 일어나 있었다. 라이더들은 급히 바깥으로 뛰쳐나가 각자 와이번을 진정시키려 했다.

몇몇 와이번들은 라이더의 얼굴을 알아봤는지 진정을 하기 시작했지만 그들에 비하면 젊은 와이번들은 그런 라이더의 노력에도 불구하고 무조건 하늘로 날아오르려고 하며 가까이 다가오는 라이더들을 향해 이빨을 드러냈다.

"이거 무슨 일이야?"

"바논 씨! 와이번들이……."

"알아, 보고 있다고. 젠장… 켈킨! 켈킨! 진정시켜!"

바논이 소리치자 다른 와이번들에 비하면 얌전히 몸을 움찔거리기만 하던 짙은 검은색의 비늘을 가진 와이번이 늘어뜨리고 있던 고개를 들어 크게 울부짖었다. 룬은 그 와이번이 아까 자신이 머리를 만지작거렸던 그 와이번이라는 것을 기억해 냈다.

'그렇다면… 아까 내가 타고 왔었던 그 와이번이라는 소리도 되는군.'

이런 급박한 상황에서도 룬은 자신이 와이번 같은 거대 몬스터에게 그런 이상한 짓을 하고도 해를 입지 않은 것을 다행으로 생각했다. 다른 와이번들에 비하면 적어도 1, 2미터 정도는 커다란 와이번이 으르렁거리자 다른 와이번들은 기가 죽었는지 차츰 진정하기 시작했다.

몇몇 와이번들은 끝까지 저항하며 날개를 퍼덕거렸지만 바논의 와이번인 켈킨은 그대로 꼬리를 휘두르고 날개를 휘저어서 혈기 넘치는 젊은 와이번들의 몸이나 머리를 가볍게 두드렸다. 보통 사람이라면 단 한 방만으로 뼈가 으스러질 것 같은 공격에 무방비로 맞아버린 와이번들은 그대로 땅에 쓰러져 가쁜 숨을 내쉬었고, 켈킨은 으르릉거리며 노란 안광을 사방에 흩뿌렸다. 바논은 막 쓰러진 자신의 와이번에게 가까이 다가가는 라이더들을 바라보며 한숨을 쉬었다.

"이제 좀 정리가 됐……."

"으아아악!"

바논은 막 내쉬던 한숨을 멈추고 비명 소리가 들려온 쪽을 바라보았다. 하지만 이미 한 명의 라이더가 피가 솟아 나오는 어깨를 감싸 쥐고 뒤로 물러서고 있었다. 그는 반대쪽 손으로 뿜어져 나오는 피를 막아보려고 했지만 그 라이더가 입은 상처는 손으로 가릴 수 있을 만큼 작지 않았다. 뭔가에 거칠게 물어뜯긴 어깨에서는 피가 분수같이 쏟아져 나왔고 어깨로 삐죽 솟아 나와 있는 흰 뼈가 붉은 달빛에 빛났다. 그 라이더의 바로 앞에 있던 와이번은 입을 벌리고 사납게 울부짖으며 날개를 퍼덕였다.

강렬한 비릿한 냄새와 그 와이번의 행동에 영향을 받은 탓인지 몇몇의 와이번들이 날갯짓을 하며 공중으로 날아오르기 시작했다. 바논이 켈킨에게 소리를 치기도 전에 세 마리의 와이번이 공중으로 날아올랐고 라이더들은 다시 흥분한 와이번들을 제어하기 위해서 안간힘을 쏟아야 했다. 바논은 하늘로 날아오르는 와이번을 보면서 켈킨에게 걸어갔다.

"이번에 새로 길들인 와이번이었군……. 이봐! 그 녀석 목을 쳐버려, 어차피 그 상처로는 못 살아나니까."

바논의 명령에 따라 한 라이더가 두껍고 날카로운 롱소드를 높이 쳐들었다.

"미안하다."

단 한 마디. 죽어가는 자와 오랫동안 이야기하는 것은 금물이라는 사실을 이미 그들은 알고 있었다. 검이 내려쳐지자 어깨를 움켜잡고 발버둥을 치던 라이더는 몸을 축 늘어뜨렸다. 다른 라이더들은 눈물을 글썽이거나 하지 않았다. 슬프긴 했지만 지금은 슬픔에 빠져 있을 때가 아니었다.

"빨리 다른 녀석들은 와이번에 타! 그놈들이 시내로 들어가면 일이 심각해져! 와이번이 없는 녀석은 그 녀석… 의 몸을 지켜라."

인간의 손에 의하여 태어나 인간의 가까이에서 오래 지낸 와이번은 스스로를 자제할 줄 알고 야성 본능의 상당 부분을 제어할 수 있는 능력이 있다. 하지만 야생에서 단 한 번이라도 어미에게 먹이를 받아먹은 어린 와이번을 잡아와서 길들이는 경우에는 와이번이 야성의 본능에 휩싸이기 쉬웠다. 그래서 그런 와이번은 함부로 전투에 데려가지 않고 보통 수송 임무나 연습에 몰두하게 만들었다. 그런 이유로 이번 임무에는 여섯 마리의 젊은 와이번이 동원되어 있었다.

"잠깐! 저도!"

"이… 헛소리하지 마! 초보자가 무슨 소리야!"

바논은 막 켈킨의 옆에 다가온 룬을 보고 깜짝 놀라며 저리 가라는 듯 손짓을 했다. 하지만 룬은 완강히 켈킨의 옆에서 떨어지지 않았고 결국 바논은 얼굴을 우그러뜨리고 룬을 향해서 손을 내밀며 소리쳤다.

"떨어져도 나는 모른다! 알아서 잡아!"

룬은 가볍게 고개를 끄덕이고 바논의 손을 잡아 와이번의 등에 올랐다. 뭔가 기분 나쁜 예감이 룬의 머리 속에서 감돌고 있었다. 하지만 룬이 그 예감을 정리하기도 전에 켈킨은 빠르게 하늘 위로 날아올랐다. 그리고 그 양 옆으로 네 마리의 와이번들도 거칠게 하늘로 날아올랐다.

'너희들은, 양 옆의 와이번을 쫓아, 나는, 저 가운데의 녀석을 쫓는다.'

바람 소리 때문에 고속으로 날아다니는 와이번의 위에서 소리로 명령을 내리는 것은 거의 불가능하다. 바논은 양 옆에서 날고 있는 네 명의 라이더에게 손짓으로 명령을 내리고 더 더욱 속력을 높였다. 하지만 이미 저만치 앞서서 날아가는 와이번을 따라잡기는 어려운 일이었다. 게다가 켈킨의 등에는 두 명이나 되는 사람이 올라타고 있었다.

"…어디론가 향하고 있습니다."

"뭐라고?"

"어디론가… 직선으로 날고 있습니다."

바논은 속삭이듯 들려오는 룬의 목소리에 뭔가 번쩍 하는 느낌을 받았다. 켈킨이 쫓는 와이번은 곧장 하늘 위로 급상승하고 있었다. 라이더가 없기 때문에, 라이더라는 존재를 무시했기 때문에 가능한 동작이었다. 바논은 저 와이번을 다시 길들이는 것은 무리라고 생각하면서 저 와이번이 어디로 날아가는지 확실히 알 수 있었다.

"설마! 허무의 전당으로? 큰일이군! 아무 데나 꽉 잡아!"

바논은 안장의 앞에 있는 돌출된 부분에 손을 집어넣었고 룬은 급히 바논의 허리를 움켜잡았다. 켈킨은 바논의 신호에 따라 몸을 수직으로 세우고 날아오르기 시작했다. 와이번을 급상승시키는 것은 라이더의 몸이 오랫동안 버티기에는 확실히 무리인 방법이었다. 하지만 바논은 억지로 버티려고 노력했다. 무게의 차이 때문에 확실히 거리는 벌어지고 있는데 비행의 방식까지 달라 버린다면 더 이상 쫓아갈 수도 없었다.

룬과 바논은 이를 악물고 팔이 빠질 것 같은 고통을 참아내었다. 하지만 그 순간은 곧 지나가고 켈킨은 다시 수평으로 날면서 크게 울부짖었다. 켈킨의 울부짖음을 들은 와이번이 급히 선회하더니 그대로 켈

킨의 몸에 부딪치려고 했다. 켈킨은 급히 자신을 향해 날아오는 와이
번을 피했고, 와이번은 켈킨의 몸을 스치며 반대 편으로 날아가 버렸
다.

"무슨 짓을!"

켈킨이 땅에 상당히 근접했을 무렵, 바논은 갑자기 자신의 허리를
잡고 있던 묵직한 느낌이 사라지는 것을 알고 고개를 돌렸다. 룬은 바
논의 허리를 잡고 있던 손을 놓자마자 몸을 최대한 웅크리고 땅과 충
돌할 때의 충격에 대비했다. 하지만 룬은 땅과 접촉했을 때 뼈가 부러
지는 듯한 느낌을 받을 수밖에 없었다.

저번에도 레전트 때문에 날다가 땅으로 뛰어내릴 때도 있었지만 원
래 하늘을 날 수 있는 생물과 원래 하늘을 날 수 없는 생물의 속력 차
이는 엄청난 것이었다. 날아다니는 와이번의 등에서 뛰어내리는 것은
달리는 말에서 뛰어내리는 것보다 몇 배나 더 위험한 행동이다.

룬은 속이 다 뒤집혀 버리는 느낌을 억지로 눌러 참으며 자리에서
일어섰다가 결국은 식도를 타고 역류해 오는 것들을 땅에 토해냈다.
지난밤에 마셨던 술과 조금은 보기 껄끄러운 뭔가를 게워낸 룬은 입가
를 훔치며 고개를 들었다.

크아아아아!

룬은 급히 옆으로 몸을 날렸다. 하지만 그건 날려졌다고 해도 과언
이 아니었다. 고속으로 날던 와이번은 룬을 스쳐 지나가면서 룬의 몸
을 몇 미터나 날려 버렸고 룬은 급히 중심을 잡고 이터를 뽑아 들었다.
주인의 몸을 물어뜯어 완전히 이성을 잃어버린 와이번의 눈동자는 달
빛에 붉게 번뜩이고 있었다.

룬은 입을 커다랗게 벌리고 자신에게 날아오는 와이번을 멀찍이 피

해냈다. 물리 법칙에 의한 제약을 받는 와이번의 몸체가 그렇게 간단히 회전할 수 있을 만큼 가볍지는 않았을 것이다. 룬은 킬 윈드를 외치고 막 자신을 공격하려 했다가 허탕을 치고 날아가고 있는 와이번을 향해서 이터를 크게 휘둘렀다. 날카로운 진공파가 대기를 가르며 막 하늘로 높게 날아오르려고 하던 와이번의 등을 향해 날았고 와이번은 이상한 느낌에 급히 몸을 피하려고 했지만 진공파는 어느새 와이번의 등을 깊게 파고들었다.

'맞았나?'

하지만 룬의 기대와는 다르게 와이번은 잠시 몸을 휘청거렸을 뿐 다시 선회하더니 다시 날카로운 이빨이 가득한 입을 크게 벌리고 룬을 향해 돌진해 왔다.

와이번의 비늘은 멀리서 쏘아지는 화살 정도는 튕겨내 버릴 정도로 단단했다. 진공파는 와이번의 등 비늘에 상처를 입혔을 뿐 와이번의 몸 안으로 파고들어 가지는 못했다.

"…또 이런 녀석인가?"

칼날이 들어가지 않는 상대만큼 힘든 상대는 없었다. 룬은 급히 옆의 건물을 향해서 달렸다. 와이번처럼 비늘이 두꺼운 파충류는 비늘의 결을 반대되게 올려치면 비늘을 잘라낼 수 있다. 지금 룬이 노릴 수 있는 것은 그것밖에 없었다.

그때 켈킨이 갑자기 건물의 위로 모습을 드러내더니 꼬리의 독침으로 막 룬을 향해 방향을 틀던 와이번의 머리를 후려치며 하늘로 날아올랐다. 워낙 갑작스러운 공격인데다가 켈킨에 대해서는 신경을 쓰고 있지 않았던 탓인지 그 와이번은 그 공격을 제대로 피하지도 못하고 땅을 향해 추락하고 말았다. 와이번은 날개를 제대로 접지 못한 채로 땅을 구르고 말았고, 곧 날개의 뼈가 부러지는 소리와 고통에 찬 와이 번의 비명 소리가 소름 끼치게 고지 위에 울려 퍼졌다.

크아아아악!

기숙사의 불이 하나둘씩 켜지기 시작했다. 마법사들도 각자의 숙소에서 나와 무슨 일이 벌어졌는지 살피려 했고, 그들은 곧 몇 마리의 와이번들이 공중을 날아다니는 것을 목격할 수 있었다.

땅으로 쓰러진 와이번이 목을 크게 빼며 두 발로 땅을 박차고 일어서려 하자 룬은 이번에는 찌르기 자세를 취했다.

'디스트럭션.'

시동어를 마음속으로 외치자 이터에 마력이 실리기 시작했지만 룬의 왼팔에는 마력으로 인한 충격을 견딜 수 있는 건틀릿이 존재하지 않았다. 그 사실을 간과하고 있던 룬은 이빨을 악물고 디스트럭션을 해제하며 앞으로 내달렸다.

상공으로 올라갔던 켈킨은 어느 사이에 다른 곳에서 날아온 와이번의 공격을 받고 있었다. 그 와이번을 쫓아왔던 다른 와이번 라이더들은 겨우 그 와이번의 날개를 꼬리로 후려치거나 하면서 켈킨을 공격했던 와이번을 무력화시키려고 하고 있었다. 저쪽에서 도움을 받는 건 확실히 무리라는 소리였다.

'루니안!'

순간 룬은 뭔가가 뒤에서 자신의 팔을 움켜잡는 느낌에 소스라치게 놀라며 뒤를 돌아보려고 했다. 하지만 목은 돌아가지 않았고 순식간에 룬은 자신의 몸이 뭔가에 사로잡힌 듯이 자신의 마음대로 움직이지 않는 것을 느꼈다. 하지만 그 느낌은 오래가지 않았다. 곧 다시 그 목소리가 들려오며 룬의 몸은 자유로워졌다.

'살아남아야 한다!'

하지만 자유로워진 몸은 룬 자신이 무엇을 하려는지 눈치 채기도 전에 앞으로 달려나가다가 순간 멈췄다. 허리가 한계에 이를 정도로 왼쪽으로 돌아갔고, 이터를 들고 있는 오른팔이 왼쪽 허리에 닿으며 이터의 칼등이 룬의 등에 닿았다. 이터의 칼끝이 와이번을 향할 정도로 틀어진 룬의 몸은 공성용 바리스타의 그것처럼 팽팽하게 당겨졌고 룬은 자신이 무엇을 하는지도 모르게 조용히 중얼거렸다.

"디스트럭션."

룬의 눈은 와이번의 야만적이고 비린내가 섞여 들리는 울부짖음에 와이번이 바로 자신의 앞에 있다는 것을 알 수 있었다. 와이번은 불과 룬의 앞에서 몇 미터 떨어진 곳에서 보통 성인 남자의 엄지손가락 두 배 정도 되는 이빨이 가득한 입을 벌리고 달려들고 있었다. 하지만 룬은 침착하게 마력을 품은 이터를 앞쪽으로 뿌리듯 휘둘렀다.

바로 앞에 있는 상대방의 몸을 자르기에는 상당히 효율적이지 못한 휘두름. 하지만 룬은 허리가 원상태로 돌아오고 이터의 칼끝이 막 와이번에게 향해지는 궤도에 다다르자 마치 이터에 묻어 있는 마력을 떨쳐 내듯 이터를 아래쪽으로 강하게 끌어당기며 회수했다. 그리고 그와 동시에 이터에 넘쳐 나던 마력이 물리적으로 작용하기라도 한 듯 이터에서 떨쳐져 앞으로 뻗어 나갔다.

마력탄은 그대로 막 룬의 코앞에서 입을 벌리고 있던 와이번의 두개골을 박살 내며 근육과 피부를 잘라냈고, 그 다음 순간 와이번의 머리에서 붉은 체액이 뿜어져 나와 아직 마르지 않은 땅을 붉게 적셨다. 룬은 심장 박동에 맞춰 피가 뿜어져 나오는 와이번의 머리를 바라보며 가쁜 숨을 쉬었다. 그리고 순간 왼손으로 머리를 움켜잡고 이를 악물

었다. 피곤한 상태에서 사용한 것이어서 그런지 몰라도 상당한 두통이
엄습해 왔다.

룬은 몸을 약간 휘청거리다가 자세를 바로잡고 두통을 억제하기 위
해 머리를 짚고 있던 왼손을 내려 바라보았다. 분명히 몸이 이 기술을
기억하고 있었다. 자신의 머리 속에서는 전혀 이런 기술에 관한 지식
은 없었지만 몸은 그 기술에 대해서 자세히, 확실히 알고 있었다.

“이건…….”

룬은 문득 잊고 있었던 것을 떠올렸다. 죽음과 가까이 살아갈 때, 그
리고 뭔가 벽에 부딪쳤을 때 자신의 몸이 보여주었던 한계가. 기억만
은 잃어버렸지만 몸은 확실히 기억하고 있었다. 어떻게 칼을 휘둘러야
하는지, 그리고 어떻게 하면 적을 효율적으로 처리할 수 있는지, 어떻
게 위험에서 벗어나야 하는지, 그리고 몸이 보여준 기술은 룬도 곧 사
용할 수 있게 되었다. 킬 윈드도, 그리고 디스트럭션도.

“그렇군, 당신은…….”

룬은 갑작스럽게 말을 내뱉었다. 그러자 마치 룬의 의식에 반응이라
도 한 듯이 며칠 전 룬에게 들려왔던 목소리가 룬의 머리 속에서 울렸
다.

‘기억났나, 루니안?’

“아니, 전혀. 하지만 단 하나만은 확실하군.”

그때 하늘에서 와이번 라이더들과 싸우던 와이번이 괴성을 지르며
땅으로 추락했다. 룬은 그 괴성이 귓전을 울림과 동시에 그 목소리가
더 이상 반응하지 않는다는 것을 알고 고개를 들었다. 켈킨은 땅에 떨
어져 버둥거리는 와이번을 온몸으로 짓눌러서 움직이지 못하게 하고
있었고, 바논은 재빨리 켈킨의 위에서 내려와 룬에게 다가왔다.

"자네, 미쳤나?"

바논은 룬의 앞에까지 다가와서 그렇게 외쳤다. 아무리 저공으로 날고 있었다고는 하지만 잘못했으면 큰 부상을 입을 수도 있었을 거다. 룬은 바논의 거친 말 중에서도 그 말의 요지를 정확하게 집어냈다.

"죄송합니다."

바논도 룬의 죄송하다는 말 속에 '다치지 않았으니까 괜찮다. 비록 속이 좀 뒤집히기는 했지만 몸에도 별 이상이 없다. 놀라게 한 것은 사과한다' 라는 의미가 함축되어 있는 것을 알았는지 룬에게서 눈을 돌리고 아직도 머리에서 체액을 뿌리며 경련을 일으키고 있는 와이번을 슬픈 눈으로 바라봤다.

"어차피 라이더의 피 맛을 봐버린 이상 죽어야 했을 녀석이지만… 어쨌거나 다행이군. 일이 크게 번지기 전에 처리할 수 있어서. 그런데 도대체 방금 무슨 짓을 한 건가? 이건 마치……."

마치 거대한 도끼로 스피드를 실어서 후려친 것같이 약간은 뭉툭하지만 날카로운 상처였다. 게다가 그 공격은 마치 화살이 뚫고 지나가는 것처럼 관통되어 있었다. 하지만 룬은 그 대답에 대해서는 입을 다물기로 했다. 쓸데없는 말을 하기 싫었던 것이다. 바논도 룬이 자신의 말에 대답을 해줄 생각이 없다는 것을 알았는지 그냥 혼자서 고개를 끄덕끄덕 하고 나서 가볍게 중얼거렸다.

"인명 피해가 더 이상 늘지 않아서 다행이군."

주위의 풍경은 약간 난장판이었다. 선생들은 학생들을 다시 기숙사 안으로 몰아넣으려고 애를 쓰고 있었고, 몇몇 선생은 이제 상황이 조금 안전해진 것을 느꼈는지 빠른 걸음으로 바논에게 곧장 걸어오고 있었다. 룬은 그 마법사가 이쪽으로 계속 걸어오자 고개를 돌려 버렸다. 마침내 바논의 앞에까지 다가온 가딘은 화난 듯한 얼굴로 바논을 향해서 소리쳤다.

"이게 무슨 일이냐!"

"뭔가 일이 생긴 것 같습니다."

"그런 건 말하지 않아도 알 거다! 지금 이 꼴을 본다면!"

수미터짜리 날개 달린 파충류가 붉은 체액을 뿜어내며 죽어가는 모습은 누가 본다고 해도 큰일이 벌어졌다는 것을 눈치 채게 해줄 수 있을 것 같았다. 바논은 아직 완전히 죽지 않아서 고통스러운 듯 경련을 떨고 있는 와이번을 내려다보며 참담한 심정이 되어 설명했다.

"저 아래에서는 라이더 한 명이 죽었습니다. 아, 저도 무슨 일인지는 모르니까 그런 눈으로 바라보지 마십시오. 저도 상당히 기분이 좋지 않으니까. 그리고 저 와이번을 구속해 둘 만한 골렘을 불러주십시오."

"흥, 무엇 때문에 이러는지는 모르겠지만 빨리 일을 처리하도록 해. 나는 이 사태에 대해서 드래곤 홀드에 항의하겠다."

"마음대로 하십시오."

바논은 허리춤에서 검을 뽑아 아직 죽지 않은 와이번의 가슴 한복판에 깊숙이 찔러 넣었다. 곧 와이번은 몸을 한차례 부르르 떨더니 그대로 몸을 축 늘어뜨렸고, 가딘은 그 장면을 보더니 마치 못 볼 것을 본 듯한 얼굴이 되어서 황급히 중앙의 탑으로 들어가 버렸다. 바논은 와이번을 무심히 바라보고 있는 룬에게 고개를 돌렸다.

"어쨌든 정리를 해야겠군. 어째서 이런 일이 일어났는지도 조사해야겠고⋯ 설마 이런 일이 벌어질 거라고는 생각하지 않았는데, 도대체 무슨 일이지?"

"고의성⋯ 이라고 보십니까."

룬은 조용히 질문했고 바논도 그런 룬의 질문에 답을 하지 않는 것으로 그 사실에 대해 긍정적인 표현을 보였다. 확실히 이런 도심 내에서 가만히 있던 와이번이 이렇게나 미친 듯이 난동을 부렸다는 것이 이해가 되지 않았다. 그때 또다시 저쪽 멀리에서 한 마리의 와이번이 날아왔고, 그 와이번 위에 앉아 있던 라이더는 크게 소리를 질렀다.

"나머지 한 녀석도 잡았습니다!"

"좋아, 이제 이쪽 상황을 정리한다. 그리고 아무나 아래쪽으로 내려가서 그쪽도 정리시키도록 해. 룬, 자네도 이만 가서 쉬게나. 이 일에 끼어들게 해서 미안했네."

룬은 가볍게 고개를 숙여 보이는 것으로 취침 전 인사를 대신했다.

6

조용했다. 간간이 골렘에 의해서 구속당한 두 마리의 와이번이 아직 밝지 않은 새벽을 알리려는 듯 울부짖기는 했지만 이렇다 할 일은 벌어지지 않고 있었다. 자다가 봉변을 당한 라이더들은 또다시 벌어질지 모르는 사태에 대비해서 와이번에게 단단히 고삐를 채웠고 마법사들에 의하여 소환된 땅의 정령들은 그 고삐를 땅속 깊이 묻어 와이번이 움직이지 못하게 했다.

잠에서 깨어난 마법사들은 깨어나서 웅성거리는 학생들을 잠재우거나 그 외의 일을 처리하기 위해서 바쁘게 돌아다녔고 라이더들도 와이번의 사체를 치우거나 하면서 상황을 정리했다. 지금까지 이런 일이 벌어진 것이 아주 없었던 것은 아니지만 이런 일이 일어날 만한 이유가 없는 곳에서 벌어진 것은 정말로 의외인 일이었다.

가딘은 자신이 바논에게 말했던 것처럼 드래곤 홀드에 항의했다. 마법 왕국인 칼스에는 중요한 곳마다 수정구로 통신을 할 수 있는 시설이 설치되어 있었던 것이다. 바논은 그 일에 대해서 해명을 해야 했다.

[정말로 왜 이런 일이 일어났는지 모르겠다는 건가?]

"그렇습니다, 엘거트 경."

[어쩔 수 없군. 내가 그곳까지 움직이기에는 힘드니 자네가 처리해 주게. 마법사들에게도 내가 도움을 요청해 두겠네. 그런데 그 죽은 라이더의 이름이 뭔가?]

"차게트 팔멘이라고 합니다."

[내가 유족에게 그 이야기를 전하겠네. 어째서 그런 일이 일어났는지는 모르지만 잘 처리해 주게. 만약에 어떤 일이 벌어졌다면…….]

"알겠습니다."

수정구에 떠올랐던 남자의 얼굴이 사라지고 나자 바논은 그 방에 꼿꼿이 서 있던 가딘을 바라보고 수정구를 받침대에 내려놓았다. 수정구로 통신을 하게 되면 그 수정구를 손에 들고 있는 사람에게만 영상과 소리가 들리게 되기 때문에 그 옆에 있는 사람은 통신의 내용을 모르게 되는 것이다.

"무슨 말이지?"

"저에게 전권을 위임하셨습니다. 지금부터 그럼 조사에 들어가도록 하겠습니다. 모든 마법사님들의 숙소도 검사를……."

"무슨 헛소리냐!"

가딘은 얼굴을 찌푸리며 그렇게 소리를 질러 바논의 말허리를 끊었다.

"왜 우리가 검사를 받아야 하는 거지? 무슨 무례한 짓이냐!"

"말씀드렸지만 엘거트 경은 저에게 모든 권한을 위임하셨습니다. 지금 그 발언을 엘거트 경에게 하시는 말로 생각해도 되겠습니까?"

가딘은 바논의 말에 얼굴을 붉히면서도 아무런 말을 하지 못했다. 마빈 엘거트. 그는 귀족이면서 와이번 라이더로서의 능력을 가진 약간 특별한 존재였다. 가딘으로서도 그를 들먹인다면 할 말이 없어질 수밖에 없었다. 결국 가딘은 감정을 조금 가라앉히고 약간 격양된 말투로 조심스럽게 말했다.

"좋다. 어째서 우리가 조사를 받아야 한다는 거지?

"아까도 말씀드렸지만 와이번이 아무런 이유 없이 흥분한다는 것은 말도 안 되는 일입니다. 어떤 이유가 있는 거겠지요. 이상하게 생각하지 마십시오. 저는 단지 와이번이 흥분하게 될 만한 뭔가가 있었는지를 조사할 뿐입니다. 일단 길드 마스터님께 말씀드리도록 하지요. 그럼, 이만."

바논이 고개를 숙여 보이더니 방을 나가 버리자 가딘은 난처한 얼굴이 되어 손톱을 깨물었다. 일이 약간씩 틀어지고 있었다. 가딘이 바랬던 일 중 하나는 일어나지 않았고, 또 다른 하나는 두고 봐야 알 수 있게 되어버렸다. 하지만 지금은 그 하나 남은 일마저 바랬던 대로 풀리지 않고 있었다. 이렇게 된다면 그 나머지 하나도 일어나지 않을 가능성이 컸다.

"이렇게 된다면……."

어차피 자신이 그 일을 했다고 밝혀진다고 해도 해명할 방법 따위는 얼마든지 있었다. 가딘은 결국 마음속으로 다짐을 하며 그 방을 나섰다. 더 확실히 손을 써두는 것이다. 그래서 자신이 이루고자 했던 일 중 하나라도 이루어야 한다. 그렇지 않으면 지금 한 일은 전혀 의미가 없었다.

룬은 그 다음날 아침이 되자 속 쓰림과 두통을 경험하며 겨우 침대 위에서 일어날 수 있었다. 보통 사람들이 말하는 숙취라는 경험을 처음으로 해본 룬은 정말로 다음부터는 과음을 하지 말아야겠다고 생각하며 자리에서 일어섰다가 허리에서 느껴지는 근육통에 몸을 움찔했다.

"……."

룬은 가만히 서 있다가 벽에 세워져 있는 이터를 뽑아서 어젯밤에 했었던 대로 천천히 휘둘렀다. 처음 써봤던 기술인데도 너무나도 부드럽게 몸이 움직여 줬다.

"이걸… 가르쳐 준 게 당신이라는 것을… 알겠어."

룬은 아침 햇빛에 섬뜩하게 빛나는 이터를 다시 칼집에 집어넣었다. 아무런 물질적 증거도 없고 기억도 없지만 그렇게 느꼈고, 룬에게 있어서 느낌이란 기억보다 더욱 선명하고 확실한 증거였다. 몸이 알고 있는 느낌이 머리가 알고 있는 기억보다 더욱 소중했다. 과거로의 자신을 증명해 주는 몇 안 되는 증거이자 살아가기 위해 필요한 도구니까.

룬은 이터를 다시 침대의 옆에 세워두었다.

얼마 전까지만 해도 티아스가 누워 있던 침대는 텅텅 비어 있었다. 레전트가 일단 깨어나게 해보겠다고 티아스를 데리고 간 지 꽤 시간이 흘러 있었지만 레전트에게서의 소식은 없었다.

어차피 자신이 상관할 일이 아니다. 룬은 그렇게 중얼거리며 바깥으로 향하는 문을 열었다. 어젯밤 일로 자신이 할 일은 상당히 늘어났을 것이다. 지금 자신이 할 수 있는 일을 한다. 룬이 현재 생각할 수 있는 일은 이것밖에는 없었다.

막 바깥으로 나가려던 룬은 자신의 눈앞에서 해를 등진 뭔가가 자신의 앞길을 막고 있는 것을 볼 수 있었다. 그다지 익숙하지는 않지만 그래도 모르는 존재는 아니었다. 온몸을 검은 철갑으로 두르고 있는 거대한 강철 골렘. 룬은 울의 몸 틈새를 비집고 자신을 향해서 내리쬐는 아침 햇빛에 약간 눈을 찌푸렸다.

"무슨 일이지, 울?"

[룬, 당신을 체포하겠다. 순순히 무장을 해제하라.]

룬은 울이 하는 말에 대해서 아무런 반응을 보일 수 없었다. 자신이 그런 일을 당할 만한 일을 했었던가? 룬은 잠시 후에야 간신히 자신의 상황에 대해서 질문을 할 수 있었다.

"…무슨 소리냐."

[어제의 사태에 대해서 가딘님이 당신을 용의자로 지목했다. 반항할 경우 폭력을 사용해도 좋다는 지시도 내려져 있다. 얌전히 무장을 해제하고 나를 따라와라.]

룬은 울의 말이 장난이 아니라는 것쯤은 금방 눈치 챌 수 있었다. 울의 주위에는 몇 명의 마법사와 일꾼들이 서 있었다. 그리고 그들의 눈초리는 예사롭지 않았다. 꼭 그런 것뿐만 아니라 해도 골렘이 농담을 한다는 것은 들어본 적이 없는 이야기였다. 룬은 눈을 돌려 주위의 상황을 자세히 살피며 양팔을 들어 보였다.

"무장은 하지 않았다."

[일단 당신은 마법사들이 잘못을 저질렀을 경우 반성을 하기 위해 만들어진 독방에 갇히게 된다. 나를 따라와라.]

비록 룬이 범인이라고 밝혀진 것은 아니었지만 그래도 주위 사람들의 눈은 곱지 않았다. 당연한 일이었다. 와이번이 난동을 부리게 만들어서 하마터면 이 위에서도 불미스러운 일이 벌어지게 할 뻔했던 장본인이라면 결코 곱게 보이지는 않을 것이다. 룬도 그 사실을 알고 있었기 때문에 굳이 반항하려고 하지는 않았다.

싸울 의미도 없었고 싸울 필요도 없었다.

어차피 자신이 아무런 짓을 하지 않았다는 것은 바논이나 그 외의 라이더들도 아는 사실이다. 하지만 룬은 모르고 있었다. 이 위에서 살고 있는 자신보다 강한 권력을 지닌 자의 존재는 죄가 가볍고 무겁고의 차원을 떠나 죄 자체를 만들어낼 수도 있다는 사실을.

바논은 다른 라이더들에게서 이상한 소리를 듣고 나서 당황해하고 있었다. 분명히 자신이 이번에 일어난 모든 일에 대해서 조사를 하겠다고 했음에도 불구하고 가딘이 자신의 독자적인 행동으로 룬을 지하독방에 구속시켜 두었다는 것이다. 룬이 이번 일에 연관이 되어 있을 거라고는 생각하지도 못했던 바논이었다. 사실 바논은 이번 일이 마법사들이 만들어서 방치해 둔 약품 같은 것에 원인이 있을 거라고 생각하고 있었다. 오히려 룬은 어젯밤에 자신들과 같이 있다가 와이번과 싸우지 않았던가?

"거기 아무도 없나!"

바논은 막 허무의 전당 중앙 탑의 지하로 향하는 문을 열고 소리를 질렀다가 자신의 앞을 막아서는 돌골렘의 모습에 약간 뒤로 물러섰다. 이런 골렘들은 미리 주입되어 있는 명령에 따라 즉각적으로 행동하기 마련이다. 그 골렘은 뒤로 물러선 바논의 앞에 서서 꼼짝도 하지 않았다. 아마도 감옥 문을 지키는 역할을 하는 골렘일 것이 뻔했다. 바논은 지금 상황에서 어떤 일을 해야 할지 망설일 수밖에 없었다. 한시라도

빨리 가딘을 만나서 룬을 가둔 이유를 들어야 했지만 앞으로 전진할
수도 없었다.

"비켜줘라."

그때 계단 아래쪽에서 누군가의 목소리가 들려오자 그 골렘은 순순
히 옆으로 비켜섰다. 바논은 옆으로 비켜선 골렘과 마법의 등불이 희
미하게 빛나고 있는 계단의 안쪽을 바라보다가 성큼성큼 걸어 내려갔
다.

땅을 파고 돌을 쌓아서 만든 것이 아닌, 마치 커다란 바위를 파내어
만든 것 같은 계단을 내려가자 빛 한줄기도 함부로 새어들지 못할 정
도로 빈틈없는 석실이 모습을 드러냈다. 바논은 그 석실에서 한 손에
채찍을 들고 가쁜 숨을 내쉬며 서 있는 가딘과 팔다리에 족쇄가 채워
져 벽에 매달려 있는 룬의 모습에 눈살을 찌푸렸다.

"…죄가 확실시되지 않은 사람을 함부로 고문하는 것은 법에 어긋
나는 행동입니다, 가딘님."

룬은 가딘이 아닌 다른 누군가의 목소리가 들려오자 정신을 차린 것
인지 고개를 들었다. 룬은 눈을 몇 번 껌뻑거리더니 피가 눈가를 따라
흐르는 것이 귀찮은 듯 고개를 몇 번 흔들고 나서 바논을 바라보았다.
천장에 떠 있는 빛덩이는 룬의 온몸에 채찍이 그린 붉은 선 수십 개를
적나라하게 비추고 있었다.

"그런가? 하지만 이 녀석의 숙소에서 증거도 확보했지. 볼 텐가?"

가딘은 바논이 뭐라고 대답을 하기도 전에 붉은 액체가 담긴 짙은
갈색의 병을 꺼냈다. 룬은 그 병을 보고 눈썹을 꿈틀거리면서 뭐라고
말을 하려고 하다가 입술을 강하게 깨물었다.

"리킬제드, 동물의 피와 다름없는 체액을 가지고 있는 식물을 가공

해서 만드는 피 냄새가 강한 각성제지. 그냥 동물초의 잎을 짜서 만드는 액체라고 말하지만… 와이번들이 피 냄새에 강하게 반응한다고 했던가? 아마 이 녀석이 가지고 있었던 이게 원인이겠지.”

“하지만 아무리 그래도 이런 풀즙에 그런 효과가…….”

바논은 급히 자신에게 날아오는 병을 받아 들었다. 영문을 몰라 하는 바논을 향해 가딘은 그 병 뚜껑을 열어보라는 제스처를 취했고 바논은 반신반의하면서도 뚜껑을 열었다.

“네스트의 용병 놈들이 전투에서 피로 같은 것을 씻어내기 위해서 사용한다고 하던데. 한번 열고 오랜 시간 동안 놔두면 변질된다고 하더군. 어때? 그 정도면 충분히 증거가 될 거라고 생각하는데.”

환기 시설도 전혀 없는 방 안이다 보니 피 냄새는 사라지지 않고 방 안을 맴돌았다. 바논은 피 냄새에 머리가 띵해지는 것을 느끼며 아무 말 없이 다시 병 뚜껑을 닫고 가딘을 향해서 말했다.

“일을 도와주셔서 감사합니다만 이건 제 권리를 침해하는 행동이십니다, 가딘님.”

“미안하군. 하지만 이 위에서의 법은 아래쪽의 법률과는 다르다는 것 정도는 알고 있을 거라고 생각하는데? 이 내가 독자적인 조사도 하지 못한다는 소린가, 응?”

가딘은 채찍을 바닥에 내팽개치더니 바논의 앞까지 다가왔다. 살기등등한 가딘의 태도에 바논은 어쩔 수 없이 한 발자국 뒤로 물러서고 말았다. 공중에 떠 있던 빛덩이가 사라지고 나자 그 안에는 진한 빛깔의 어둠이 가득 채워졌고 가딘은 바논을 스쳐 지나가 계단을 올라서며 항의하는 듯한 목소리로 말했다.

“도와줘서 감사하다는 소리는커녕 이런 소리를 들을 줄은 몰랐군.

어쨌거나 난 자네의 조사에 도움을 준 것뿐이지. 어쨌든 이제 조사는 끝내겠지? 범인은……."

가딘의 말투가 점점 왠지 즐겁다는 듯한 말투로 바뀌어갔고, 마지막에는 킥킥거리는 웃음소리를 내며 말을 끝맺었다.

"잡혔으니까."

바논은 키득거리며 계단 위를 올라가는 가딘의 웃음소리에 얼굴을 찌푸렸다. 바논은 한 치 앞도 자세히 보이지 않는 어둠 속에서 그 병을 한참 동안 바라보다가 어떤 시선을 느끼고 그쪽으로 고개를 돌렸다.

"……."

바논은 다시 병을 힐끔 바라본 후 그쪽으로 걸어갔다. 길다란 채찍이 발치에 걸리자 그것을 멀리 차내어 버린 바논은 자신의 바로 앞에서 예리하게 눈을 뜨고 있는 룬을 똑바로 쳐다보았다.

"자네가 범인이 아닌가?"

바논은 어둠 속에서 스스로 빛나는 것 같은 룬의 검은 눈동자가 위아래로 움직이는 것을 바라보았다. 수십 년 동안 살면서 수많은 사람을 봐왔고, 와이번 라이더로서의 직감을 길러왔던 자신마저도 거짓인지 진실인지 읽을 수도 없는 묘한 눈동자였다. 살아 있지만 뭔가 하나가 빠져나가 버린 듯한 이상한 눈동자. 하지만 단 하나만은 확실했다.

"무엇 때문에 분노하나?"

룬은 대답을 하는 대신 눈을 감아버렸다. 뭔가 이상하다고 생각한 바논은 룬의 몸을 살폈다. 어둠에 순응된 바논의 눈은 그럭저럭 룬의 몸을 살필 정도가 되어 있었다. 몸이 약간 상하기는 했지만 말을 못할 정도는 아니었다. 바논은 마지막으로 룬의 입을 벌리게 해 혀가 있는 것을 확인한 후에 다시 질문했다.

"왜 말을 하지 않는 거지?

룬은 입술을 깨물었다. 분명히 룬은 분노하고 있었다. 룬은 족쇄가
차여 있는 팔을 흔들며 뭔가를 바논에게 말하려고 했다. 쇠사슬이 찰
랑거리는 소리가 귓가에 들리자 바논은 다시 룬의 얼굴을 똑바로 응시
했다.

"말을 할 수 없게 된 건가?"

바논은 룬이 고개를 끄덕이는 것을 보고 품속에서 길이가 손가락 두
배 정도 되는 성냥을 빼 들고 자신의 거칠거칠한 윗옷에 대고 그었다.
성냥의 끄트머리에서 불길이 화악 하고 치솟자 바논은 그것을 약간 높
이 쳐들고 룬의 손을 바라보았다.

"자, 말해 봐. 보통 성냥보다 오래 타긴 하지만 횃불 정도는 아니니
까 최대한 빨리."

룬은 갑자기 자신의 눈앞에 떠오른 빛 때문인지 눈을 감고 고개를
돌리며 손을 움직였다. 말은 하지 못한다고 해도 손을 움직이는 것은
가능했다. 그렇기에 다행히 룬은 '말'을 할 수 있었다.

칼스와 네스트의 경우에는 용병이나 병사들이 사용하는 수신호가
거의 비슷하기 때문에 약간 다르기는 해도 대략적인 의사 소통에는 별
로 지장이 없었다. 다행히 첫 번째 성냥이 꺼지기 전에 룬의 손짓은 끝
날 수 있었고, 바논은 잠시 생각한 후 자신의 생각이 맞는지 확인하기
위해서 거의 다 타버린 성냥을 바닥에 던지고 구두로 밟아 끄면서 질
문했다.

"이제부터 내가 하는 말이 맞다면 고개를 끄덕이고 틀리면 고개를
흔들게. 알겠나?"

성냥이 다 타버려 다시 어둠이 잦아든 방 안에서 룬이 고개를 위아

래로 움직였다. 바논은 룬이 자신의 말을 이해했다고 생각했는지 일단 자신이 룬에게 들었던 내용을 다시 확인하기 위해 입을 열었다.

"자네의 죄는 저 가딘이라는 마법사가 뒤집어씌웠다는 이야기인가? 그리고 그 죄를 뒤집어씌운 이유는 네가 그에게 반항했고, 사이가 좋지 않기 때문이라고?"

룬이 연속으로 고개를 끄덕이자 바논은 어이없다는 표정을 지으며 중얼거렸다.

"어이없군, 그런 사소한 이유로……."

바논의 말이 끝나기도 전에 룬은 강하게 팔을 흔들었다. 바논은 갑작스러운 룬의 행동에 약간 놀라며 뒤로 물러섰지만, 곧 룬이 자신의 말에 대한 부정을 나타내기 위해서 한 행동이라는 것을 알 수 있었다. 그리고 룬의 행동이 말하고자 하는 것에 대해서도 눈치 챌 수 있었다.

"…그만큼 그 마법사가 속이 좁은 인간이라는 건가? 하지만 정말로 그렇다면 말도 안 되는군. 나는 어젯밤의 사건으로 인해서 라이더 한 명을 잃었네. 게다가 잘하면 다시는 타지 못할 와이번이 두 마리고 죽은 와이번이 한 마리네. 손해가 얼만지 아는 건가?"

룬은 가볍게 팔을 흔들었고 바논은 한숨을 쉬며 성냥 한 개비를 다시 꺼내 들어 불을 붙였다. 룬은 다시 불빛이 생기자 손을 놀리기 시작했다. 바논은 그 손에 룬이 뭔가를 부탁하려 한다는 것을 알 수 있었다.

"디… 이리스?"

바논은 룬의 손짓에서 한 여자의 이름을 발견할 수 있었다.

"이곳의 학생 중 한 명의 이름인가?"

룬은 고개를 끄덕였다. 룬은 자신이 지금 가딘의 음모에 빠져 이렇게 됐지만 최악의 경우—죽음—에까지 이르지는 않을 거라고 생각했다. 어쩌면 죽음보다 더한 고통이 기다릴지 모르지만 죽어보지 않은 지금에서는 죽는 것보다 고통을 당하는 것이 더 나았다.

하지만 그렇다고 해도 디이리스가 문제였다. 디이리스는 아무도 보호해 주지 않는다면 가딘의 음모에 그대로 노출된다. 현재로써는 레전트에게 부탁하는 것이 최선의 방법이었다.

"그 정도 부탁은 들어줄 수 있네. 그리고 자네 '말' 대로… 이 각성제의 냄새가 강하다고 해도 저 아래에까지 퍼지는 건 무리였겠지. 자네가 이걸 마실 거라고 생각하지도 않지만."

이런 각성제는 몸과 정신을 상하게 하기 마련이다. 바논이 보기에는 자신의 눈앞에 있는 전사가 이런 약물에 의존해서 싸울 거라고는 생각하기 힘들었다. 바논은 룬이 고개를 끄덕이는 것을 보면서 다시 다 타버린 성냥을 바닥에 던지고 발길을 돌렸다.

"그럼 한동안은 계속 매달려 있도록 하게."

바논은 그렇게 말을 하고 발로 바닥을 더듬으며 계단을 올라갔다. 주위가 조용해지자 룬은 침착하게 자신의 상황에 대해서 생각하기 시작했다. 아침때부터 몇 시간 동안이나 계속 채찍질을 당한 피부는 붉게 부어오르고 있었고 채찍에 가시라도 달려 있었는지 몸 여기저기에서도 찰과상이 심심치 않게 보였다.

그나마 다행인 것은 가딘이 채찍질에 익숙하지 않았던 것 정도일까. 룬은 설마 가딘이 이렇게 말도 안 되는 누명으로 자신을 이렇게 만들 거라고는 상상하지도 못했다. 게다가 어떤 마법을 사용했는지는 모르겠지만 자신이 일체의 변명도 하지 못하도록 말소리가 나오지 않게 만들어 버렸다.

이건 완전한 억지였다. 이렇게 자신에게 누명을 뒤집어씌운다고 해도 이런 엉성한 흉계는 결국은 밝혀지게 될 게 뻔했다. 레전트가 있는 한 자신에게 걸린 마법은 나중에라도 풀 수 있을 거고 그 증거라는 것도 불충분하니까.

가딘은 어딘가 이상해 보였다. 신음 소리도 내지 못하는 자신에게 채찍질을 하며 죄를 인정하라고 다그치는 모습은 정상이 아니었다. 그렇게 채찍을 휘두르는 그의 눈동자에는 광기, 오로지 광기만이 남아 있었다. 자신은 그 광기에 공포 같은 것은 느끼지 않았지만, 그 광기로 인하여 앞으로 일어날 일은 걱정될 수밖에 없었다.

'디이리스……'

여리지만 당찬 소녀. 하지만 아무리 당찬 그녀라고 해도 지금의 가딘이라면, 광기에 붉게 물들어 있는 가딘이 어떤 일을 벌인다고 하면 견디어낼 수 있을지 의문이었다. 하지만 레전트가 지금 이 사실을 알게 된다면 바논이 레전트에게 이 사실을 전한다면 어떻게든 디이리스만은 지킬 수 있을지도 몰랐다.

'무사해야 한다.'

레전트가 룬이 끌려갔다는 소리를 듣게 된 것은 티아스를 깨우기 위한 시술이 종료됐을 쯤이었다. 정확히 티아스의 증상에 대한 치료법을 알아내지 못한 레전트는 아예 몸이 해가 되지 않을 만한 모든 시술을 해보기로 결정했던 것이었다. 아침 일찍부터 시작됐던 시술은 점심때가 넘어서야 종료되었고 바논은 그때서야 레전트에게 룬의 말을 전할 수 있었다. 자신의 방에서 다른 치료법을 생각하던 중 룬에 대한 말을 듣게 된 레전트의 반응은 간단한 것이었다.

“후… 드디어 미쳤군.”

“예?”

레전트는 고개를 흔들고 자리에서 일어서며 룬이 자신에게 전하려고 했던 말을 재확인했다.

“아니, 그냥 혼잣말이니 신경 쓰지 마. 그래서, 룬 녀석이 부탁한 게 그 여자 아이 일이라고?”

“예, 그 디이리스라는 아이의 신변을 걱정하는 것 같았습니다.”

“저번에는 다른 사람 일에 대해서는 신경도 안 쓰던 녀석이 별일이네. 자신의 몸보다 그런 여자 아이 일이나 더 걱정하고…….”

‘그다지 예쁘지도 않았는데.’

레전트는 마지막 말을 그렇게 흘리고 자신에게 그 말을 전해주러 왔던 바논에게 손짓을 했다. 바논이 고개를 숙여 보이고 사라지고 나자 레전트는 한숨을 쉬었다. 평소 때 가딘의 정신 상태를 의심했던 것도 사실이지만 이렇게 갑자기 돌아버릴 줄은 레전트도 미처 예상하지 못한 터였다.

“그나저나 그 녀석이 꾸민 일이라면 빈틈이 많아 보여도 의외로 공략하기 힘든 경우가 대부분일 텐데… 뭐, 일단은 룬 녀석이 부탁한 일부터 해둘까?”

어젯밤에 일어났던 일에 대해서는 들어서 알고 있었지만 설마 룬이 연관되어 있을 거라고는 생각하지 못했던 레전트였다.

룬이 자신에게 그 말을 전하라고 했다면 룬도 그 일이 가장 중요하다고 판단했기 때문이었을 것이다. 레전트는 룬의 생각을 존중하는 차원에서 디이리스를 보호할 계획을 생각하기 시작했다.

"그래… 이걸로 정신을 차렸겠지? 나에게 반항하면 어떻게 되는 지?"

사실 가딘이 한 행동은 굉장히 간단했다. 환각 작용이 심하고 피비 린내가 심하게 나는 액체를 증류하여 더 더욱 진하게 만든다. 그리고 그 약을 어딘가 소동이 일어나면 상당히 피해가 심각할 만한 곳에 뿌 리는 것이었다. 그 다음 증류한 그 약이 든 작은 병을 단단히 밀봉해서 룬의 방 안 어딘가에 숨겨두면 끝나는 일이었다.

하지만 아무리 후각이 예민한 와이번들이라고 하더라도 이 고원의 아래쪽에서 그 액체에서 풍기는 피비린내를 맡을 수 있을 거라곤 생각 하지 않았다. 그래서 가딘은 라이더들이 일을 하느라 바쁘던 차에 다 른 와이번들에게 비하여 조금 덩치가 작아 보이고 멍청할 것 같은 와 이번 몇몇에게 간단한 최면을 걸어두었다. 지능이 높고 어떤 일에 대 해서 생각할 줄 아는 생명체라면 그 주문의 효과를 보증할 수 없지만. 낮은 지능과 피에 굶주린 사냥꾼으로서의 본능을 가지고 있는 와이번 에게라면 이 정도로 충분했을 것이다.

"나에게 반항하는 건 무의미하지… 그래, 네놈이 나에게 반항한 것 자체가 잘못이었던 거란 말이다. 키키킥……."

가딘은 자신의 침대 위에 누워 재미있어서 미치겠다는 듯 킥킥거리 며 몸을 흔들어댔다. 최면의 내용은 '달이 뜨는 밤 무조건 위로 올라가 라'. 와이번들은 그 최면에 충실히 움직였고, 피 냄새가 바람에 스쳐 지나가는 이곳에 와서는 본능에 충실히 움직였다.

물론 일이 간단했던 만큼 증거는 남지 않는다. 후에 룬이 원인이 아 니라는 것이 밝혀진다고 해도 침묵 주문을 사용하고 고문 좀 한 것 가 지고는 자신을 추궁할 수 없을 것이다. 자꾸 허튼소리를 해서 입을 막기 위해 주문을 걸었다고 하면 되는 거니까.

"충분해… 그래. 아니, 아니지. 이 정도로 만족할 수는 없지? 그 빌어먹을 놈에게 채찍질 몇 번 한 것 가지고 만족할 수는 없지? 그래, 어차피 증거도 남지 않아. 좀 더 족치는 게 좋겠지. 그 왕자 자식이 그놈에 대해서 관여하기 전에. 그리고……."

"디이리스, 안에 있나?"

갑자기 찾아온 손님. 디이리스는 바느질을 하던 옷을 침대 위에 올려두고 문으로 다가갔다. 키월도 오랜만의 자유 시간을 만끽하기 위해서 다른 방에 가 있는 중이었기에 방 안에는 디이리스 혼자밖에 없었다.

디이리스는 자신에게 찾아올 만한 다른 사람을 머리 속에서 떠올려 보려 했지만 그럴 만한 사람은 없는 것 같았다. 무엇보다 다른 평민 아이들은 귀족 아이들의 일을 대신해 주느라 바쁜 상황일 것이다. 디이리스는 문을 열자마자 급히 방 안으로 밀고 들어오는 남자의 얼굴을 확인하고 의문이 가득 묻어나는 목소리로 말을 하려 했다.

"어? 무슨 일이세요? 레……."

레전트는 자신의 이름을 외치려고 하는 디이리스에게 손가락을 자신의 입술에 가져다 대고 조용히 하라는 제스처를 취했다. 디이리스는 급히 자신의 손으로 입을 막으며 눈을 깜빡거렸고, 레전트는 문을 닫고 방 안을 살피더니 이상한 언어를 중얼거렸다. 곧 레전트의 주위에는 작은 빛들이 생겨나기 시작했고, 그 빛들은 사방으로 흩날려 가면서 빛을 잃어갔다. 마치 별빛과 같이 반짝이던 빛들이 전부 사라지고 나자 레전트는 그제야 자신을 멍한 표정으로 바라보는 디이리스에게 상큼한 미소를 지어 보였다.

"갑자기 이상한 짓을 한 건 미안. 그런데 가딘 자식……."

"아, 저… 레전트님?"

디이리스는 의미를 알 수 없는 말을 계속 하고 있는 레전트를 바라보며 여전히 멍한 표정을 지을 수밖에 없었다. 레전트 정도가 되니까 이 방 안에 마법사의 눈과 귀가 숨겨져 있었다는 것을 알 수 있었다. 잘 숨겨져 있는 마법사의 눈과 귀는 훌륭한 정찰 도구로 사용되기도 하지만 이 경우에는 스토킹으로 사용된 것 같았다.

레전트는 룬의 예감이 틀리지 않았다는 것에 대해서 좋아해야 할지 기분 나빠해야 할지 생각하며 디이리스를 내려다보았다. 잠시 레전트의 시선을 멍하게 받고 있던 디이리스는 레전트가 갑작스럽게 손뼉을 치자 깜짝 놀라며 정신을 차렸다.

"아, 여기 앉으세요. 그런데 무슨 일로 오신 거예요?"

"여기에 오래 있을 수는 없으니까 본론만 말할게. 룬이 어젯밤에 일어났던 일의 용의자로 잡혀갔어. 아, 그렇게 놀란 표정 짓지 마. 내가 봤을 때는 어디까지나 누명이니까."

레전트는 디이리스가 가리키는 의자 위에 털썩 주저앉더니 사정을 늘어놓기 시작했다. 디이리스는 막 입을 열려고 하다가 조용히 하라는 손짓을 하는 레전트를 바라보고 입을 다물었다. 레전트는 주머니에서 뭔가를 꺼내 토끼같이 눈을 동그랗게 뜨고 자신의 말을 기다리고 있는 디이리스에게 내밀었다.

"가딘이 누명을 뒤집어씌운 거야. 룬은 가딘이 너에게도 어떤 해를 끼칠 거라고 생각했어. 이거 사용하는 법은 알지? 사용하면 내 방으로 텔레포트되는 스크롤이야. 만약 가딘이 이상한 짓을 하려 한다거나 다른 위험한 일이 생기면 사용해."

"아저씨는요? 아저씨는 어떻게 됐어요?"

레전트는 자신이 내민 스크롤에는 신경도 쓰지 않는 디이리스를 바라보며 아무 말도 하지 않았다. 곧 디이리스는 자신이 레전트에게 실례되는 행동을 했다는 것을 눈치 채고 고개를 푹 숙인 채 양손으로 스크롤을 받았다.

"너, 혹시 그 녀석 좋아하는 거야?"

"예."

레전트는 예상외로 똑똑히 대답하며 고개를 끄덕이는 디이리스에게 놀란 표정을 지을 수밖에 없었다. 하지만 디이리스가 아무리 룬에 대해서 걱정한다고 해도 이번 일에 대해서는 아무런 도움이 되지 못할 것이 뻔했다. 그렇기에 일단은 경고를 해두는 것이 좋겠다고 생각한 레전트는 별 생각 없이 입을 열었다.

"경고라고 해야 하나… 어쨌든 더 이상 룬하고 만나지 마라. 너나 룬이나 더 이상 만나면 곤란해져. 그리고 가딘에 대한 일도 입 다물고. 어차피 그런 누명은 오래가지 않으니까."

디이리스는 레전트의 말에 대답을 하지 않았다. 하지만 레전트는 더 이상 아무 말도 하지 못했다. 문득, 아주 문득 떠오른 거였지만 레전트는 자기 자신이 이곳에서 겪었었던 일이 떠올랐다. 그리고 레전트는 자신이 뼈아프게 겪었던 일을 남에게도 강요하고 있다는 것을 알아차릴 수 있었다. 하지만 이 이상의 최선책이 존재하지 않는 현실이 레전트의 가슴을 무겁게 짓눌렀다.

그래서 레전트는 더 이상 아무 말도 하지 못했다.

"…아, 아."

룬은 뭔가 이상한 느낌을 받고 소리를 내보았다. 방금 전까지와는 달리 성대는 원래 자신의 필요 목적에 따라 훌륭히 움직였다. 잠시 흠 흠거리면서 목을 가다듬던 룬은 길게 한숨을 내쉰 후 조용히 중얼거렸다.

"어째서 나타나지 않는 거지?"

꼭 이럴 때면 룬의 앞에 나타나서 뭐라고 한마디씩 하던 그 목소리가 이번에는 어떤 일인지 나타나지 않았다. 그 이후로 계속 매달려 있는 탓에 몸이 굳어 뼈 마디마디가 쑤셔왔지만 그것보다는 그 들려오지 않는 목소리 쪽이 훨씬 신경 쓰였다.

"이쯤이면 나타날 때가 되지 않았나?"

하지만 여전히 그 목소리는 들려오지 않았고 환상도 눈앞에 보이지 않았다. 하릴없이 시간이 남는 동안에 그 목소리와 대화를 나눠보고 싶었던 룬은 결국 그것을 포기하는 대신 대략 시간이 얼마쯤 지났는지 판단해 보려 했다. 하지만 판단할 만한 수단이 아무것도 없는 이곳에서는 순전히 자신의 감에 의존하는 수밖에 없었다.

"밤쯤인가…."

이런 곳에서 시간을 때우기 가장 좋은 방법은 몸을 움직이거나 자는 것이지만 팔다리가 묶여 있는 상황에서는 움직일 수도 없었고 자세가 불편한 관계로 수면을 취하기도 힘들었다. 하지만 룬은 지금의 이 상태가 오래가지는 않을 거라고 생각했다. 길어봤자 이틀 정도. 그 정도만 버티면 아마도 증거가 불충분한 자신을 묶어두지는 못할 것이다. 게다가 레전트가 있는 이상은.

문득 레전트에 대해서 생각하자 연속적으로 디이리스와 바논에 대한 생각이 떠올랐다. 바논이 과연 일을 잘하고 있을 것인가. 그리고 레전트는 디이리스를 보호할 만한 어떤 대책을 강구했을 것인가.

"레전트라면……."

룬은 그 뒷말을 잠시 동안 잇지 못했다. 믿어도 될 만한 녀석인가? 하지만 오래가지 않아서 룬은 레전트에 대한 생각을 굳힐 수 있었다. 믿을 수 있다. 그것이 룬이 생각해 낸 결론이었다.

"어떻게든 해내겠지."

그렇다면 이제는 자신의 상태가 문제였다. 이제 다른 걱정할 만한 사람은 존재하지 않으니까. 채찍에 얻어맞은 피부는 찢어져 피가 흘러 나오다가 굳어 있었고, 공기가 제대로 환기되지 않는 방 안에는 뜨겁고 이상한 냄새 나는 기운이 가득 차 있었다. 견딜 수는 있지만, 견딜 수 있다는 것과 기분이 좋다는 것은 확실히 다른 느낌이었다. 룬은 앞으로 얼마 동안 있어야 될지 모르는 이곳에서의 지낼 시간을 어떻게 하면 더욱 유익하게 보낼 수 있을지 고심하기 시작했다.

7

지루할 만큼 따뜻한 날씨. 대륙에서 비교적 중간쯤에 위치한 네스트는 낮에는 따뜻하고 아침저녁으로는 쌀쌀한 일반적인 가을 날씨를 보여주고 있었다. 그리고 그런 따뜻한 가을 햇볕 아래에서 많은 수레들과 여행객들이 이번 년의 마지막 여행을 치르려는 듯 하나둘씩 커르니 안을 지나치고 있었다. 곡식을 실은 수레나 하프를 든 음유 시인들, 일반 여행자들이나 상인들은 남쪽 외성문을 지나치며 각각 갈 곳으로 흘러갔고 외성문을 지키고 있던 병사들은 오늘도 평화로운 나날이 지나간다고 생각하며 지나가는 상인에게 받았던 사과를 깨물었다. 이때까지만 해도 두 명의 병사는 오늘 하루도 어제와 마찬가지로 평화롭게 지나갈 거라고 생각했다. 하지만 이런 그들의 생각은 얼마 지나지 않아 여지없이 박살나고 말았다.

상인들의 행렬에 섞여서 걸어오던 한 남자가 대열에서 이탈했다. 한 손에는 창을 들고, 한 손에는 사과를 들고 있던 병사는 그 남자가 자신에게 다가온다는 것을 어렵지 않게 눈치 챌 수 있었다. 그는 급히 반쯤 씹어 먹은 사과를 허리에 차고 있는 주머니에 집어넣으며 창을 양손으로 바로잡았다. 반대 편에 서 있던 병사도 그런 자신의 동료의 반응을 눈치 챘는지 다 먹어버려 심밖에 남지 않은 사과를 바닥에다가 던져 밟아버리고 창을 바로잡았다. 하지만 그 남자는 그런 병사들의 반응에도 전혀 상관하지 않고 비틀거리는 걸음걸이로 병사에게 다가가고 있었다. 그 병사는 남자의 모습을 관찰했다. 어깨에 모포로 둘둘 만 뭔가를 짊어지고 마치 거지와 같은 모습을 한 그 남자는 겉으로 보기에는 전혀 위협이 될 것 같지 않았다. 하지만 정규 훈련을 받은 병사는 최후의 최후에라도 방심을 하지 않아야 한다는 것에 대해서 확실히 알고 있었다.

“정지!”

병사가 최대한 근엄함이 넘치는 목소리로 자신에게 다가오는 남자에게 외쳤지만, 그 남자는 그런 병사의 외침에도 아무런 반응 없이 천천히, 그리고 조금씩 병사에게 다가오고 있었다. 순간 모든 사람은 행동을 멈추고 그 남자의 움직임에 시선을 집중했다. 그 병사는 자신의 말을 완전히 무시한 그를 향해서 창끝을 들이밀며 조금 더 강하고 위협적인 목소리로 외쳤다.

“경고한다! 정지해라!”

두 번째 외침에서야 그 남자는 걸음을 멈춰 섰다. 이제 모든 이들의 움직임은 정지했고 쥐 죽은 듯한 침묵만이 그들 사이를 감싸 휘날렸다.

“…이봐.”

작은 말소리였지만 주위가 워낙 조용했기에 그 목소리는 주위에 있는 모든 인간에게 들렸다. 마치 절반쯤은 이미 저세상으로 건너가 있는 것 같은 그 남자의 목소리에 모든 사람들은 움찔하는 반응을 보였다. 하지만 정규 훈련을 받은 두 명의 병사들은 그의 목소리에 미동도 하지 않고 계속 경계 태세를 유지했다. 이 순간 그들은 일반 여행자를 대하는 인간미 넘치는―약간 모자라 보이는―병사들이 아니라 철저히 상대방을 죽이기 위해서 훈련된 정규 군인이었다.

"더 이상 말하기는… 힘들어서 그러는데, 아무나… 아무나 지옥기사단을 불러줘. '까마귀'가 불렀다고 말하면 될……."

그는 말끝을 흐리며 그대로 땅에 쓰러져 버렸다. 사람들은 이 거지꼴을 한 남자가 앞으로 네스트에서 벌어질 전쟁에 대한 급보를 가지고 왔다는 것에 대해서는 꿈에도 생각하지 못했다.

"정신 차렸군. 물어볼 것 같아서 미리 말해 두는데 이미 흑아는 대장님과 이야기를 나누고 있고 네가 여기로 실려온 지는 벌써 사흘이 지났다."

침대 위에 누워 있던 청년은 눈을 뜨자마자 들려오는 목소리에 고개를 돌렸다. 고개를 돌린 청년의 눈에는 가운 같은 백의를 입고 있는 남자의 모습이 들어왔고 청년은 그 남자의 얼굴을 알아보고 표정을 약간 구겼다.

"…하마터면 정신 차려서 맨 처음 보는 얼굴이 너라니."

"그런가? 원한다면 영원히 잠재워 줄 수 있다. 효과는 보증해 두지."

스펙은 싸늘한 눈빛으로 자신을 바라다보며 끈적거리는 액체가 채워져 있는 병을 집어 드는 가다르를 보고 오싹한 느낌이 온몸에 엄습하는 것을 느꼈다. 잠시 후 가다르는 목이 부러질 정도로 고개를 흔들

어 부정의 뜻을 표하는 스펙을 바라보며 뭔가 아쉽다는 듯한 표정을
지어야 했다.

작은 탁자의 한쪽 구석에다가 갈색 병을 놓아둔 가다르는 막 자리에
서 일어나려고 하다가 어정쩡한 자세에서 몸을 떨며 움직이지 못하는
스펙을 힐끔 바라보고 스펙이 겪고 있는 통증에 대해서 설명했다.

"근육통이 꽤 심할 거다. 며칠 동안이나 근육을 무리하게 혹사시킨
모양이더군. 파열되지 않은 것이 다행이야. 조치는 해뒀으니까 푹 쉬
도록."

"하지만… 아니, 어쨌든 상황 설명 정도는 해주지 않겠어?"

가다르는 아케보니안이 자신에게 내린 임무가 스펙을 보호하고 치
료하는 것이라는 것을 알고 있었기에 스펙이 잠들어 있었던 동안에 일
어났던 이야기를 늘어놓았다.

성문 앞에 쓰러져 있던 스펙과 흑아는 하프 오거인 케딜에 의하여
성안으로 옮겨졌다. 스펙과 달리 흑아는 그다지 육체적인 무리가 없었
던 탓인지 금방 정신을 차리고 자리에서 일어나 그곳에서 일어난 상황
을 자세히 설명했다. 영혼을 모으고 있다는 것은 충분히 사악한 짓이
다. 아마도 시라닌이나 크라우드가 혼수상태에 빠져 있는 것도 영혼을
상당 부분 뺏겨 버린 것이 그 이유일 것이었다.

영혼은 모든 존재가 살아가기 위해서 필요한 생명 에너지이며 의지
그 자체. 그런 영혼을 빼앗겨 버린 몸이 제대로 버틸 수 있을 리가 없
었다. 그 증거로 약간의 영혼을 뺏겨 버린 흑아는 정신적이나 육체적
으로도 상당히 허약해져 있었고, 시라닌과 크라우드의 상태는 점점 악
화되어 가고 있었다. 이대로 가다가는 두 명의 대장급 인물들과 부대
원들이 겨우 붙잡고 있는 생명의 끈을 놓아버릴 우려도 있었다. 이미

스펙의 까마귀들에게 정보를 얻었던 아케보니안은 확실해진 이벨의 음모에 대해서 킹 오브 머셔너리(King of Mercenary), 이 나라의 최고 집권자인 국왕에게 전했고 아케보니안의 의견을 접한 국왕의 의지는 간단하고 단호했다.

"너무 단호해서 믿어지지 않을 정도지만."

"우리 국왕 폐하가 그렇고 그렇지 뭐."

영혼의 흐름까지 바꾸고 비정상적인 방법으로 영혼을 모으고 있는 이벨, 그리고 이벨은 이미 이쪽과의 전투에 대해서 생각하고 있는 듯했다. 상황이 이렇게 된 이상 전쟁은 당연했다. 근 몇십 년 만의 전쟁. 그것도 일반적인 귀족에 의한 반란이 아닌 어떤 자의 음모로 인한 내전이다.

몇 년 전까지만 해도 대량으로 발생했던 산적 떼들의 토벌이 대대적으로 펼쳐지기도 했지만 그건 토벌일 뿐이지 전쟁 수준은 아니었다. 하지만 지금은 그때와는 상황이 다르다. 수십 년 전의 마물전쟁에 필적할 만한 인간을 초월한 '뭔가'와 싸워야 하는 것이다.

"대장님이 아스트의 성직자들에게 도움을 청하는 서신을 보냈다. 그리고 그 서신에 대한 답장은 금방 왔지. 아스트의 신성기사단이 출전하기로 했고, 이미 그들은 이벨의 영지를 향해서 나가고 있을 거다. 그리고 우리 쪽도 지옥기사단 2, 4, 5, 8부대가 출전했다."

선전 포고 따위는 다른 나라와 전쟁을 할 때 그 전쟁의 목적과 정당성을 주장하는 행위이지만 지금 상황에서는 선전 포고 따위를 할 만한 이유도 없었고, 정규군이라고는 하지만 뼛속 깊이 용병인 이들에게는 어떤 방법을 쓰든지 상대방을 척살하는 것을 최우선으로 삼고 있었다. 물론 어차피 흑아와 스펙이 발각된 이상 어느 정도 방비는 하고 있을 테지만 쓸데없이 선전 포고 따위를 함으로써 생기는 시간의 공백은 상당했다.

"8부대? 킹 오브 머셔너리까지 나선 거야? 하기야… 태양기사단을 움직였으면 국왕이 직접 움직일 만큼 위급한 사태라는 걸 보여줘야 할 거니까."

"그것도 있었지만 흑아의 전언이 있었다. 어쩌면 세 부대 정도로는 부족할지도 모른다고."

스펙은 가다르의 말에 고개를 끄덕였다. 확실히 맞는 소리였다. 마치 악마가 내뿜는 것 같은 기운을 내뿜었던 그 흑기사. 그 혼자만으로도 수백의 인간을 베어넘길 수 있을 것 같았다. 물론 인간의 싸움에서는 다수가 한 명을 포위하거나 무시한다면 다른 부대는 무사 통과할 수도 있기 때문에 아무리 강한 전사라도 단 한 명은 그다지 위협이 되지 않았다. 하지만 스펙은 고개를 작게 흔들며 중얼거렸다.

"인간이 아닌 존재라면……."

"음? 지금 뭐라고 했나?"

"아니, 아무것도 아니야. 그것보다 너는 언제 출발해?"

"우리는 어떻게 될지 모르는 상황에 대비하여 수도 방위를 한다. 너는 그런 데 걱정하지 말고 누워서 몸이나 회복해."

"왜 그러는 가, 흑아?"

"아무것도… 아닙니다."

흑아는 아케보니안이 눈치 채지 못하게 두근거리는 심장 위에 손을 올렸다. 맹수가 날카로운 송곳니로 찢어버린 것처럼 강제로 뜯겨져 나간 자신의 영혼이 멀리서지만 희미하게 느껴지고 있었다. 흑아의 영혼의 조각은 다른 존재들의 영혼들과 어우러져 그 영혼들이 느끼고 있는 것들을 희미하게나마 흑아에게 전달해 주고 있었다.

고통스럽지 않게 서서히, 아무런 이유도 없이 죽어간 자들의 영혼들은 죽음의 고통을 느끼지 못했기에 자신이 죽었다는 사실조차 모른다. 고통스럽게 죽어간 자들의 영혼은 자신이 왜 죽어야 했는지 처절하게 울부짖으며 자신의 존재를 나타내려 하지만 결국 홍수처럼 몰려 흐르는 다른 다수의 존재들에게 묻혀 버린다.

그렇게 영혼들의 자아는 상실되고 순수한 에너지로서 바뀌어가고 있었다. 전생론에 따르면 영혼들이 완전한 에너지로 변화되어 버릴 경우 이 세계의 생명체들의 출생률은 현저히 줄어들 것이다. 인간이든 몬스터든, 심지어 땅에서 자라나는 풀 한 포기라 할지라도.

'도대체 무슨 이유로?'

인간이 신의 영역을 넘어다보고, 그 영역에 다다르려 하는 것은 쉬운 일이 아니다. 물론 과거에도 그런 인간들이 몇몇 있기는 했다. 잔악하고 이기적이고 힘을 원하는 인간의 본성은 인간의 그런 일을 가능하게 만들었다. 하지만 결국 그들이 얻은 것은 완전한 파멸일 뿐, 그들이 그토록 원했던 신에 필적하는 힘과 불멸은 존재하지 않았다. 아무리 노력한다고, 갈망한다고 해도 인간이 신의 존재를 넘어설 수는 없는 것이다.

이벨 사베이언은 네스트의 몇 안 되는 진정한 귀족 출신 중 한 명이다. 나라조차 존재하지 않았던 네스트의 중앙 남부를 오랜 시간 동안 통치해 왔던 그들. 그들은 최초의 용병왕인 에라피오트 엘 네스트 1세가 이곳의 마물을 쓸어내고 나라를 세웠을 때 스스로를 귀족이라 칭했고, 에라피오트 엘 네스트 1세도 그것을 인정해야 했다. 그런 그가, 네스트에서는 국왕 이외의 가장 큰 권력을 가진 자 중 한 명인 그를 유혹한 것은 과연 무엇이었을까? 무엇이 이벨이 신의 영역을 넘는 일을 저

지르도록 유혹하고 꼬드길 수 있었던 것일까?

흑아는 점차 자아가 정화되어 자기 자신과의 반응이 약해지고 있는 영혼의 끝을 단단히 잡아매려 노력하며 그런 의문을 머리 속으로 생각했다. 신의 힘에 도전하는 정도라면 결코 가벼운 일이 아닐 것이다. 흑아 이외에도 수천에 달하는 병사들이나 지옥기사단의 부대장들도 그런 예감을 무의식 중에 느끼는지 얼굴이 굳어 있었다. 적게는 수 년, 많게는 수십 년 간 이 땅에서 살아오고 싸워온 전사들의 직감은 결코 흐리멍덩하지 않았다.

*　　　*　　　*

디이리스는 불이 꺼진 방 안에서 자신의 손 위에 놓여져 있는 둘둘 말려 있는 양피지를 내려다보았다. 그다지 좋지 않은 머리지만 레전트의 말이 옳다는 것 정도는 확실히 알 수 있었다. 그래서 더 더욱 가슴이 저려왔다. 그 말에 반항할 수는 없었다.

디이리스는 귀족들 같은 권력도, 대상인들과 같은 금전도 없는, 그저 약간 능력이 있어 교육을 받을 수 있게 된 평민 아이일 뿐이었다.

그렇기에 괴로웠다.

자신이 선택받은 자라는 생각에 조금은 우쭐해졌고 다른 이들에 비하면 행복하게 될 수 있을 거라고 생각하지 않았던 것은 아니었다. 하지만 어린 소녀의 꿈은 그다지 오래가지 않았다. 국가가 필요로 하는 마법사들은 높은 서클의 마법을 운용하여 국가의 움직임에 큰 영향을 줄 수 있는 마법사가 아니라, 그저 몬스터로부터 마을이나 도시를 지키며 실생활에 필요한 약간의 마법을 사용할 수 있는 그런 하위 마법사였다. 그런 이유로 평민들이 배울 수 있는 건 하급 마법의 운용뿐 재능이 있고 열의가 있어도 평민이 다다를 수 있는 최고 지휘는 높지 않았다.

배울 수 있는 능력은 있었다. 하지만 더 이상 배울 수가 없었다. 그렇게 다른 귀족 아이들의 하인 역할을 하며 지내야 하는 디이리스와 다른 평민 아이들. 그들은 어린 나이에 현실에 만족해야 했고 현실에 복종해야 했다.

그때 어떤 남자가 그 모습을 드러냈다. 자신들과 같은 현실을 살아가면서도 다른 세계에서 온 것 같은 신비함을 지닌 남자. 자신들과 다른, 그런 특별한 존재는 아니었다. 하지만 그는 자신들이 대항하지 못했던 선생들에게 교묘하게 대항하며 자신의 색을 지켜 나갔다.

동경의 대상은 가까이 있었다. 디이리스도 다른 아이들처럼 그런 룬을 동경하고 멋있다고 생각했다. 그렇게 자신이 동경하는 누군가가, 자신이 좋아하는 누군가가 고통을 받고 있어도 아무것도 하지 못한다는 것이 고통스러웠다. 분명히 룬이 느끼는 고통에는 비할 바 못 될 거라고 생각하지만 견디기 힘든 그런 아픔이 몰려와서 견딜 수 없었다. 그리고 디이리스는 움직일 수 없는 거대한 현실을 원망하며 고개를 숙였다.

"하지만……."

만나고 싶었다. 괴롭다고 해도 룬을 만나고 싶었다. 현실의 냉정함에서 자신에게 조금이나마 따뜻한 세계를 보여준 룬을. 단 한 번만이라도, 마지막이라고 해도 만나고 싶었다. 디이리스는 자신의 손에 쥐여진 스크롤을 보고 깊게 숨을 들이쉬었다. 그리고 조심스럽게 스크롤을 펼쳤다. 복잡한 문양과 그림의 모습이 그려져 있는 스크롤이 바스락거리는 소리를 내며 펼쳐졌고 디이리스는 그 종이의 양쪽을 가볍게 움켜잡았다. 그리고 생각했다.

"후회하지 않을까……."

대답은 곧 자신의 머리에서 돌아왔다. 후회하게 될 거다. 어쩌면 정말로 자신의 능력이 없어지게 될지도 모른다. 하지만 디이리스는 입술을 가볍게 물며 스크롤을 절반으로 찢었다. 후회한다고 하더라도, 나중에 후회한다고 하더라도, 지금이라는 현재가 존재하지 않으면 미래는 존재하지 않으니까, 그러니까 지금의 감정에 충실하자고 마음먹으며.

'이쯤이면 하루가 지났겠군.'

이제 어둠에 너무나도 익숙해져 건너편 벽의 얼룩이 보일 정도가 된 룬은 방의 여기저기를 살폈다. 다행히 방구석에 해골이 굴러다니거나 쥐들이 눈을 빛내며 기어 다니는 모습은 보이지 않았다. 단지 벽 여기저기에는 핏자국으로 보이는 얼룩이 남아 있었고 손톱으로 긁은 자국 같은 것도 남아 있어서 룬의 머리 속에서 한 가지 확실한 사실이 떠오르게 만들고 있었다.

'아무리 싫어도 탈출은 불가능한 곳…….'

확실히 이 좁은 방 안에서는 도망칠 수 있다고 하더라도 수백 크리 높이에 있는 이곳에는 도망 칠 수는 없을 것이다. 아마 이전에 이곳에 갇혀 있던 사람들도 그런 기분이었을까? 분명히 밖으로 향하는 계단은 있지만 그 위로는 걸어나가지 못한다면 어떤 기분이었을까.

'어차피 이런 상태에서는 빠져나갈 수도 없으니.'

룬은 최대한 이 상황을 단순하게 생각하기로 결정했다. 도망치려고 해도 쇠사슬이 자신의 팔과 다리를 묶고 있는 상태에서는 그럴 수도 없었다. 룬은 이 쇠사슬이 자신을 옭아매고 있는 것이 아니라 제어해 주고 있다고 생각했다. 가딘은 룬이 함부로 움직이지 못하고 자신에게 반항하지 못하게 하기 위해서 룬을 묶어둔 것이겠지만, 오히려 지금은 이 쇠사슬이 룬에게 도움을 주고 있었다. 이 상태로 계속 자기 자신을 컨트롤한다면 감정 같은 것에 휩쓸리지 않고 버틸 수 있을 것이다.

'이런 곳에서 죽는다면……'

룬이 주먹을 움켜쥐며 힘을 주자 약간 늘어져 있던 쇠사슬이 잡아당겨지며 삐걱거렸다.

'지금까지 살아온… 의미가 없어.'

자신이라는 존재에 대해서 인식하면서부터 사는 것, 살아가는 것에는 집착하지 않았던 룬이지만, 지금은 어쩌면 죽을지도 모른다는 생각에 그렇게 자기 자신을 추슬러야 했다. 자신이 죽는 일은 없을 것이다. 이런 곳에서 아무것도 하지 못하고, 그렇게 무력하게 죽어가지는 않을 것이다.

'절대로……'

"무슨 일이야?"

마력의 흐름이 순간적으로 뒤틀리며, 디이리스는 어느새 자신의 몸이 처음 보는 어느 곳에 와 있다는 것을 알 수 있었다. 좁고, 낡은 책이 가득 차 있는 방. 그리고 그 앞에는 영구적으로 라이트가 걸려 있는 수정구를 자신의 앞에 놔두고 뭔가를 쓰고 있던 레전트의 모습이 보였다. 디이리스는 머리가 약간 멍한 것을 느끼며 자신의 눈앞에 있는 레전트에게 머리를 숙였다.

"저… 죄, 죄송해요, 아무 일도 없었어요. 하지만, 하지만 부탁드리고 싶은 게 있어요. 그래서……"

"뭐야? 내가 위험한 때 사용하라고 준 스크롤을 사용해서 한밤중에 이곳에 날아올 정도면 큰일이겠지? 이 시간에 함부로 너 같은 학생이 숙소를 빠져나오면 벌받는다고."

디이리스는 잠시 레전트를 앞에 놔두고 우물거렸다. 보통 때라면 함부로 대하지도 못할 상대였다. 그런 상대에게 감히 부탁을 한다는 것은 자기 자신도 도저히 믿을 수 없는 일이었다. 하지만 여기까지 와서 물러가는 것은 그거야말로 말도 안 되는 일이었다. 디이리스는 작게 숨을 들이 마시고 앞으로 한 발자국 내밀며 입을 열었다.

"마지막이라도… 아저씨를 만나고 싶어요. 마지막으로 봐도 좋으니까 한 번만 아저씨를 만나고 싶어요."

어차피 이곳에서 오랫동안 있을 사람이 아니라는 것 정도는 알 수 있었다. 이번 일로 룬은 이곳에서 더욱 빠르게 떠나게 될지도 몰랐다. 그렇게 된다면 어차피 볼 수 없을 테니까. 디이리스는 마지막이 될지도 모를 룬의 모습을 보고 싶었다.

디이리스는 그렇게 말을 하곤 작게 침을 삼켰다. 비정상으로 느껴질 만큼 착 가라앉은 느낌. 디이리스는 고개를 숙이고 있었기에 레전트가 어떤 표정을 짓고 있는지 알 수 없었고 감히 고개를 들 수도 없었다. 그렇게 잠시간의 시간이 흐른 후 의자가 뒤로 젖혀지며 끼익— 하는 소리가 좁은 방에 울려 퍼졌다. 디이리스는 자리에서 일어서서 자신에게로 다가오고 있는 레전트의 발끝을 바라보며 눈을 꼬옥 감아버렸다.

"바보 같은 소리 하지 마. 그래, 마지막으로 룬을 본다고 치자. 그래서 어쩌겠다는 거야? 잘못하면… 아, 이건 정말로 아닐 거라고 생각하지만, 네 마법 능력을 봉인당하고 이곳에서 쫓겨날 수도 있어. 알고 있을 텐데? 마법 능력이 봉인당한 채 이곳에서 쫓겨난다면 다른 평민들이나 다름없이 살게 돼. 네 능력을 스스로 버리려고 하는 거야?"

디이리스는 자신의 앞에 멈춰 선 기척에 숨도 제대로 쉬지 못하고 귀를 통해서 들어오는 말도 제대로 듣지 못했다. 심장이 두근거리는 열기는 귀를 둔하게 만들었지만 레전트의 기분이 좋지 않다는 것 정도는 눈치 챌 수 있었다.

"하지만……."

레전트는 작은 목소리로 입을 연 디이리스를 보고 놀란 표정을 지었다. 자신과 같은 힘을 가지면서도 질적으로 다른 존재가 힘을 뿜어낼 때, 그 힘에 대항할 수 있는 것은 결코 쉬운 일이 아니었다.

레전트는 디이리스의 모습에서 과거, 자신이 보았던 한 여인의 모습을 겹쳐 보았다. 지금과 그때는 상황 자체가 달랐지만 왠지 모르게 그때의 일과 지금의 일은 비슷해 보였다. 자신의 가장 소중한 것 중 하나를 담보로 누군가의 얼굴을 보는 것 하나에 만족하려고 하는 바보 같은 여자. 화가 났다. 그런 바보 같은 여자가 또 있다는 것이 화가 났다. 결국 레전트는 화가 난 나머지 무의식 중에 마력을 방출해 버렸고 디이리스는 그 마력의 방출을 그대로 견뎌야 했었다.

"만나고 싶어요……."

디이리스는 또박또박 말했다. 레전트는 그런 디이리스를 내려다보았다.

바보다, 정말 바보다. 그때의 에다인과 지금의 디이리스의 심정 따위는 이해하고 싶지도 않았다. 왜 그렇게 쉽게, 사소한 것 하나 때문에 자신의 가장 중요한 것을 쉽게 버릴 수 있는 건지 몰랐다. 하지만 그때의 자신과 지금의 룬이 같다면 룬은 어떤 반응을 보일까?

"좋아, 그럼 대답해 봐. 이거 대답해 주면 그 부탁 들어줄게."

"예?"

디이리스는 갑작스럽게 사라진 압박감에 간신히 고개를 들었다. 화내고 있을 거라고 생각했던 레전트는 의외로 미소를 짓고 있었다. 어딘가 어두워 보이고 슬퍼 보이는 그런 미소를.

디이리스는 그런 레전트의 얼굴을 바라보다가 자신이 레전트의 눈을 똑바로 쳐다봤다는 사실에 화들짝 놀라며 다시 고개를 숙여 버리고 말았다.

"왜, 어떻게, 너에게 있어서 전부일지도 모르는 그 힘을 포기하고… 하찮잖아? 누군가의 얼굴을 본다는 건. 겨우 그것 하나 가지고도 그걸 포기할 수 있는 이유가 뭐야? 바보 같잖아?"

목소리가 떨리고 있었다. 하지만 말을 하는 레전트도 그것을 듣는 디이리스도 그 사실에 대해서는 전혀 눈치 채지 못했다. 다만 둘은 서로 중요한 목적을 달성하기 위해 상대방 말의 의미에 귀를 기울이고 있을 뿐이었다. 그리고 잠시 후 마침내 디이리스가 입을 열었다.

"죄, 죄송해요. 하지만 저… 바보예요. 그러니까… 그러니까……."

레전트는 약간 눈을 감았다. 하지만 디이리스는 그런 레전트의 반응을 몰랐기 때문에 말을 끝낼 수 있었다.

"그, 그냥 보고 싶을 뿐이에요."

레전트는 아무 말 없이 고개를 숙이고 있는 디이리스의 뒤통수에 손을 올려놓았다. 그리고 정말로 한심하다는 감정을 가득 담아 입을 열었다.

"정말 바보구나. 너, 진짜 왕바보야."

"아, 저, 죄, 죄송해… 요."

레전트는 디이리스의 뒤통수를 약하게 내리누르며 중심을 잡으려 노력하는 디이리스에게 들리지 않게, 자기 자신에게도 겨우 들릴 정도로 작게 중얼거렸다.

"좋아, 좋다고. 하지만 말이지, 내 눈앞에서 누구든 그렇게 되는 건 사양이야. 건방지게 나나 에다인과 같은 길을 걷겠다니, 그건 반드시 말리고 말겠어. 건방지다고."

밤이 깊어감에 따라 붉은 달이 서서히 떠올랐다. 돌골렘에 의하여 묶여 있던 두 마리의 와이번은 달이 높게 떠오를수록 눈을 붉게 빛내기 시작했다. 아무도 없는 공터에, 아무도 접근하지 말라는 명령이 내려져 있던 와이번은 아무런 제지도 받지 않고 몸을 흔들었다. 정확히는 마수에게만 영향을 미치는 붉은 달이지만 피와 같이 붉은 달빛은 이미 피를 갈구하는 본성을 찾은 두 마리의 와이번을 흥분시키기에는 충분했다.

가딘은 이들에게 걸어둔 최면은 이미 풀렸을 거라고 생각했다. 풀리지 않았다고 해도 이미 그 효과는 자연스럽게 사라졌을 거라고 생각하기도 했다. 물론 그 마법은 완전히 풀린 지 오래였다. 하지만 가딘은 한 가지 사실을 모르고 있었다. 인간에게 길들여진 와이번이라고 하더라도 와이번은 그 사나운 본성을 버리지 않고 항상 가지고 있다는 것을.

크르…….

최면과 본능에 의하여 단순한 폭력을 갈구하던 와이번들은 이미 사라지고 존재하지 않았다. 지금 이 자리에는 예리할 만큼 냉정하고 교활한 본능을 소유하고 있는 몬스터로서의 와이번이 존재하고 있었다. 와이번들은 주위를 둘러보고 아무도 없다는 것을 확인한 다음 자신들을 묶고 있는 쇠사슬을 잡아당기며 풀어내려고 안간힘을 다했다. 와이번들은 쇠사슬을 강한 힘으로 한 번 잡아당겼다가 잠시 후 다시 한 번 쇠사슬을 잡아당기며 조금씩 쇠사슬이 골렘의 손을 벗어나게 만들었다.

얼마 지나지 않아 쇠사슬을 잡고 있던 골렘의 팔에 균열이 생기더니 약간 큰 자갈이 떨어져 나갔다. 하지만 골렘은 묵묵히 그 쇠사슬을 잡고 있을 뿐 아무런 행동도 하지 않았다. 그저 자신이 받은 '쇠사슬을 잡고 꼼짝하지 말고 서 있어라' 라는 명령을 지키기 위해서 최선을 다할 뿐이었다.

단단한 물체는 한번 금이 가면 걷잡을 수 없이 붕괴되어 가기 마련이다. 쇠사슬이 당겨질 때마다 골렘의 팔에는 금이 쩍쩍 가며 커다란 돌덩이들이 떨어졌고 골렘은 무조건 쇠사슬을 강하게 움켜잡으며 와이번들의 움직임에 대항하려 했다. 하지만 박자까지 맞춰가며 쇠사슬을 잡아당기는 와이번들의 움직임에 곧 골렘의 팔은 허무하게 부스러지고 말았다.

쇠사슬이 풀어져 버리자 골렘은 더 이상 자신이 그 임무를 수행할 수 없다고 생각했는지 그대로 바닥에 주저앉아 침묵해 버렸다. 와이번들은 목에 단단히 걸려 있는 쇠사슬이 걸리적거리는지 목을 흔들었지만 지금은 딱히 이 쇠사슬을 떨쳐낼 만한 방법이 없다는 것을 금방 알아차렸다. 인간과 생활하고, 인간에게 교육받아 더 더욱 교활해진 와이번들은 인간들이 정제하여 만드는 철의 단단함이 어느 정도인지는 알고 있었던 것이다.

거대한 날개가 천천히 움직이기 시작하고 그들의 거대한 몸도 하늘을 향해 날아오르기 시작했다. 단단하고 반질거리는 비늘들이 은은한 달빛을 반사해 내며 붉게 빛났다. 그들은 냉정히 생각했다. 이곳에서 도망치는 것은 쉬운 일이었지만 굶주린 상태라면 그것도 힘든 일일 것이다.

　와이번은 이곳에서 잡을 수 있는 사냥감을 탐색했다. 자신들을 묶어 두었던 이상한 색의 가죽을 뒤집어쓴 인간들과 자신들에게서 나는 냄새와 같은 냄새가 나는 인간들, 이들은 건드리면 분명히 큰 피해를 입게 될 테고 어쩌면 다시 잡히게 될지도 몰랐다. 그때 그런 와이번들의 머리 속에서는 자연스럽게 이곳에서 보았던 작은 인간들의 모습이 생각났다. 그리고 그들이 있었던 곳도. 그 작은 인간들 정도라면 금방 하나 정도 낚아채서 도망갈 수 있을 거라고 생각했다.

　둘은 눈빛과 몸짓, 그리고 그르렁거리는 소리로 서로의 의사를 전달했고 곧 서로의 의사를 확인했다. 두 마리의 거대한 와이번은 공중에서 주위를 살폈다. 달짝지근한 피 냄새가 어딘가에서 흘러나와 식욕을 자극하고 있었다. 아주 약한 냄새이기는 하지만 그 냄새는 아까부터 둘의 후각을 강하게 자극하며 배고픈 야수의 본능을 일깨워 주고 있었다.

　크르르르.

　크르륵.

　둘은 서로의 의사에 동의하고 피 냄새가 흘러나오는 곳을 향해 날았다. 좁은 공간에서 둘은 금방 그 냄새의 진원지를 찾을 수 있었다. 단단한 나무와 돌로 지어진 인간들의 보금자리. 보금자리의 여기저기에서는 햇빛과도 같은 빛이 스며 나오고 웅성거리는 소리도 들려왔다. 와이번들은 그 웅성거리는 소리가 어린 인간들이 말하는 소리라는 것 정도는 금방 알아차렸다. 그리고 피 냄새가 풍기는 인간의 보금자리를 향하여 급히 강하하기 시작했다.

　그때까지만 해도 건물의 안에 있던 아이들은 몇 초 후에 벌어질 살육에 대해서 알아차리지 못했다.

8

콰지지직—

　나무와 돌로 만들어진 건물의 천장이 거대한 중량에 의하여 뭉개졌다. 마른하늘에 날벼락이 떨어진 것처럼 무너진 천장을 바라보고 있던 한 청년은 부서진 천장의 틈새로 보이는 검은 물체를 바라보고 깜짝 놀라며 뒤로 물러서다가 그대로 굳어버렸다.

　부서진 천장의 틈새 사이에서 거대한 육식동물의 눈동자가 빙글빙글 돌며 뭔가를 찾는 듯한 움직임을 보였고, 순간 붉게 빛나는 눈동자가 청년을 정면으로 노려보며 동공을 축소시켰다. 그리고 그 다음 순간, 와이번의 길다란 입이 천장을 더욱 부숴놓으며 방의 안쪽으로 파고들어 왔다. 와이번의 눈동자와 덩치에 완전히 압도되어 있던 청년은 머리 속으로는 도망가야 한다고 생각하면서도 몸으로는 아무런 움직임을 보이지 못했고, 와이번은 별 어려움 없이 청년의 몸을 낚아챌 수 있었다.

"아아악!!"

그 순간까지 아무것도 하지 못했던 청년은 뭔가 날카롭고 뜨끈뜨끈한 느낌이 배를 뚫고 들어오는 비상식적인 상황에 비명을 질렀지만, 그것이 청년에게 있어서는 살아생전 마지막의 몸부림이었다. 와이번은 본능에 충실했다.

와이번은 사냥감이 더 대항하지 못하게 하기 위하여 방에서 머리를 빼내자마자 청년의 몸을 몇 번이나 천장에 내동댕이쳤다. 인간에게 사로잡혀 훈련을 받으며 움직이지 못하는 살코기를 먹을 때와는 비교되지 않을 만큼 짜릿한 흥분이 뇌 속으로 파고들었고, 와이번은 인간의 형체를 찾아보기 힘들 정도가 되어버린 청년의 몸을 몇 번이나 더 천장에 패대기쳤다. 하지만 그 움직임이 과했는지 청년의 몸은 천장을 부서뜨리며 밑으로 빠지고 말았다.

"까아아아아악!!"

수많은 인간이 웅성거리는 소리가 들려오자, 와이번은 이곳을 떠나겠다고 생각했다. 이 이상 이곳에 있다가는 강한 인간들은 다시 한 번 자신을 구속할 테고, 어쩌면 인간에 의하여 '사냥' 당하게 될지도 몰랐다.

와이번은 단단한 이마로 청년의 몸뚱이가 들어가 버린 방의 천장을 몇 번 찍어 구멍을 낸 다음 머리를 그 안으로 들이밀어 눈을 굴렸다. 곧 와이번은 방의 한쪽 구석에 피떡이 되어 늘어져 있는 고깃덩어리를 발견할 수 있었고, 입 끝으로 자신이 사냥한 사냥감을 집어 들었다.

방의 한쪽 구석에서 공포에 질린 눈빛으로 부들부들 떨며 자신을 바라보고 있는 또 다른 작은 인간이 있기는 했지만, 이 고깃덩어리만으로도 자신의 허기진 배를 어느 정도 채울 수 있을 것 같았다. 굳이 자신에게 별다른 피해를 줄 수 없는 존재를 죽이는 것은 와이번이 가지고 있는 본능이 용납하지 않았다.

다서 천장 밖으로 머리를 빼낸 와이번은 고깃덩어리를 입 안으로 밀어넣고 날개를 퍼덕거렸다. 뭔가를 먹고 난 뒤에 바로 움직이는 것은 그다지 좋은 게 아니지만 이대로 있을 수는 없었다. 와이번은 이미 한 차례의 식사를 끝내고 자신의 옆에서 다른 사냥감을 탐색하고 있는 다른 와이번에게 소리를 질러 경고를 표시했고, 그 와이번은 기꺼이 자신의 동료의 생각을 받아들여 날개를 펄럭이기 시작했다.

원래 와이번 같은 거대 생명체들이 날기 위해서는 많은 시간이 소요되기 마련이다. 날아오른 다음에야 바람을 타면서 날면 되기 때문에 그다지 힘이 들지 않지만 날아오르기까지는 많은 힘을 필요로 했다. 그래서 두 마리의 와이번은 발을 땅에서 떨어뜨리기 위해서 안간힘을 다해 날갯짓을 계속했다.

마침내 두 마리의 와이번은 하늘로 날아오르기 시작했다. 하지만 그 순간까지도 그들을 막는 것은 아무것도 없었다.

"여기다. 감옥… 뭐, 감옥이라고 해두지. 너희는 잘 모르겠지만 선생들이 잘못을 저질렀을 때 징벌을 치르는 곳이야."

평소의 디이리스라면 선생들이 잘못을 저지르고 벌을 받는다는 것 자체에 놀랐을지 몰랐다. 하지만 지금의 디이리스는 선생들이 잘못을 저질러 벌을 받든지 선물을 받든지 신경 쓸 틈이 없었다. 자신이 건방지게 레전트에게 뭐라고 말한 것조차도 기억나지 않을 정도였다. 디이리스는 단지 자신이 어째서 이곳에 있는지, 그 하나의 이유를 확실히 머리 속에 각인시키고 있었다.

"아저씨가… 여기에?"

"그래, 다른 아이들에게는 함부로 말하지 않도록 하고……."

자신의 방에서부터 이곳까지 텔레포트로 날아온 레전트는 지하로 향하는 입구 가까이로 다가섰다. 그러자 뭔가가 입구를 막아섰고 레전트는 귀찮다는 듯 뭔가를 앞으로 내밀었다. 입구를 잠깐 막아섰던 골렘은 레전트의 손에 쥐여진 길드 문장을 확인하자마자 옆으로 비켜섰고, 레전트는 그 계단의 안쪽으로 걸음을 옮기며 자신의 뒤에서 우물거리고 있는 디이리스에게 외쳤다.

"이봐, 너, 룬 녀석 보려고 온 것 아니었어? 설마 여기서 돌아간다고 하지는 않겠지?"

"예? 예……."

디이리스는 우물거리면서 문 가까이 다가섰다. 그러자 문을 지키는 골렘이 디이리스의 앞을 막으려고 했지만 레전트의 말 한마디에 골렘은 움직임을 멈추고 디이리스가 자신의 앞을 지나가게 내버려 두었다. 막 아래로 향하는 계단을 내려서려 하다가 발 아래가 어두운 것을 눈치 챈 레전트는 가볍게 손을 흔들며 몇 마디를 중얼거렸고 곧 작은 빛이 레전트의 앞에 생겨났다.

시야가 확보가 된 레전트는 뒤에서 디이리스가 자신을 따라오는 것을 확인하고 천천히 계단 아래로 내려갔다. 계단은 그다지 길지 않았다. 얼마 지나지 않아 레전트는 평평하고 넓은 방을 볼 수 있었다. 그리고 그 벽 한가운데에 매달려 눈을 찡그리면서도 이쪽을 계속 보려고 하는 남자의 모습도.

"꼴 좋네. 그러니까 조심하라고 했잖아."

“…레전트인가?”

룬은 그대로 고개를 돌린 채 눈을 감아버렸고, 레전트는 눈을 감고 있는 룬과 자신의 앞에서 사방을 밝히고 있는 빛덩어리를 바라보다가 손가락을 퉁겼다. 하루 종일 빛이 들지 않는 곳에 있었다면 갑작스러운 빛에는 익숙하지 않을 것이 분명했다. 빛은 팍 하는 소리와 함께 작아졌고, 그것과 동시에 레전트의 뒤에서 비명 소리가 울리며 누군가 굴러 떨어져 내려왔다.

“아야야…….”

“아? 이런, 미안하다. 네가 있다는 걸 깜빡 잊고 있었네.”

레전트는 디이리스가 다리를 어루만지며 신음 소리를 내자 급히 손을 내밀었다. 디이리스는 어둠 속에서 자신에게 내밀어진 손이 어슴푸레하게 보였는지 손을 흔들며 벽을 짚고 일어섰다.

“아, 아니에요. 제가 덤벙거려서…….”

“디이리스?”

순간 강한 의혹을 품은 듯한 목소리가 벽 저편에서 들려오자 레전트는 약간 쓴웃음을 지으며 뒤로 물러섰다. 레전트 본인이 지금까지 저렇게 감정이 듬뿍 실려 있는 룬의 목소리는 들은 적이 없다고 생각될 정도로 인간적인 목소리. 디이리스도 그 목소리의 주인공이 누군지 알아차렸는지 더듬거리며 자리에서 일어나 주위를 둘러보았다.

“아… 아저씨? 어디에요?”

레전트는 한숨을 쉬며 작아진 빛덩어리를 방의 천장에 띄웠다. 방 안에 달빛과 같은 은은한 빛이 흩어지자 디이리스는 벽에 매달려 있는 룬의 모습을 알아보고 천천히 그쪽으로 다가갔다. 룬은 약간 울먹거리는 디이리스의 얼굴을 바라보며 뭔가 말을 하려고 했지만, 그 순간 디이리스가 울먹이는 목소리로 말을 꺼냈다.

"많이… 아파요?"

룬은 여기저기에 상처가 나 있는 자신의 몸을 만지려고 하다가 멈칫하는 디이리스를 내려다보며 아무 말도 하지 않았다. 지금까지 머리속을 지배하고 있던 가딘을 향한 살의가 깨끗이 사라지는 이상한 느낌이었다.

디이리스는 룬의 모습을 보며 눈물을 흘리고 있었다. 룬은 몸의 아픔보다, 채찍에 얻어맞은 몸이나 족쇄로 조여진 팔 다리보다 가슴이 아픈 것이 이상하게 느껴졌다. 가슴속 깊이 뛰고 있는 심장이 조금씩 아려왔다.

"이 정도는 괜찮다."

남의 기분을 생각하는 말을 했다는 것 자체가 이상한 룬이었지만, 지금 당장은 자신의 태도가 이상하다는 것을 느끼지 못했다. 평소 때의 룬이라면 직설적으로 아프다면 아프다고 했을 것이다. 지금의 룬은 디이리스가 자신에 대해서 걱정하는 게 이상하리만치 싫게 느껴졌다. 자신을 걱정해 주는 것 자체가 싫은 게 아니었다. 디이리스가 울고 있는 게 싫었다.

"하지만… 이렇게나 상처도 많이 나 있고……."

디이리스는 피가 흐르다가 굳어버린 룬의 몸에 가만히 손을 댔다. 끈적끈적하고 기분 나쁜 느낌이 손끝에서 전해져 왔지만 디이리스는 그에 상관하지 않고 결국 울음을 터뜨리고 말았다.

"울지 마라."

진심으로 말했다. 룬은 진심으로 디이리스가 울지 않기를 바랬다. 하지만 디이리스는 룬의 말에 고개를 흔들었다.

“미안해요… 미안해요…….”

“너 때문이 아니야. 너 때문이 아니라도… 이런 일은 어느 정도 예상하고 있었다. 그러니까 울지 마라.”

쾅!

그때 지면에 약간의 진동이 느껴질 정도로 커다란 소리가 바깥을 향한 통로에서 들려왔고, 벽에 기대어 눈을 감고 있던 레전트는 급히 눈을 뜨고 계단을 올라가려 했다. 막 첫 번째 계단에 발을 올리려고 하던 레전트는 품을 뒤적거리더니 스크롤 한 개를 꺼내 디이리스를 향해 던졌다. 디이리스는 그것을 받으려고 하다가 당황해서 놓치고 말았고, 레전트는 디이리스가 그걸 줍는 동안 급히 말했다.

“무슨 일이라도 벌어지면 그거 써. 어디로 가는지는 알지? 그냥 내 방에 계속 있으면 뒷일은 내가 알아서 해줄 테니까 걱정하지 말고. 젠장, 이건 또 무슨…….”

곧 레전트가 계단을 뛰어 올라가자 천장에 떠 있던 빛도 완전히 사라지고 말았다. 타닥거리는 소리가 사라질 때까지 멍하게 있던 디이리스는 바닥을 더듬어 스크롤을 집어 들고 다시 룬을 향해서 고개를 돌렸다.

“그런데 어떻게 여기로 온 거지? 내가 여기 있는 건 어떻게…….”

“아, 레전트님에게 부탁했어요. 아저씨… 보게 해달라고.”

디이리스는 의도적으로 마지막이라는 단어를 숨겼다. 룬은 디이리스가 말꼬리를 조금 길게 끌자 뭔가 이상하다고 생각하기는 했지만 기분 탓일 거라고 생각하기로 했다.

만나려고 생각은 했지만 막상 만나고 나니까 당장 할 말조차 생각나지 않았다. 디이리스는 눈물을 닦고 룬을 올려보았다. 자신에 비하면 머리 두 개 정도의 키 차가 있는 룬이 벽에 매달려 있기까지 하니 올려다보지 않고서는 룬의 얼굴을 보는 것도 불가능했다.

"아, 저기, 목마를 텐데… 미안해요. 급하게 하느라고 아무것도……."

"그런 것 참는 건 익숙하니까 괜찮다. 정말로 괜찮으니까 울지 마라. 알았나, 디이리스?"

룬은 또다시 울먹이려고 하는 디이리스를 보며 급히 말을 이었고, 디이리스는 울음을 참으려고 애를 썼다. 룬은 그런 디이리스를 보면서 한숨을 쉬며 말했다.

"어쨌든, 무슨 일로 온 거지?"

"우우, 왜 온 거냐니요! 아저씨 걱정돼서 온 사람한테 그게 할 소리예요?"

디이리스가 약간 화난 척하는 얼굴로 그렇게 말하자 룬은 디이리스를 계속 내려다보았다. 룬이 아무 말도 하지 않은 채 자신을 내려다보자 디이리스는 고개를 삐죽 돌려 버리고 말았다. 룬은 그런 디이리스의 태도를 보다가 피식 웃었다.

"차라리 화를 내는 쪽이 조금 보기 편하군."

"아? 아저씨 웃었다."

"…신기한가?"

"당연하죠, 저 아저씨 웃음 같은 건 못 지을 거라고 생각했거든요."

웃는다는 것은 룬에게 있어서 힘든 일이었다. 억지로 얼굴의 근육을 움직여 웃는 척해 봤자 자연스러운 웃음은 나오지 않았고, 무엇보다 즐겁지 않았다. 차라리 웃어 보이라는 주문보다 오거를 일 대 일로 잡는 것이 더 쉽다고 말하던 룬이었다. 그래서 웃으며 즐거워하는 사람들을 이해하지 못했던 룬이었지만, 지금 이 순간만은 다른 사람들이 말하던 그 심정을 조금 정도는 헤아릴 수 있을 것 같았다.

"여기 오는 게 쉬운 일은 아니었을 텐데."

"당연하죠. 저도 나름대로 각오하고 온 거라구요."

평소 때의 디이리스와 같은 모습이다. 룬은 그런 디이리스의 모습을 보며 마음이 편해지는 자신을 보고 속으로 한숨을 쉬었다. 방금 전만 해도 자기 자신을 컨트롤하며 살기를 내리누르던 자신의 모습이 왠지 모르게 한심하게 느껴졌기 때문이다. 하지만 그런 룬의 마음을 알 리 없는 디이리스는 손수건을 꺼내서 룬의 몸에 묻어 있는 피를 닦으려고 했다. 하지만 룬은 급히 디이리스의 행동을 막았다.

"핏자국이 없어진 걸 가딘이 보면 의심을 받게 될 거다. 그만둬."

"아, 응……."

디이리스는 룬의 말에 깜짝 놀라며 뒤로 물러서 룬을 바라보다가 약한 미소를 지었다.

"으응, 아무것도… 해줄 수 있는 게 없네요."

조금 침울한 느낌이 든 디이리스지만 룬이 자신이 우는 것을 바라고 있지 않을 거라고 생각했기 때문에 애써 밝은 생각을 하려고 했다.

이미 어둠에 적응되어 있던 룬의 눈은 그런 디이리스의 태도를 정확하게 잡아냈다. 룬은 그런 디이리스에게 뭔가를 말하려고 했지만 순간 커다란 폭발음이 연속적으로 들려오며 지하에 있는 두 사람의 귀를 멍멍하게 만들었다. 룬은 밖에서부터 들려오는 폭발음이 이 정도로 크게 들려온다는 것에 뭔가 일이 크게 잘못됐다는 것 정도는 눈치 챌 수 있었다.

"뭔가 큰일이 벌어진 모양이군."

룬은 이곳도 안전하지 못할지도 모른다는 생각을 했다. 마음속에서는 조금 더 디이리스와 있었으면 좋겠다는 생각이 들었지만, 그런 이기적인 생각으로 디이리스에게 나쁜 일이 벌어지게 할 수는 없었다. 룬은 폭발음이 들려온 계단 쪽을 놀란 얼굴로 바라보고 있는 디이리스를 조용히 불렀다.

"…디이리스."

디이리스는 깜짝 놀라며 룬에게로 고개를 돌렸다.

"고맙다. 덕분에 마음이 많이 편해졌어."

"에? 아뇨, 저는 그냥……."

"하지만."

룬은 막 애매한 미소를 지으려고 하는 디이리스의 말꼬리를 끊으며 말을 이었다.

"이제 그만 돌아가."

디이리스는 움직임을 멈추고 고개를 푹 숙였다. 하지만 룬은 디이리스가 왜 그런 반응을 보이는지 눈치 채지 못했다. 단지 디이리스가 돌아가기 싫어하는 것이라고 생각했을 뿐.

"나중에 내가 여기서 나가면… 그때 만나면 되니까. 이제 그만 돌아가도록 해. 여기 오랫동안 있는 건 좋지 않으니까."

말은 끝났지만 디이리스는 여전히 고개를 푹 숙이고 아무 행동도, 대답도 하지 않았다. 룬은 고개를 숙여 버린 디이리스를 의아하게 내려다보았다. 어째서 디이리스가 이런 반응을 보이는 건지 잘 이해가 되지 않았다. 평소 때도 조금 떼를 쓰는 경향이 있기는 했지만 지금 디이리스는 너무나도 조용했다. 룬이 이런 저런 생각을 하고 있는 중 디이리스는 고개를 들었다.

“응, 아저씨.”

웃고 있었다. 룬은 디이리스의 웃는 얼굴을 보며 안도의 한숨을 내쉬었다. 잠시 전까지만 해도 묘한 디이리스의 분위기에 내심 걱정을 하던 참이었던 것이다. 디이리스는 아까 레전트가 던져 준 스크롤을 펴고 그 위를 움켜잡았다. 그리고 마지막으로 룬을 향해 밝게 웃어 보이며 말했다.

“잘 있어요.”

스크롤이 절반으로 찢겨지자 스크롤은 산산이 분해되며 먼지가 되어 흩어졌고, 그와 동시에 디이리스의 모습이 점점 투명해지기 시작했다. 디이리스의 모습은 눈에 보일 정도로 빠르게 사라지기 시작했고 룬은 디이리스의 모습이 사라질 때까지 그 자리에서 눈을 떼지 않았다. 그리고 디이리스도 끝까지 룬에게서 눈을 떼지 않았다.

휘웅―

그리고 마침내 디이리스는 룬의 앞에서 모습을 감추고 말았다.

전야

정신은 잘 갈아놓은 칼날처럼 서슬 시퍼렇게 빛나고,
육체는 적당히 긴장하여 바위처럼 단단하게 굳어진다.
곧 있으면 닥쳐올 전투를 대비하면서.

Chapter 5 전야

1

"어서 오세요."

여행자는 자신을 향해서 조금은 힘없이 인사하는 소년을 힐끔 바라보았다. 하지만 소년은 그에게서 눈을 돌린 채 장작을 벽난로를 향해 던져 넣으며 말을 이었다.

"여행하기에는 별로 좋은 날씨가 아닌데요."

"…그런가?"

소년은 장작 몇 개를 벽난로를 향해서 던진 후에야 다시 고개를 돌리고 여행자를 위아래로 훑어보았다. 낡은 로브로 온몸을 감싸고 눈만을 겨우 내놓고 있는 모습은 바깥의 날씨가 상당히 춥다는 것을 대변하고 있었으며, 그의 등에 매달려 있는 조금 커다란 가방은 여행자의 여행은 그다지 짧지 않을 것이라는 것을 말해 주고 있었다.

그리고 마지막으로 그의 허리춤에 달려 있는 길다란 검과 후드 사이로 보이는 여행자의 눈은 이 여행자가 결코 일반적인 풋내기가 아니라는 것을 말해 주고 있었다. 소년은 이 손님에게는 조금 공손하게 대하는 것이 좋겠다고 생각하면서 손에 묻어 있는 먼지를 털어냈다.

"얼만큼이나 있다 가실 건가요? 여행 철도 아닌데다가 시기도 좋지 못해서 방은 전부 비어 있어요."

"아무 방이나 상관없다. 주인은⋯⋯?"

"지금 아주머니가 볼일 때문에 나가셔서요. 피곤하시면 일단 방으로 안내해 드릴까요?"

여행자는 고개를 끄덕였다. 그다지 큰 마을도 아니고 유명 관광 명소가 있는 곳도 아니다 보니 여관이라고 해도 그저 조금 큰 목조 건물을 개조해서 장사를 하고 있는 것에 지나지 않았다. 보통 여관은 1, 2층을 이용하지만 이 건물에는 2층이 없는 것 같았다. 여행자는 소년이 이끄는 대로 방 안으로 들어가 배낭을 내려놓았다.

"식사도 가리지만 않으시면 아주머니가 해드릴 거예요. 싫으시면 별수없이 나가서 사 드셔야 될 거고."

소년은 여행자가 아무 말 없이 후드를 젖히자 가볍게 고개를 한번 숙여 보인 다음 문을 닫았다. 여행자는 한숨을 길게 내쉰 다음 침대 끄트머리에 앉아 손가락을 하나하나 굽혀가며 뭔가를 헤아렸다. 손가락을 하나씩 굽혀가던 여행자는 오른 주먹을 꽉 움켜쥐고 탄식하듯 중얼거렸다.

"4일⋯ 인가."

'아무런 혐의도 드러나지 않고, 증거도 불충분하므로 석방한다.'

룬은 더 이상 죄인이 아니었다. 가딘이 제시했던 증거는 룬이 자신의 것이 아니라고 반박했고, 룬의 몸에는 환각제의 부작용으로 일어나는 현상도 없었기에 그 증거는 기각당했다. 그리고 바논과 와이번 라이더들은 룬을 지지하는 증언을 아끼지 않았다. 허무할 정도로 간단하게 밝혀진 사실. 가딘은 약간의 과실을 인정하기는 했지만 그뿐, 더 이상 아무런 질책도 받지 않았다.

"굉장히 쪼잔한 짓거리야. 이왕이면 완전히 파멸시킬 각오로 해야 할 거 아냐? 맘에 안 든다면."

"상대방이 나였다는 것을 배제하고 하는 소리겠지?"

"에? 아… 그렇지 뭐. 하하하."

"……."

룬은 허무의 전당을 떠나기로 했다. 한번 퍼진 소문은 쉽게 사라지지 않았다. 학생들은 룬이 그 일에 관련됐었다는 소문을 믿고 있었고, 어떤 형태로든 관련이 있는 것은 분명했다. 일부 학생들은 룬이 그런 일을 저지르지 않았을 거라고 믿었지만 룬이라는 인간에 대해서 모르는 많은 수의 학생들은 룬을 증오했다. 게다가 와이번들은 스스로 구속을 부수고 몇 명의 학생들을 살해하기까지 했다. 그러다 보니 룬의 평판은 허무의 전당에서의 생활이 불가능하게 되어버릴 정도의 수준으로까지 떨어져 버렸다. '어쩌면 가딘은 나를 이곳에서 몰아내는 가장 현명하고 자신에게 피해가 없는 방법을 실행한 것인지도 모른다.'

룬은 표면이 일렁이는 거울 앞에서 레전트가 주는 작은 주머니에서 다른 공간 안에서도 간섭을 받지 않게 해주는 역할을 해주는 가루를 덜어내 온몸에 뿌렸다. 룬은 이 방 안에 자기 자신과 레전트밖에 없다는 것을 알고 있었기에 얼마 전부터 신경이 쓰였던 것을 질문하기로 했다.

"디이리스는… 왜 나를 보러 오지 않는 거지?"

"왜? 그 소녀가 꼭 너를 보러 와야 된다는 법이라도 있어?"

"그건 아니지만. 나는 그곳에서 나와 디이리스를 보겠다고, 만나겠다고 약속했다. 그리고 디이리스도 알았다고 했고. 그런데……."

디이리스는 그 며칠 동안 룬이 그곳에서 나왔다는 것을 알고 나서도 단 한 번도 룬을 찾지 않았던 것이다. 처음에는 그저 다른 아이들의 눈 때문일 거라고 생각한 룬이었지만 디이리스는 귀신같이 자신의 눈을 피했다. 의도적이지 않은 거라면 불가능한 일이다. 그것을 알아차린 룬은 더 이상 디이리스를 만나려고 노력하지 않았다.

하지만 기분이 나빴다.

레젼트는 자신을 약간 이상한 눈으로 바라보는 룬의 눈을 똑바로 바라보았다. 어차피 말하려고 했었던 사실이다. 다만 지금까지 그 타이밍을 잡지 못했을 뿐.

"진지하게 묻는다. 알았지? 그러니까 똑바로 대답해."

갑작스러운 레젼트의 진지한 모습은 룬을 당황하게 만들었지만 룬은 곧 고개를 끄덕였고 레젼트는 냉정한 목소리로 룬의 가슴을 후벼 팠다.

"왜 너는 그 소녀에게 그렇게 신경을 쓰는 거야? 단순히 도움을 받아서? 그렇게 말하면 한 대 때린다. 너는 그 소녀에게 어떤 감정이 있을 거다. 감정을 잃은 너로서는 표현하기 힘들겠지만… 분명히 느끼고 있을 거야. 말해 봐."

레젼트는 조금 숨을 돌리고 나서 길게 숨을 내쉬고 기대하겠다는 듯한 눈빛으로 말했다.

"그녀는 너에게 뭐지?"

"디이리스는……."

표현할 수 있는 단어 능력은 가지고 있었지만, 그 단어 중에서 자신이 지금 느끼고 있는 감정을 표현할 수 있는 단어를 찾는 작업은 모르는 사람은 절대 모를 정도로 힘든 작업이었다. 룬은 가만히 눈을 감았다. 단지 눈을 감은 것만으로도 룬은 마음이 조금 잔잔해지는 것을 느꼈다. 그러는 중에 룬은 문득 자신의 머리 속에서 떠오르는 단어 하나를 내뱉었다.

"…가족."

"뭐?"

"일지도 모르겠군… 잘 모르겠지만."

흔히 말하는 사랑일지도 몰랐다. 하지만 룬은 감정의 중요함을 알고 있었기에 함부로 사랑이라는 말을 꺼낼 수는 없었다. 자신이 디이리스에게 품고 있는 감정이 사랑인지, 아니면 단순한 측은함인지 구분하기 힘들었던 것이다. 하지만 룬은 예전에 누군가가 지금 자신이 디이리스를 생각하는 것과 비슷한 생각을 했었던 것을 기억했다. 자신을 가족으로, 아들로 생각해 주었던 두 남자. 그 외에도 자신을 가족으로 대했던 몇몇 용병들. 가족이 무엇인지 기억나지 않는 룬에게 그 가족이라는 단어는 생소했고 사용하기 힘들었지만 레전트의 대답에 룬이 가장 쉽게, 그리고 정확하게 표현할 수 있는 단어는 이 이외에는 존재하지 않았다.

"가족……?"

레전트는 룬의 대답을 낮게 중얼거리다가 품에서 손가락 두 개 길이 정도밖에 되지 않을 것 같은 나이프를 꺼내 룬에게 던졌다.

"잘 챙겨둬, 이름없는 나이프지만 비싼 거니까. 사리하사에서밖에 나오지 않는 다크 미스릴로 만든 거라서 구할 수도 없으니까."

"이건?"

"추적 장치. 이터에 걸려 있는 추적 주문이 점점 약해지고 있어서… 그 나이프는 영구 추적 주문이 걸려 있으니까. 네가 이 대륙의 끝에 있어도 찾을 수 있어."

룬은 나이프의 날을 뽑아보았다. 마법적인 처리를 했는지 날은 깨끗한 검은빛으로 반짝이고 있었으며 손잡이의 여기저기에는 금으로 수가 놓아져 있었다. 하지만 날이 너무 작고 고급스러워 싸움이나 식사 때 사용하지는 못할 것 같은, 순수한 장식용으로 쓰일 만한 그런 나이프였다.

"그리고… 왜 그 소녀가 너를 만나려고 하지 않냐면 말이지…….."

"손님, 씻으실 거면 물 좀 데워드릴까요?"

룬은 밖에서 들려오는 중년 부인의 목소리에 정신을 차리고 로브를 벗어 침대 옆에 세워져 있는 옷걸이에 걸어두고 무장을 해제했다. 곧 문을 열고 바깥으로 나간 룬은 빗자루를 들고 별로 더럽지 않은 바닥을 쓸고 있는 소년의 모습과 바구니 한 가득 야채 같은 것을 담아 들고 있는 여성을 볼 수 있었다.

"부탁드립니다."

"오랜만의 손님이니 잘해드려야겠군요. 그럼 편히 쉬세요."

그 여성은 룬을 향해 웃어 보인 뒤 카운터의 뒤쪽에 있는 주방으로 들어갔다. 여행 철이 아니라고는 하지만 정말로 조용했다. 하지만 룬은 그런 조용한 분위기가 싫지 않았다. 오히려 사람이 많으면 신경 쓰일 것이 더 많아지기 때문에 이런 분위기가 마음에 들었다. 룬은 활짝 열린 문으로 새어 들어오는 햇빛을 바라보다가 바닥을 쓸고 있는 소년을 불렀다.

"이봐, 하나 물을 게 있는데……."

"예? 뭔데요?"

"혹시……."

룬은 이곳 칼라스가 그다지 크지 않은 마을이라는 점이 다행이라고 생각했다. 그리고 그와 동시에 리테일이 이곳에 살고 있을까라는 걱정도 머리 속 한 켠에서 지울 수는 없었다. 리테일은 항상 이곳저곳을 돌아다니는 것에 익숙했던 사람이다. 그런 사람이 이런 작고 평화로운 마을에 오랫동안 있을 수 있을까? 하지만 그렇다고 두려워할 필요는 없다고 생각했다. 없으면 찾으면 되고, 있으면 좋은 것뿐이다.

"리테일이라는 사람을 알고 있나?"

"리테일… 리테일… 음……."

소년은 잠시 동안 주먹으로 자신의 손을 두드리며 리테일이라는 이름을 중얼거렸다. 룬은 그런 소년의 모습을 보고 역시 틀렸다고 생각하며 앞으로 어떻게 길을 떠나야 할지를 생각했다. 그때 소년은 조금 강하게 손바닥과 주먹을 마주치더니 뭔가 생각난 듯 외쳤다.

"아, 혹시 잡화점 아저씨 말하는 거예요?"

"아는 건가?"

"예, 그냥 릴 아저씨라고 부르는데… 릴 아저씨 이름이 리테일일걸요?"

다른 곳으로 가지 않아도 될 것 같다는 생각이 룬을 기쁘게 했다. 룬은 약간 들뜬 기분이 되어서 자리에서 일어섰다. 방금 전까지만 해도 침울했던 기분이 약간은 좋아지는 그런 느낌이었다.

"어디쯤이지, 그 잡화점이?"

"예… 나가서서 오른쪽으로 쭉 가시다가 세 번째 갈림길에서 왼쪽으로 가신 다음이에요. 조금 더 쭉 가시면 있어요."

"알겠다. 고맙다."

룬은 열려진 문밖으로 나갔다. 아직 해는 낮기는 하지만 땅에서 떨어진 곳에 위치하고 있었다. 룬은 소년이 말했던 것처럼 천천히 길을 걸었다. 첫 번째, 두 번째 갈림길을 지나치고 세 번째 갈림길에서 막 왼쪽으로 돈 룬은 주위를 자세히 살피며 앞으로 걸었다. 잡화점이라면 적어도 간판은 달고 있을 것이다. 하지만 급하게 마음을 먹은 탓인지 룬의 눈에는 간판이 들어오지 않았고, 룬은 숨을 한번 들이쉬고 주의 깊게 주위를 둘러보았다.

그때 뭔가가 햇빛을 받고 반짝이는 것이 룬의 눈에 들어왔다. 나무를 베는 용도로 쓰기에는 조금 커다란 도끼, 조금은 탁한 회색 빛을 뿜어내는 양손 도끼는 룬의 눈을 사로잡기에 충분했다. 수많은 전장을 헤쳐 오며 얻은 수많은 자잘한 상처들, 하지만 그 상처들에도 불구하고 그 도끼는 빛나 보였다. 룬은 멍하게 길 한가운데에 멈춰 서서 문의 옆에 걸려 있는 도끼를 바라보았다.

잠시 후 커다란 덩치의 백발이 성성한 남자가 밖으로 나와서 그 도끼를 집어 들었을 때 룬은 그제야 발걸음을 옮겼다. 그 남자는 이미 건물 안쪽으로 모습을 감추었고 문은 닫혀 버렸다. 룬은 자신의 눈이 잘못되지 않았길 빌며 그 건물로 다가가 가볍게 문고리를 잡았다. 잠겨 있을까? 룬은 문득 자신이 그런 걱정을 했다는 것에서 묘한 느낌을 느꼈다.

감정을 조금씩 찾으면서 쓸데없는 생각이 점점 늘어나는 듯싶다는 생각. 이제는 자연스럽게 '걱정' 이라는 것을 하게 됐다는 것이 문득 이상하게 느껴졌다. 과연 리테일은 자신의 이런 모습을 어떻게 봐줄까. 예전에 비하면 판이하게 바뀌어 버린 자신의 모습을. 예전의 자신의 모습을 알고 있는 리테일은 과연 어떻게 봐줄까.

"어떻게……."

룬은 문고리에서 손을 치웠다. 왠지 모르게 자신감이 들지 않았다. 물론 자신이 아무리 바뀌었다고 해도 리테일이 자신을 몰라볼 리가 없다는 생각은 있었지만, 마음 한쪽 구석에서는 뭔지 모를 불안감이 조금씩 마음 전체를 잠식했다.

그곳을 떠나와서 며칠이나 되는 동안에는 별 생각 없이, 리테일을 만나야겠다는 생각만을 가지고 길을 걸어왔다. 어차피 남는 것은 시간이었으니까. 한번쯤은 봐야겠다는 생각을 하고 리테일이 있을 거라고 말했던 칼라스로 걸어왔다. 하지만 지금 그토록 자신이 만나길 염원했던 사람을 만나는 것을 자신이 거부하고 있었다.

"……."

하지만 아무리 생각해 봐도 이건 자신이 원하는 것이 아니었다.

―두려운 거겠지.

마음속의 목소리. 마치 또 다른 누군가가 말하는 것 같은 목소리지만, 룬은 이게 평소 때 나타나던 그 환영 속의 남자가 하는 말이 아니라는 것을 알 수 있었다. 아마도 이것은 또 다른 자신. 자기 자신이지만 다른 의식을 가지고 있는 것 같은 그런 자신의 목소리.

―그 남자가 너를 보고 예전과 다른 너의 모습에 실망할까 봐서?

"그럴지도……."

룬은 누런빛으로 희미하게 빛나는 문고리를 강하게 움켜잡았다. 불안과 두근거림. 하지만 이건 자신이 리테일을 만나지 않기 위한 그런 감정이 아니다. 단지 그가 자신을 어떻게 볼까 두려울 뿐.

룬은 가볍게 문을 잡아당겼다.

잘못 알고 있는 것을 고치고, 모르는 것을 배우기 위해서는 타인과 접촉해야 한다. 리테일이라면… 리테일이라면 옛날에 비하여 많이 변해 버린 자신을 따뜻하게 감싸고, 지금 자신이 품고 있는 의문에 대한 해답을 줄 거다. 리테일은 자신이 알고 있는 한 가장 강한 사람 중 한 명이었다.

끼이이익—

여러 가지 이상한 냄새와 함께 약간 탁한 공기가 룬의 얼굴을 스쳐 지나갔다. 잡화상으로 보이는 가게의 안은 등잔 몇 개만이 켜져 있어서 그다지 밝지 않았다. 주위를 둘러보는 룬의 눈에는 초나 등잔, 밧줄이나 건조 식량까지 많은 잡다한 물건들이 들어왔다. 하지만 어디에도 그 남자의 모습은 보이지 않았다.

'어디에?'

불안감과 두려움을 억지로 누른 룬은 약간 떨리는 목소리로 외쳤다.

"아무도 안 계십니까?"

하지만 룬의 목소리는 그 방 안에 잠시 울렸을 뿐 대답은 들려오지 않았다. 룬은 다시 목을 가다듬고 이번에는 조금 더 큰 목소리로 외쳤다.

"아무도 안 계신 겁니까?"

"장사 끝났소. 도끼 내려놓은 거 보면 몰라요?"

의외로 가까이서 들려오는 소리. 룬은 그 목소리에 두려움이나 불안감이 사라지고 대신 가슴 벅찬 떨림이 그 자리를 채우는 것을 느꼈다.

"리테일."

"…그 이름 듣는 거 참 오랜만이군. 누구요?"

잠시 침묵하던 목소리의 주인공은 카운터 뒤쪽에서 몸을 일으켜 모습을 드러냈다. 조금 노쇠해 보이지만 그래도 보통 그 나이의 다른 사람에 비하면 훨씬 튼튼해 보이는 몸. 아직 룬보다는 훨씬 탄탄해 보이는 근육을 가진 사내의 모습. 리테일은 드디어 모습을 드러내고 룬을 바라보았다. 카운터 아래로 뭔가를 들고 있었던 리테일의 손에서 힘이 빠지자 리테일의 손에 쥐여져 있던 무거운 뭔가가 나무 바닥으로 떨어지며 요란한 소리를 냈다.

"룬이냐?"

"…예, 리테일. 접니다."

믿을 수 없다는 목소리로 낮게 중얼거린 리테일은 룬이 대답을 하자마자 카운터에서 뛰쳐나와 룬을 감싸 안았다. 갑작스럽고 빠른 리테일의 몸놀림은 예전에 비해서 전혀 달라지지 않은 것처럼 보였다. 리테일은 꼼짝도 하지 않고 있는 룬의 등을 마구 두드리며 소리쳤다.

"이놈! 이놈! 도대체 몇 년 만이냐! 응? 살아 있었던 거냐? 이놈아! 사람 걱정시켜도 유분수지. 이게 도대체 몇 년 만이냐!"

"…아픕니다, 리테일."

하지만 룬은 자신의 등을 내려치는 리테일의 손 때문에 고통을 느끼면서도 미소 지었다. 정말로 리테일이었다. 자신을 거두고 자신을 키워준. 다른 이들이 말하는 아버지나 다름없는 리테일이 예전과 다름없는 모습으로 자신의 등을 두드리며 힘차게 웃고 있었다.

“그 도끼…….”

“응?”

“버리지 않으셨군요.”

리테일은 룬의 말에 빙긋 웃으며 예전 용병 시절 때 자신이 썼던 도끼를 바라보았다. 그 이후로 오랜 시간 동안 사용된 적은 한 번도 없었지만 도끼는 녹 하나 쓸어 있지 않았다. 오히려 지금 당장이라도 전투에 사용될 수 있을 만큼 날카로워 보였다.

“산적이라도 이 마을에 내려오면 싸울 수 있도록 잘 손질해 두고 있지. 난 용병질을 그만둔 것뿐이지 전사까지 그만둔 게 아니다. 지금 와서는 그냥 도구점 간판으로 전락해 버렸기는 하지만. 하하핫!”

“여전하시군요.”

“그래, 너는 많이 변했구나.”

리테일이 아무렇지도 않게 내뱉은 말에 룬은 심장이 순간 멈춰 서는 듯한 느낌을 받았다. 하지만 리테일의 얼굴은 여전히 즐거운 듯한 표정을 짓고 있었다.

“내 생전 네가 웃는 얼굴을 보게 될지는 몰랐는데 말이다. 어쨌든 웃는 얼굴 보니까 좋구나. 그동안 어디서 뭘 하고 산 거냐?”

룬은 입을 열려고 하다가 다시 다물고 말았다. 너무나도 긴 이야기다. 말 몇 마디로 끝낼 수 있을 만큼 간단한 이야기가 아니었다. 리테일도 그것을 알아차렸는지 고개를 끄덕이면서 카운터로 향했다.

“음, 이야기가 많이 길어질 것 같으니 마저 정리하고 이야기하는 게 좋겠구나. 아직 뒷정리가 안 끝났거든.”

“도와드릴까요?”

“아니, 괜찮다. 이건 내가 손닿는 데다가 물건 정리하는 거라서 누가 도와주면 더 정리가 안 돼. 어쨌든 여관에 묵고 있겠지?"

"예."

"이 마을에서 여관이라면 노안 씨네 여관밖에 없으니까 거기에서 묵고 있겠군. 가서 좀 기다리도록 해라. 나도 곧 갈 테니까."

리테일은 룬의 등을 몇 번 두드리고 나서 물건이 쌓여 있는 곳으로 사라졌다. 룬도 겨우 불안감이 사라진 얼굴로 잡화상을 나서며 여관을 향해 걸어가기 시작했다. 그런 룬의 주위에는 일터에서 돌아오는 마을 사람들과 지평선 너머로 사라지는 희미한 빛이 각자의 길을 걸어가고 있었다.

2

쾅—! 쾅—!

대지는 붉게 타오르고 살점과 내장은 흩어져 비와 같이 쏟아져 내린다. 하지만 인간들은 그런 '사소한' 문제에 신경을 쓸 만큼 여유있는 상황이 아니었다.

"아아악!"

"부숴! 부숴 버려!"

"파, 팔! 내 파알!"

창이나 검은 효율적인 무기가 아니었다. 네 개의 다리에 네 개의 낫과 같은 팔, 인간의 해골과 같은 머리를 가진 거대한 괴수들. 병사들은 철봉을 휘두르며 자신들에게 끝없이 달려드는 골각수(骨角獸)에게 대항했다. 뼈만 남아 있는 골각수들에게 창이나 검으로 찌르거나 베는 공격은 거의 통하지 않았다. 오직 타격계의 무기로 골각수가 움직이지 못하게 부숴 버리는 것이 병사들에게 남겨진 유일한 방법이었다.

"부정한 것들아! 대지로 돌아가라!"

태양신 아스트의 성직자들은 끊임없이 자신들에게 달려드는 골각수를 대지로 돌려보내려 했다. 부정한 힘으로 살아난 부정한 언데드들에게는 신의 힘이 누구보다 치명적일 것이 분명했다. 하지만 골각수들은 그런 성직자들 신앙심을 비웃기라도 하듯 거대한 낫과 다름없는 앞발을 휘둘러 자신들을 공포스러운 눈으로 바라보는 태양신의 사제들을 도륙했다.

"물러서지 마라! 우리의 아버지에게 영광을!"

"영광을!"

비명인지 함성인지 구분할 수 없을 정도로 처절한 외침들이 사방으로 번져 나갔고 태양신 성기사의 힘을 발동했다. 태양신 권능. 멸겁의 화염이 그들의 검을 휘감았고 성기사들은 화염이 휘감긴 검을 골각수들에게 휘둘렀다. 멸겁의 화염에 직격당한 골각수들은 말 그대로 먼지가 되어 불타올랐고 아스트의 성기사들과 병사들은 그제야 힘을 얻은 듯 함성을 지르며 앞으로 진격하려 했다.

"나의 주인님의 이름으로! 신이여, 물러가라! 이곳은 너의 땅이 아니다!"

하지만 상황은 어제와 같았다. 두꺼운 검은 갑주를 걸친 기사가 거대한 날개를 펴고 하늘로 날아오르며 외치자 그의 몸에서 보이지 않는 파동들이 사방으로 번져 나가며 대지를 왜곡시켰다. 순간적으로 그를 중심으로 수백, 수천 미터에 달하는 지역까지 뿜어져 나간 파동들은 그 안쪽의 세계를 바깥쪽의 세계와 단절시켰다. 더 이상 아스트의 권능은 성직자들에게 내려지지 않았다. 불타오르던 멸겁의 화염들이 천천히 사그라들었고, 인간들 앞에는 대책이 서지 않을 정도의 강함을 지닌 골각수들이 네 개의 다리를 움직이며 그 기사의 명령만을 기다렸다.

"멸절하라!"

환성도. 살육의 기쁨에 찬 괴성도 들려오지 않았다. 골각수들은 그저 네 개의 다리를 부지런하게 놀리며 자신의 가까이에 있는 모든 살아 있는 생명체들을 착실히 베어냈다.

"발사!"

거대한 대포의 곁에 서 있던 여성의 명령이 떨어지자 수많은 대포에서 화염이 숫구쳐 올랐다. 화약을 통한 폭발적인 운동 에너지로 뭔가를 공격하는 데 앞서는 자들. 이들이 있었기에 초대 용병왕은 원래 이 지역을 지배하던 다른 영주들을 자신의 휘하로 둘 수 있었다. 대륙상에서 존재하는 유일한 지상 포격 부대인 지옥기사단 4부대, 솔리드 캐슬(Solid Castle)이 공격을 감행했다.

뼈로 이루어진 골각수들을 활로 제지한다는 것은 불가능했기 때문에 일반 궁수대는 쓸모가 없었고, 폭시를 다루는 투스 오브 윈드는 예전 전투로 전멸에 가까운 타격을 받고 이번 전투에서는 동원되지 못했다.

그들의 포격은 정확히 1차 방어선을 박살 내고 2차 방어선을 향해서 뛰어오는 골각수들에게 향해 있었다. 1차 방어선을 뚫으며 많은 피해를 입은 골각수들은 2차 방어선에 도달하기 전 날아오는 포격에 아무런 방비 없이 맞서야 했다. 사람 머리만한 크기의 철구를 정통으로 얻어맞은 골각수는 순식간에 뼛조각이 되어 사방으로 흩어졌으며 땅에 격돌한 철구들은 주위에 파편을 튀기며 골각수들을 공격했다.

얼마 지나지 않아 병사들과 골각수들이 섞여 버리자 솔리드 캐슬은 포격을 중지하고 침묵 상태에 빠져들었다. 막강한 위력을 가지고 있는 솔리드 캐슬이었지만 아군과 적군이 섞여 있는 상태에서는 적을 공격할 수 없었다.

하늘의 저편에서 새하얀 백골들이 날아오고 있었다. 비록 골각수들에 비하면 작은 덩치에 별로 전투력이 강한 것은 아니었지만, 난다는 이유 하나만으로도 해골귀(骸骨鬼)들을 제지할 방법은 거의 존재하지 않았다. 이 전투에 참가하기 위해서 용병왕에게 협력했던 많은 신들의 성기사들과 성직자들은 자신들 신과의 교류가 끊겨 버린 지금과 같은 상황에서는 다른 일반 병사들보다 못한 존재나 다름없었다.

"자, 이제 우리 차례다!"

수많은 검사들이 방어선을 그대로 돌파하여 마지막 전선으로 날아오고 있는 백골들을 바라보며 전의에 불타올랐다. 그들의 검은 다른 전사들이 쓰는 검과는 조금 다른 모습이었다. 상대방을 베거나 갑옷을 부수기 좋은 형태로 만들어진 다른 검들과는 달리 날도 존재하지 않는 길다란 막대기나 다름없는 검은 그들이 정말로 검사인지 의문을 던져 주었다.

"좋아! 모두들 힘내라!"

양손에 그 검을 들고 있는 남자가 소리를 지르자 검사들이 손에 들고 있는 검에서 푸른 불꽃이 불타오르기 시작했다. 마법사의 재능이 있었던 자들이 마법을 배우지 못하고 검술을 배웠을 때 사용할 수 있는 마력검.

혹자는 검의 극에 달한 이들이 검기를 사용한다고 하지만 그것은 말도 안 되는 헛소리였다. 다르게 말하자면 검기는 검에 재능이 없었던

이들이 살아남기 위해 검을 배워서 사용할 수 있는 궁여지책이나 다름
없었다. 그렇기에 그들은 스스로 소드 마스터라고 불리는 것을 꺼려했
으며 그저 자신들을 이렇게 칭했다.

소드 맨(Sword Man). 지옥기사단의 두 번째 부대이며 검기의 사용
이 가능한 전사들.

"간닷!"

어제도 똑같은 수법으로 당했던 그들이었기에 이번에는 약간 쉽게
그들의 공격을 맞이할 수 있었다. 수많은 푸른 검기가 공중으로 쏘아
져 올라가며 진로에 있는 백골들을 조각냈고, 뜻하지 않은 공격을 받은
백골들은 당황해하며 낮은 비행으로 날아 대지에 있는 자들을 공격하
려고 했다. 하지만 소드 맨들은 즉시 마력검을 휘둘러 자신을 향해 휘
둘러지는 길다란 창이나 해골귀들의 팔을 잘라냈다.

얼마 싸우지 않아 멀리서 그 난전을 지켜보던 검은 갑옷의 기사는
더 이상 싸워봤자 이득이 없을 거라 판단했는지 길게 야수의 울음소리
를 내질렀다. 그러자 병사들과 붙어 싸우던 해골귀들과 골각수들은 하
나둘씩 빠르게 물러나기 시작했다. 병사들은 해골귀들과 골각수들이
물러서는 것을 멍하게 지켜보다가 제자리에 주저앉았다. 승리 같지 않
은 승리. 오히려 많은 피해를 얻고서야 겨우 목숨을 부지한 그들의 모
습은 마치 사냥꾼의 손을 겨우 피해낸 사냥감과 같은 모습이었다.

*　　　*　　　*

"약속했다."
"약속?"

“그래.”

레전트는 짧게 대답을 마치고 룬을 바라보았다. 룬은 자신을 바라보는 레전트의 눈빛이 자신에게 질문을 던지고 있다는 것을 알았다. 정말로 들을 자신이 있는 거냐? 정말로 진실을 들을 각오는 되어 있는 거냐? 룬은 그 질문을 받아들이기로 하고 입을 열었다.

“말해라.”

레전트는 고개를 끄덕였다.

“마지막으로 너를 보겠다고 약속했다. 자신의 마법 능력을 걸었지. 마법사가 마법을 사용하지 못하게 된다면 어떻게 될 거라고 생각해? 그것도 귀족이나 왕족이 아닌 평민이라면.”

“……”

“알겠지? 예전에 네가 나에게 검과 마력을 예를 들어서 설명한 적도 있었으니까 알 거야. 마법사가 마법을 버리면 살아갈 수 없어. 권력이나 금전에 아무런 인연도 없는 평민이라면 더 더욱 그렇겠지. 그런 마법 능력을 포기하겠다고까지 했다는 말이다.”

조금은 흥분한 듯한 레전트의 말이 잠시 끊어지고 나자 침묵을 지키던 룬은 레전트에게 조심스럽게 물었다.

“가딘은… 알고 있나?”

“나밖에 모르는 사실이야. 물론 나는 그녀의 마법적 능력을 봉인할 마음은 전혀 없어. 하지만 그녀는 너를 만나기 위해서 자신의 목숨이나 다름없는 것을 담보로 내세웠다. 그것도 마지막으로 네 얼굴을 한 번 보는 대가로. 그녀가 거짓된 진실로 나에게 그런 말을 했을까? 내가 너와 친분이 있다는 것만으로 그녀는 내가 자신의 마법적 능력을 뺏을 생각이 없다고 자신할 수 있었을까?”

"…없었겠지."

적어도 자신이 아는 디이리스라면 그 사실을 알고 있었을 것이다.

"난 말이지, 예전에 지금 이런 상황을 한번 겪었어. 알고 있지? 예전에 정신 가물가물할 때 대충 이야기해 준 거."

"…그래."

"날 사랑하던 여자는 죽었다. 나 때문에. 바보 같은 생각인지 어떤지는 모르겠지만 난 그게 나 때문이라고 생각하고 있어. 목숨보다 귀중한 건 없는데… 그런 사소한 조건 하나 가지고 그녀에게 목숨을 던지게 한 것을."

룬은 그 기분을 조금 알 것 같았다. 한 달 전쯤에 들었던 레전트의 말이 지금에서야 약간 이해가 갔다. 사랑이란 것의 느낌이 아주 약간은 이해가 갈 듯싶었다.

"난 그 후로 인간과 친해지는 걸 거부했다. 이게 정답이라고 할 순 없지만… 누군가 나 때문에 상처받는 것보다는 낫다고 생각했어. 너는 어떻게 생각해?"

"리테일은… 어떻게 생각하십니까?"

작고 아득한 여관의 홀. 홀이라고 하기에도 뭐한 좁은 곳이었지만 리테일과 룬이 마주 앉아 조용히 술을 마시며 이야기하기에는 최적의 장소였다. 룬은 누군가 나라는 존재로 인하여 상처받는다는 것이 어떤 기분인지, 누군가를 좋아할 수 있게 된 지금은 알 수 있을 것 같았다. 그리고 누군가와 관계하고 싶지 않아 하는 레전트의 기분도 이해가 갔다. 노안도 리테일과 룬의 시중을 들어주며 룬이 하는 이야기를 전부 듣고 있었다. 리테일은 룬의 말에 묵묵히 잔을 채워 룬에게 내밀었고 룬은 아무 말 없이 그 잔을 받았다.

"글쎄다… 나는……."

리테일은 잠시 동안 생각하더니 고개를 끄덕이며 자신의 술잔을 집었다.

"그래, 그럼 하나하나씩 말해 볼까? 일단 너에게 질문 하나를 할 테니까 잘 들어봐라."

"예?"

"너는 그 소녀에 대해서 어떻게 생각하고 있는 거냐?"

순간 룬은 리테일이 어떤 대답을 바라는 건지 혼란스러워할 수밖에 없었다. 방금 자신이 디이리스에 대해서 어떤 생각을 가졌는지 말하지 않았는가? 그리고 지금 룬이 찾고 싶은 것은 자신의 생각이 맞나 틀리나에 대한 답이었다. 그리고 룬은 리테일에게 그 대답을 듣기를 원했었던 것이다. 결국 룬은 지금 리테일의 상태를 유추한 다음 진지하게 자신의 생각에 대해서 말했다.

"취하셨습니까?"

"아직 술 한 통도 비우지 않았는데 벌써 취했을 것 같으냐? 빨리 네 생각이나 말해 봐라."

룬은 탁자 아래에 놓여 있는 술통을 힐끔 바라보고 리테일이 진심으로 말하고 있다는 것을 알 수 있었다. 아직 술통은 절반도 채 비워지지 않은 상태였다.

룬은 잔을 만지작거리면서 리테일에게 할 생각을 정리했다. 리테일이 자신에게 어떤 대답을 원하는지, 그리고 자신은 어떤 대답을 해야 할 것인지. 설마 자기 자신이 레전트에게 했던 그대로의 대답을 원하고 있지는 않을 것이다. 또 다른 뭔가가 있을까? 자신이 모르고 있는 또 다른 대답이?

"…모르겠습니다."

잠시 동안 골똘히 생각하던 룬은 결국 고개를 내저었다. 그 이외에 자신이 알고 있는 다른 감정이 있을까? 순간 뭔가 바람을 가르는 소리가 남과 동시에 단단하고 묵직한 것이 룬의 머리를 후려쳤다. 꽤나 아릿한 통증이 두개골 내부로 스며들며 룬의 머리를 울렸고 룬은 순간 몸을 휘청하다가 자세를 바로잡았다. 그리고 곧 룬의 귓가에 리테일의 말이 들려왔다.

"이놈아, 네놈은 생각이 있는 거냐 없는 거냐?"

"무슨… 말입니까?"

"말 그대로다. 음? 많이 아프냐?"

"……."

"아프라고 때렸으니 아파야 정상이지. 인간이 인간에게 가지는 생각이 어디 하나뿐이겠냐? 말재주가 없어서 잘 설명하지는 못하겠다만, 네놈은 생각없고 감정없는 골렘이 아니니까 조금 생각해 보면 알 수 있을 거다. 그래, 인간적으로 생각을 해봐라. 네가 그 소녀에게 가지는 감정이 그거 하나뿐이냐?"

룬은 리테일의 의도를 조금 눈치 챌 수 있었다. 인간이 인간에게 느끼는 감정은 단 하나로 표현될 수가 없는 것이다. 단순히 '좋아한다, 싫어한다, 무서워한다' 처럼 하나의 감정으로 타인에 대한 생각을 표현할 수 있다면 자신이 이렇게 디이리스의 일에 대해서 고민할 리가 없었을 것이다.

룬은 디이리스에 대해서 생각하기 시작했다. 왜 자신이 디이리스를 가족이라고 생각했었는지, 그 이유를 찾기 시작했다. 그리고 룬은 잠시 후 딱딱하게 굳어버리고 말았다. 딱히 자신이 디이리스를 가족이라고 생각했던 그 이유를 생각해 낼 수가 없었던 것이다. 룬은 억지로 그 이유를 표현할 수 있는 단어를 생각하려 했지만 그것은 이미 만들어진 파이에서 밀가루와 설탕을 분리해 내는 작업만큼 힘든 것이었다.

"힘들지? 말로 표현하려니까."

룬은 리테일이 술잔을 입에 가져다 대며 말하자 고개를 끄덕거렸다. 리테일은 룬이 생각하는 동안 술잔 하나를 완전히 비운 다음 입가를 손으로 문지르고 나서 다시 잔을 채우며 말을 이었다.

"좋아, 그럼 이번에는 다른 질문을 해볼까? 너는 그 레전트라는 남자가 가지고 있는 생각에 대해서 어떻게 생각하고 있는 거냐?"

"레전트의……?"

사랑하는 사람을 자신의 이유로 인하여 잃어버리고, 그리고 누군가가 자신에 의하여 피해를 볼까 봐 타인과 친해지는 것을 꺼려했다. 그런 레전트의 결심은 옳고 그름을 떠나 룬이 뭐라고 단정 지을 수 있는 종류의 것이 아니었다.

"제 생각에는……."

룬은 손때가 묻어 거의 검은색이 되어버린 나무잔 안에 담겨 있는 누런 액체를 바라보며 입을 열었다.

"…역시 모르겠습니다."

"한 대 더 맞고 싶은 거냐?"

"하지만… 레전트의 생각은 제가 뭐라 할 수 있는 것이 아니니까요."

"그래?"

리테일은 빙긋 웃으며 술잔을 비웠다.

"그러면 넌 왜 답을 찾고 있는 거냐?"

룬은 가슴 어딘가에서 심장이 툭 떨어지는 것 같은 묘한 느낌을 느끼며 고개를 들어 리테일을 바라보았다. 하지만 리테일은 그런 룬의 시선을 무시하고 다시 술잔을 채운 다음에야 말을 이었다.

"네가 뭐라고 할 수 있는 것이 아니라면 말이다, 그것이 정답이라고 생각하는 거냐? 아마 아니겠지. 뭔가 찜찜하니까. 그게 꼭 답이 아닐 거라고 생각을 하고 있으니까 나에게 그걸 묻는 게 아니었냐?"

"그러니까 저는……."

"좋은 부모는 물고기를 잡는 법을 가르쳐 주지 물고기를 잡아다 주지 않는다. 내가 좋은 부모란 건 아니다만, 생각을 좀 더 해봐라."

룬은 리테일에게 답을 원했다. 자신이 디이리스를 생각하는 마음이 가족이라는 단어로 표현되는 것이 맞는 건지, 그리고 자신에게 질문을 던졌던 레전트의 생각이 맞는 건지.

"너는… 어떻게 생각해?"

룬은 그 질문에 대답을 했었다.

"나의 생각을 묻는 거라면… 틀리다고 생각한다."

"말해 봐."

자신의 생각을 부정당했는데도 레전트는 별로 화난 것 같은 모습이 아니었다. 오히려 룬에게 그 대답을 바라는 모습은, 자기 자신도 자신의 생각이 맞지 않다는 것을 알고 있는 것 같았다. 룬이 바라보는 레전트의 얼굴은 묘하게 평안한 듯한 표정을 짓고 있었다. 무표정한 얼굴과 비슷하지만 그와는 조금 다른, 집착하지 않는 듯한 그런 얼굴을.

"예전의 나와 지금의 너의 상황이 비슷해서 물어보는 거니까 그렇게 진지하게 생각하지는 마. 오히려 생각을 깊이 하면 답이 안 나올 테니까 그냥 느낀 대로 말해 봐."

자신의 생각을 타인에게 말한다는 것은 룬에게 있어서 상당히 힘든 작업이었다. 차라리 칼을 들고 협박을 해서 자신의 의지를 상대방에게 알리는 쪽이 룬에게 있어서는 백배 쉬운 일이었다. 하지만 레전트의 목에 칼을 들이대고 협박을 할 수는 없는 노릇이었다. 레전트도 그런 점을 이해를 하는 건지 룬이 말을 꺼낼 때까지 참을성있게 기다렸다.

"너의 그 말은… 뭔가 아니라는 느낌이 든다. 그래, 네 말대로 그냥 느낀 대로 말한다면, 그 여자… 네가 사랑했던 여자는 불행했을까?"

누군가를 좋아할 수 있다는 것, 비록 그 때문에 상처받는다 해도… 그리고 고통스럽다 해도 불행하다고 생각하지는 않았다. 어쩌면 룬도 이곳에 온 뒤로 그냥 타인과 의사 소통을 단절하고 있었다면 그런 곳에 매달려 있지 않아도 됐을지도 모른다. 하지만 룬은 스스로 타인과 가까이하려 했고, 그 때문에 고통을 겪기는 했지만 후회하지는 않았다.

"나는 그렇게 생각하지 않아. 어차피 인간은 살아가면서 상처를 받을 수밖에 없다고 생각한다. 상처받는 건 중요하지 않아. 하지만 즐거웠다면, 불행하지 않았다면 그러니까……."

＊　　　＊　　　＊

하지만 그 답이 맞는지는 룬 자신도 알 수 없었다. 하지만 리테일은 룬이 하는 말을 듣고 나서 만족한 듯 고개를 끄덕거렸다.

"잘 알고 있군. 그러면서 왜 나에게 묻는 거냐?"

"예?"

"잘 알고 있단 말이다. 답은 네가 잘 알고 있는데 왜 나에게 묻는 거냐?"

룬은 화가 날 정도로 태평한 리테일의 얼굴을 보고 조금 기분이 나빠지는 것을 느꼈다. 조롱하는 건가? 알지 못하니까 묻는 게 아니었던가.

"이 바보 녀석아, 네가 찾고 있는 답은 너에게는 정답이란 말이다. 으음, 아무래도 말로 설명하면 힘들 것 같구나. 나도 말로 설명하려면 힘들고. 그래, 그럼 내일 네가 원하는 답에 대해서 말해 주도록 하지. 그러니까 지금은 지나간 이야기나 하면서 술이나 마시자."

리테일은 막 뭐라고 말하려고 하는 룬에게 억지로 술을 마시게 했다. 룬은 결국 술을 마신 뒤에 뭐라고 말을 하려고 했지만 리테일은 다시 룬이 들고 있는 술잔을 채우면서 다시 술을 마시게 했고, 그 과정은 룬이 정신을 잃어 아무 말도 하지 못하게 될 때까지 계속되었다.

Chapter 5 전야

3

룬은 자신이 왜 침대 위에 누워서 아침 햇빛을 받고 있는 것인지 생각해야 했다. 룬은 억지로 침대에서 몸을 일으켰지만, 그 다음 순간 바닥이 얼굴을 향해서 다가오는 것을 막지는 못했다. 흔히 건강이 약하면 술에 약하다고는 하지만 룬은 체질적으로 그런 것인지 유독 술에 약했다. 잠시 바닥과 접촉한 상태로 쓰러져 있던 룬은 휘청거리면서 겨우 자리에서 일어나 겨우 방문을 열었다.

"어머, 일어나셨네요."

"예… 어젯밤 일은 죄송합니다."

"괜찮아요, 릴 씨가 다 챙겨주셨으니까요. 식사하실 건가요?"

"아니, 됐습니다. 물이나 한 잔 주세요."

룬은 속이 뒤집힐 것 같은 기분 나쁨에 식사를 거절했다. 룬은 잠시 후 노안이 가져다주는 물을 들이키고 나서 정신을 차리려 노력했다.

하지만 술에 약한 룬이 그렇게 쉽게 정신을 차릴 수 있을 리가 없었다.

노안은 그렇게 멍하게 앉아 있는 룬을 걱정스러운 듯 바라보다가 곧 뭔가를 생각해 냈다. 리테일은 룬이 정신을 차리면 자신에게 보내라고 했었던 것이다. 하지만 지금 이 상태라면 제대로 걷는 것조차 힘들 것이다. 어차피 리테일이 일을 끝내는 시간쯤이 돼서 말을 해주면 될 거라고 생각한 노안은 구석에 앉아서 뜨개질을 하기 시작했다. 어차피 할 일이라고는 방에 먼지가 쌓이지 않게 청소해 주는 것과 식사 준비하는 것, 그리고 땔감 준비하는 것밖에는 없는 한가한 계절이다.

한참 동안 그 자세 그대로 있던 룬은 휘청거리면서 자리에서 일어나 문을 열었다. 노안은 룬이 일어나는 인기척을 느끼고 고개를 들어 바깥으로 막 걸어나가려는 룬의 행동을 만류하려 했다.

“저, 몸이 편찮으실 텐데…….”

“괜찮습니다.”

룬은 노안의 만류를 무뚝뚝한 태도로 거절한 채 바깥으로 나가 버렸고, 노안은 다시 닫혀 버린 문을 잠시 동안 바라보다가 어쩔 수 없다는 듯 고개를 흔들고 뜨개질에 몰두하기 시작했다.

한편 바깥으로 나간 룬은 희미한 햇빛과 북풍에 실려 뼛속 깊이 침투하는 냉기를 원없이 느낄 수 있었다. 그리고 자신이 실수했다는 것을 깨닫는 데는 많은 시간이 걸리지 않았다. 룬은 보통 사람들처럼 여관으로 돌아가서 두꺼운 옷을 입고 나와야 한다는 생각 대신 뛰기 시작했다. 리테일이 일하고 있는 곳, 리테일이 있는 곳을 향해서 뛰었다.

얼마 지나지 않아 룬은 리테일의 가게 앞에 도착할 수 있었다. 밖에 걸려 있는 도끼는 지금이 영업 중이라는 것을, 리테일이 이 가게의 안에 있다는 것을 말해 주고 있었다. 룬은 그 건물 앞에서 들어가야 할지 말아야 할지 고민하다가 고개를 돌렸다.

여기까지 와서 망설인다는 건 바보 같은 행동이었지만, 지금같이 머리가 지끈거리는 상태에서라면 이야기를 들어도 제대로 이해가 되지 않을지도 몰랐다. 룬은 그렇게 스스로를 납득시키며 그곳을 떠났다. 그리고 룬이 다시 여관으로 돌아왔을 때 어제 룬과 만났었던 소년이 혼자서 여관을 지키고 있었다.

"안녕하세요."

"…그래, 노안 씨는?"

"아줌마는 음식 재료 사러 가셨는데요. 그거 아니면 할 일도 별로 없으신 분이라……."

룬은 난로 가에 있는 의자에 잠깐 앉았다. 땀을 흘린 덕분인지 몸이나 머리도 상당히 깨끗이 풀려 있었다. 아직 조금 멍하기는 하지만 그렇게 심한 편은 아니었다. 오늘, 리테일은 그 답에 대해서 말해 주겠다고 했다. 오늘만은 꼭 그 대답을 듣고 말리라. 룬은 속으로 그렇게 다짐하며 불타오르는 벽난로 속을 바라보았다.

"아무래도… 저 인간들은 별로 쓸모가 없겠군요."

"저, 저 인간들이라니요! 듣기라도 하면 어쩌시려고……."

"들으면 좀 어떻습니까. 하긴, 방패막이는 해주는 편이긴 하지만……."

그 괴물 기사가 쓰는 언령은 이 근처의 지대에서 신으로부터의 권능을 차단했고, 그 효과는 꽤나 오랫동안 지속되고 있었다. 기본적으로 신의 권능을 빌려 기적을 만들어내는 성직자들이었지만 치료 마법도 사용하지 못하는 이런 상태에서는 말 그대로 아무 쓸모가 없었다. 솔

리드 가드를 지휘하는 키즈린도 그 사실을 알고는 있었지만 말을 막
하는 제마이드의 태도가 불안한지 연신 안절부절못하면서 말리려고 하
고 있었다.

"제, 제마이드, 그러다가 성직자들이 말을 듣기라도 하면……."

"아, 글쎄 좀 들으면 어떠냐니까요. 저 인간들도 지금 자신들의 처지
는 잘 알 겁니다. 신의 권능을 사용하지 못하는 성기사들은 일반 병사
들보다 더 못하다고요."

"그래도요… 조금 말은 삼가해 주세요."

싸늘한 북풍이 어느 사이에 꽤 차가운 계절이다. 원래 이런 계절에
전쟁을 시작하는 것은 전략적으로도 좋지 않은 일이지만, 이번에는 워
낙 일이 급했기에 별수없었던 일이었다. 게다가 상대방이 절대로 이기
기 쉬운 상대가 아니라는 것을 알게 된 병사들의 사기는 땅에 떨어져
있었다.

괴물들은 그 강력함도 강력함이지만 병사들의 폐부 속 깊이 공포를
심어둔다. 그리고 병사들은 그 공포에 짓눌려 제대로 힘을 발휘하지
못하는 것이다. 지옥기사단을 지휘하고 있는 대장들은 그런 사태를 잘
파악하고 있었다.

"메드 힐러라도 온다면 병사들을 치료하는 게 더 쉬워질 텐데요."

"이미 전령은 보냈지만… 기동력이 그다지 뛰어나지 않은 메드 힐
러가 이곳으로 오려면 적어도 5일 이상은 걸리겠지."

"그때면 이미 일반 병사들은 전멸해 있을걸요?"

제마이드는 여전히 입맛을 쩍쩍 다시며 들으면 들을수록 비참한 사
실에 대해서 중얼거렸다. 하지만 제마이드의 말이 더욱 비참하게 들리
는 이유는 그것이 현실이기 때문이었다. 적의 군대는 첫 번째 공격이

있었던 후에 하루에 한 번씩 반드시 공격을 가해왔다. 항상 같은 수의 같은 형식으로. 물론 이제 상대방의 공격 방식을 거의 외웠기 때문에 피해는 가면 갈수록 줄어들고 있었다. 하지만 이미 이쪽의 숫자는 상당히 줄어 있었고, 매일 꼬박꼬박 병사들이 죽어가고 있었다.

지옥기사단이라는 집단과 그 아래에 딸린 병사들은 이른바 엘리트들의 집단이다. 그런 그들은 어떤 상황에서라도 살아남을 수 있을지 모르지만 다른 병사들은 그렇지 않았다. 물론 그들은 다른 국가의 병사들에 비하면 강한 병력들이지만 연속적으로 괴물들과의 전투를 치러낼 수 있을 만큼의 정신력과 체력이 있을 거라고 생각하지는 않았다.

"차라리 우리 쪽에서 공격을 하는 게 낫지 않은가?"

하프 오거인 케딜은 그렇게 푸념하고 있는 다른 대장들을 바라보며 답답하다는 듯이 소리쳤지만 돌아온 아케보니안의 대답은 상당히 절망적이었다.

"저 성을 공략하려면 솔리드 캐슬이 앞으로 진격해야 하는데… 적이 그만큼 우리를 가만히 놔둘 것 같지는 않네. 꼭 그것만이 아니라도 지금 우리는 적의 공격을 막는 것 자체로도 벅차. 지금 이 상황에서는 별수없네. 게다가 적의 병력은 계속적으로 보충되고 있어. 어떤 형식으로 보충되진 모르지만, 그 비밀은… 저 성안에 있겠지. 하지만 우린 그 비밀을 모르네. 이런 상태에서 선공을 할 수는 없어."

"차라리 칼스에 마법사를 요청하는 건 어떨까요?"

"글쎄……."

아케보니안은 칼스의 마법사를 요청하는 것이 커다란 도박인 것을 알고 있었다. 그런 고급 마법사를 공짜로 보내줄 만큼 국가 간의 관계라는 것은 녹녹한 것이 아닌 것이다. 후에 전쟁에서 승리할 경우 많은 금과 다른 노동력, 기술들 같은 것을 제공해야 할지도 모르며 심할 경우에는 내정 간섭까지 영향을 받을 수도 있었다. 네스트와 같이 중앙과 지방의 연결 고리가 튼튼하지 못한 나라의 경우는 그런 내정 간섭은 상당히 치명적인 결과를 낳게 된다. 비록 두 나라의 관계가 상당히 긍정적인 관계라고는 하지만 지금도 칼스에서 받는 내정 간섭은 꽤 심한 편이었다.

"저어, 분명히 이 현상은 마법을 사용한 게 아니라면 불가능하다고 생각합니다. 아무래도 마법사들을 요청하는 것이……."

키즈린은 흑아의 말에 동조하듯 조용히 말했다. 확실히 이대로라면 전쟁에서 승리할 수 없었다. 지금 최선결의 문제는 적을 쓰러뜨리고 이 전쟁에서 승리하는 것이었고, 그것을 위해서라면 어떤 일이든 벌여야 했다. 아케보니안은 키즈린의 말에 고개를 끄덕이고 자리에서 일어섰다.

"국왕 폐하께 말씀드려 보겠네."

"일어났냐?"

룬은 눈을 뜨고 나서 뭔가가 자신의 어깨를 가볍게 두드리는 것을 느끼고 몸을 일으켰다. 룬은 자신이 난로 앞에서 졸고 있었다는 것을 얼마 지나지 않아 눈치 챌 수 있었고, 자신의 등 위에 모포가 덮여져 있다는 것도 금방 눈치 챌 수 있었다. 리테일은 그런 룬을 조금 한심하다는 듯한 표정으로 바라보았다.

"술 약한 건 여전하구나. 괜찮냐?"

"예……."

룬은 머리가 웅웅거리는 것이 상당히 나아졌다는 것을 느끼고 고개를 끄덕거렸다. 하지만 곧 룬의 머리 속은 다시 혼란스러워졌다. 리테일은 무슨 용도인지 서슬 시퍼런 도끼를 들고 자신의 뒤에 서 있었다. 룬은 잠시 동안 리테일의 도끼에 대한 용도를 생각하려 했지만 저런 도끼가 쓰일 곳은 그다지 많지 않았다. 뭔가를 부수거나, 혹은 죽이거나.

"그건⋯⋯."

"말로 하는 것보다는 행동으로 하는 게 더 편하다고 생각돼서 말이다."

"뭘 말입니까?"

"어제 네가 나에게 물었던 것들 말이다. 내가 오늘 대답해 준다고 하지 않았냐?"

그랬다. 룬은 리테일에게 그 대답을 듣기 원했었다. 하지만 리테일은 룬이 알지 못할 행동을 취하고 있었다. 흠집이 많은 레더아머를 걸치고 거대한 양손 도끼를 들고 있는 리테일의 모습은 전투에 임하기 전 용병의 모습과 별로 다를 바가 없었다. 도대체 무슨 대답이란 말인가?

"무기나 방어구는 있겠지? 가지고 나와봐."

룬은 리테일의 말에 군말없이 고개를 끄덕거리고 즉시 행동을 취했다. 룬은 가방 속에 들어 있던 건틀릿을 꺼내고 벽에 세워져 있던 이터를 잡아 들고 잠시 생각했다. 도대체 리테일이 무슨 생각을 가지고 있는 것인지. 하지만 지금의 룬은 그런 리테일의 생각을 읽을 수 있을 만큼의 능력이 없었다. 이윽고 룬은 리테일의 앞에 섰다. 리테일은 의자 하나에 앉아서 그런 룬의 모습을 바라보다가 다시 입을 열었다.

"장비해라."

"예?"

"거참… 오랫동안 안 본 사이에 귀가 안 좋아진 거냐?"

룬은 최면에라도 걸린 것처럼 건틀릿을 팔에 끼우고 가죽 끈을 조여 매었다. 룬이 건틀릿을 장비하는 사이에 리테일은 얇은 모포를 차곡차곡 접고 있었다. 곧 룬은 몇 번 주먹을 쥐었다 펴며 리테일을 바라보았고, 리테일은 고개를 끄덕거리며 의자에서 몸을 일으켰다.

"좋아, 가자."

룬은 리테일의 뒤를 아무 말 없이 뒤따랐다. 이미 바깥은 어둡다 못해 암흑이 무서울 정도로 깊게 깔려 있었다. 상당히 늦은 시간이라서 그런지 창문 틈 사이로 스며 나오는 작은 빛조차도 존재하지 않았다. 이런 작은 마을에는 커르니안이나 디스터처럼 밤에도 사방을 밝혀주는 가로등 같은 것도 없었다. 하지만 두 남자는 그런 어둠이 아주 익숙한 듯 거침없이 길을 걸었다. 물론 둘의 차이점은 있었다. 리테일은 앞서 가고 있었으며 룬은 영문도 모른 채 리테일의 뒤를 쫓고 있었다.

두 사람의 행진은 마을이 약간 멀어진 벌판에서 끝났다. 누렇게 말라 버린 풀들이 밤바람을 맞아 시원한 소리를 내는 벌판에서 리테일은 걸음을 멈추고 뒤를 돌아봤다.

"이쯤이면 되겠군."

달빛을 받아 빛나는 도끼의 모습이 룬의 눈 속으로 깊이 파고들었다. 어두운 벌판에서는 빛을 잘 반사할 수 있는 금속이 눈에 잘 띄기 마련이다. 룬은 도끼가 서서히 움직이는 것을 보고 이터의 검집을 꽉 움켜쥐었다.

"그럼 간다."

룬이 리테일의 말에 대해 미처 반응하기도 전에 도끼가 번뜩였다.

둘의 간격은 꽤 있었지만 리테일은 그 거리를 순식간에 좁혀 들어왔다. 도끼는 둘 사이에 흐르던 겨울바람의 허리를 끊어놓고 아무 영문도 모르고 있던 룬의 머리를 향해서 돌진했다. 하지만 룬의 몸에 깃들어 있는 생존 본능은 결코 만만한 것이 아니었다. 룬의 몸은 머리가 미처 반응하기도 전에 자신을 향해 내려쳐지는 도끼를 피해내고 순식간에 이터를 뽑아 들었다. 룬은 막 자신을 향해서 공격을 퍼부은 '적'을 향해 무의식 중에 이터를 휘둘렀지만 그 '적'은 넓은 도끼의 날로 이터를 막는 것과 동시에 튕겨내며 비어버린 룬의 몸에 발길질을 날렸다. 룬은 급히 그 발길질을 왼팔로 막으며 뒤로 물러섰고 '적'도 약간은 뒤로 물러섰다.

"리테일……?"

모든 것이 무의식 중에 일어난 일. 하지만 리테일은 룬이 말을 꺼내는 것을 원하지 않는지 금방 자세를 회복하고 도끼를 횡으로 휘둘렀다. 이번에 룬은 본능에만 방어를 맡기지 않았다. 룬은 자신의 어깨를 향해 대각선 방향으로 내려쳐지는 도끼를 슬쩍 피해내며 건틀릿이 끼워져 있는 왼쪽 주먹으로 도끼의 넓은 날을 후려쳤다. 당연히 도끼는 진로를 상당히 틀어져 버리며 주인의 몸을 비틀거리게 만들었고, 룬은 공격을 하는 대신 도끼를 후려친 탓에 상당히 저려진 주먹을 움직이면서 뒤로 물러서 말을 끝맺었다.

"무슨 짓입니까!"

분명히 살기가 실린 날카로운 공격이었다. 그런 공격이 아니라면 룬의 몸이 그렇게나 격렬하게 반응할 이유가 없을 것이다. 장난으로 하는 정도라면 아무리 불의의 일격이라고 해도 의식이 먼저 반응하기 마련이다. 하지만 의식이 먼저 발동할 틈도 없이 룬은 생존본능이 지시하는 대로 움직여야 했다. 잘못했으면 정말로 둘 중에 하나는 죽었을 지도 모르는 상황. 하지만 리테일은 룬의 외침에 아무런 대답 없이 다시 자세를 잡고 룬을 경계했다.

"리테일……."

본능적으로 검격은 나갈지 모르지만 단지 그뿐이었다. 룬의 정신은 본능을 눌러 이터가 리테일을 상처 입히지 못하게 했다. 아무리 해도 룬은 감히 리테일을 향해 검을 휘두를 수 없었다.

룬이 그런 짤막한 생각에 빠져 있을 동안 리테일은 다시 룬을 향해서 달려들었다. 룬의 전투 방식은 리테일도 잘 알고 있을 수밖에 없었다. 리테일은 룬이 정신을 차린 이후부터 계속 룬과 같이 살아왔었으니까.

도끼가 짧게 휘둘러지며 룬의 움직임을 견제했다. 도끼로 빠른 움직임을 보이는 것은 팔 힘이 꽤 센 정도로는 불가능한 일이다. 룬은 새삼스레 리테일이 예전과 다를 바 없이 정정하다는 것을 깨달았다. 하지만 곧 룬은 그 공격을 피하는 데 전력을 다 쏟아야 했다. 따지고 보면 너무나도 불공평한 전투였지만, 룬 자신이 리테일에게 상처를 입히고 싶어하지 않았기 때문에 누구에게 불평할 수도 없는 노릇이었다.

"도대체 왜 이러시는 겁니까!"

"잔소리 말고 덤벼봐! 잘못하면 죽는다!"

이번에는 아까와는 달리 대답이 돌아왔지만, 그 대답은 리테일의 지금 행동에 대한 해답은 아니었다. 룬은 더 이상 말할 틈 없이 거칠게 몰아치는 공격을 피해내야 했다. 그때 룬의 머리 속에서 아주 익숙한 누군가의 목소리가 들려오기 시작했다.

'적이다. 뭘 하고 있는 거지?

“적이… 아니야.”

‘너를 죽이려고 하고 있다. 얌전히 죽어줄 생각이냐? 루니안!’

“닥치란…….”

룬은 그 목소리에 신경을 쓰느라 순간 도끼의 공격을 피해낼 타이밍을 잃어버리고 말았다. 룬은 막 자신의 어깨를 향해 돌진해 오는 도끼를 왼팔로 막는 수밖에 없었다. 강한 충격이 건틀릿을 지나 그대로 룬의 팔을 내리눌러 꺾어버리려고 했지만 룬은 스스로 몸을 뒤로 날렸다. 충격의 상당 부분은 공중에 무의미하게 흩어지고 말았고, 뒤로 날려간 룬은 아직도 저려오는 왼팔을 붙잡으며 급히 자리에서 일어섰다.

“이 녀석! 움직임이 갑자기 느려졌잖냐!”

‘그렇다, 저 남자는 지금 너를 죽이려고 하고 있다. 얌전히 죽어줄 생각인 거냐? 한번 더 죽고 싶은 거냔 말이다!’

차라리 귀를 막아버리고 싶었지만 룬은 대신 이를 악물고 이터를 바로잡았다. 환영이나 환청이 아니었다. 분명히 누군가가 룬의 머리에 대고 직접 말을 하고 있었다. 그리고 룬은 그 목소리의 주인공이 자신의 주위 어디엔가 있다는 것을 알 수 있었다.

‘난 리테일을 죽이지 않아.’

‘네가 죽는단 말이다! 후회하지 않을 자신이 있나? 네가 죽는데도 후회하지 않을 자신이 있냐는 말이다!’

룬은 대답 대신 이터를 역수로 틀어 잡고 리테일을 향해서 돌진했다. 리테일은 룬이 자신을 향해서 돌진해 오자 침착하게 도끼를 잡고 방어할 태세를 취했다. 하지만 룬은 리테일을 해칠 생각은 없었다.

‘그래, 후회하지 않을 자신은 없다. 하지만 리테일을 죽이고 나서 후회하지 않을 자신도 없어.’

목소리는 순간 침묵했다. 존재 자체가 사라진 것은 아니었다. 룬의 귓가에서는 그 존재의 숨소리가 느껴졌다. 하지만 그런 것에 신경 쓸 틈은 없었다. 짧은 시간에 룬은 리테일의 바로 눈앞까지 쇄도해 들어 갔고, 룬은 자신을 향해서 짧게 휘둘러지는 도끼를 아주 살짝 피하며 날의 옆을 왼쪽 주먹으로 밀어버렸다. 도끼는 궤도를 틀어 룬의 얼굴 가를 스치고 지나갔고 룬은 그대로 도끼의 자루를 붙잡아 리테일이 더 이상 도끼를 휘두르지 못하게 만들었다.

리테일은 룬이 자신의 도끼를 잡자 급히 손을 놓고 룬의 배를 걸어 차려 했지만 룬은 리테일이 취할 행동을 미리 읽고 있었다.

퍽!

룬은 어깨로 리테일의 몸을 강하게 밀어냈다. 리테일의 몸이 공중에 붕 떠올랐고, 그 다음 순간 리테일의 등 뒤로는 차가운 땅바닥이 자리 잡았다. 리테일은 재빨리 몸을 일으키려 했지만 막 일어나려는 리테일 의 목 앞에는 날카로운 이터의 칼날이 자리를 잡아 리테일의 행동을 중지시켰다.

"다시 말하겠습니다. 도대체… 왜 이러시는 겁니까, 리테일."

룬의 목소리에는 고통스러움이 가득 묻어났다. 자신의 아버지나 다 름없는 존재에게 검을 들이댄다는 것이 가슴속 깊은 곳에서부터 아파 왔다. 하지만 리테일은 눈을 감아버리고 가쁜 숨을 몰아쉴 뿐 아무런 대답도 하지 않았다. 룬은 그런 리테일의 목에 검을 겨누고 한참 동안 씩씩거렸다. 그리고 귓가에서 떠들던 그 목소리도 계속 침묵을 지켰 다. 리테일은 잠시 후 한숨을 길게 내쉬며 눈을 떴다.

"왜 찌르지 않았냐?"

"예?"

이상한 질문에 룬은 순간 멍한 표정이 되어 희미한 웃음을 짓고 있는 리테일의 얼굴을 내려다보았다. 리테일은 힘을 써서 자리에서 일어났지만 룬은 아무런 반항도 하지 않고, 오히려 이터를 치워 리테일이 자리에서 일어나는 것을 막지 않았다. 용병으로는 낙제점을 줘도 모자를 행동이었다.

"지금도 그렇고 말이다. 왜 나를 찌르지 않은 거냐?"

"제가 리테일을 찌를 수 있을 리가 없잖습니까?"

"왜? 예전의 너라면, 내가 너를 죽일 의사가 있다는 것을 알았다면 주저없이 검을 휘둘렀을 텐데."

방금 전까지만 해도 서로를 거의 죽일 듯이 싸우던 둘은 그렇게 차가운 벌판에 주저앉아 대화를 나누고 있었다. 방금 전까지만 해도 두 사람의 열기로 후끈 달아올랐던 벌판은 다시 차가운 겨울바람에 의하여 싸늘하게 식어 있었다.

"예전에 내가 알고 있는 네 녀석이라면 내가 첫 번째 공격을 했을 때 이미 죽어 있을 거다. 그런데도 네 녀석은 고집스럽게 나에게 검을 휘두르는 것을 마다했지. 잘못하면 정말로 죽었을지도 모르는데도 말이다."

룬은 아무 말도 하지 않았다. 맞는 소리였다. 리테일이 마음만 제대로 먹었다면 룬이 이길 가능성은 조금도 없었다. 아무리 빈틈을 보여도 자신을 공격하지 않는 상대를 처리하는 것은 너무나도 쉬운 일이었다.

"하지만 저는 리테일을… 죽일 수 없습니다."

"흠, 그래그래, 어차피 제대로 된 대답은 나오지 않을 테니까 왜라고는 묻지 않겠다. 하지만 넌 지금 너의 행동에 후회를 하고 있냐?"

룬은 전혀 망설이지 않고 고개를 저었다.

“하지만 도대체 왜 이런 짓을 하신 겁니까?”

“말로 설명하면 네 녀석이 제대로 못 알아들을 것 같아서 말이다. 검 실력은 전혀 줄지 않았지만… 검을 쓰는 용도는 상당히 바뀐 것 같군.”

“그건…….”

“아직 말 안 끝났다. 끝까지 들어라, 이 녀석. 네가 검을 어떻게 쓰던지 아무도 상관하지 않을 거다. 물론 자기가 검 좀 배웠다고 설치는 삼류 기사들은 남이 쓰는 검술을 가지고 시비를 걸기도 하지. 하지만 룬, 만약 누군가 너에게 그런 것으로 시비를 걸었다고 해서 검술을 바꿀 수 있겠냐?”

“…아뇨.”

“너는 지금 한 행동에 대해서 후회하지 않는다고 했었지? 그건 아마도 네 녀석이 예전과 같은 용아병은 아닌 거라는 말일 거다.”

룬에게 용아병이라는 단어의 의미는 두 가지가 있었다. 용의 이빨로 생명을 얻는 마법 생명체들. 실재로 용아병을 만드는 데 사용되는 것은 나이가 많은 와이번의 이빨이지만 그 이빨에서 탄생하는 용아병의 강함은 용아병이라는 이름에 걸맞았다. 그들은 항상 자신의 소환자의 명령만을 따랐고, 명령이라면 자신의 몸이 부서져도 그 명령을 완수했다.

그리고 두 번째로 룬의 별명으로써의 용아병이라는 의미였다. 적이 있으면 벤다. 걸리적거리는 건 치운다. 자신의 의지는 있지만 감정이 없고 죽어도 적을 베어 쓰러뜨리는 룬에게 그런 용아병이라는 별명이 누구에게보다 어울렸다.

“갑자기 많은 감정과 의지가 떠올라서 힘들지도 모르지만 말이다. 인간이란 그런 존재다. 자신이 모르는 일에 대해서는 의심을 가지고 의문을 가지지만 그 답은 자신의 안에 있지. 네 자신을 믿고 따라라. 너를 가르치고 배우게 만들어주는 것은 타인이 아니야. 내가 하는 말을 듣고 그 말을 나름대로 생각하고 받아들여야 하는 건 바로 너다. 그 잘난 성직자들이나 마법사들도 아니고 용병 생활에 뼈가 굳어버린 노친네들도 아니야. 알겠냐, 이 바보 녀석아?"

차가운 밤바람이 몰아닥쳤지만 룬의 몸은 점점 뜨거워지고 있었다.

'믿고 있었던 걸까?'

리테일은 지금 이곳에 있는 자신이 몇 년 전에 그의 곁에서 떠났던 그 룬과 다르다는 것을 확신할 수 있었을까? 잘못했으면 정말로 목이 달아났을 수도 있었을 것이다. 겨울의 차가운 붉은 달빛이 룬의 가슴 속으로 스며들었다. 만약 자신이 그 목소리에 졌다면, 그리고 과거의 자신이 가졌던 감정 그대로 검을 휘둘렀다면 리테일은 아마도 싸늘한 시체가 되어 이곳에 누워 있었을 것이다. 그런 생각을 하니 룬은 가슴 속이 싸늘해짐과 동시에 심장 박동이 빨라지는 것을 느낄 수 있었다.

"너를 믿어라. 네 자신이 생각한 걸 믿는 거다. 너는 그 레전트라는 마법사의 선택이 틀리다고 생각했다 했었지? 그렇다면 네 생각을 믿는 거다. 정답을 찾으려고 하지 마. 언제나 이 세상을 살아가면서 답은 변하는 법이니까. 물론 너무 자기 자신만을 믿는 외골수는 되면 안 되겠지만 말이다."

룬은 수업을 듣는 학생처럼 시선을 땅에 못 박은 채 리테일의 말에 귀를 기울였다. 리테일은 자리에서 엉덩이를 툭툭 털고 일어서며 허리를 쭉 폈다. 몸을 이렇게나 격렬히 움직인 것은 굉장히 오랜만에 있는 일이었다. 그동안 계속 잡화상에 처박혀 있었던 것은 아니지만 그래도 이런 움직임은 이제 그에게 있어서 꽤 힘든 것이 되었다.

“그리고 그 소녀에 대한 생각은 시간이 지나면 알게 될 거다. 지금은 그저 그런 거라고 생각해 둬.”

넌 바보가 아니니까 알게 될 거다. 리테일은 일부러 뒷말을 숨기고 대신 빙긋 미소 지었다. 룬은 리테일의 앞에서 벌을 받는 학생처럼 얌전히 앉아 있었다. 리테일은 그런 룬의 어깨를 툭툭 치며 일으켜 세웠다.

이제 리테일이 룬에게 해줄 수 있는 말은 끝났다. 리테일은 룬이 자신의 말과 행동을 어떻게 받아들일지는 룬의 자아에 맡기기로 했다.

*   *   *

“불행하지 않았던 거면 되는 거야?”

레전트는 약간 자조적인 웃음을 지으며 뒷말을 생각하고 있는 룬에게 말했다. 룬은 레전트의 말에 잠시 입술을 깨물고 있다가 고개를 내저었다.

“나는 다시 디이리스를 만날 거다.”

“뭐?”

“나는 디이리스가 정말로 마지막을 원했을 거라고 생각하진 않는다. 디이리스에게는 그게 최선이었겠지만 나에게는 아니야.”

“그녀가… 너를 위해서 마지막으로 내린 결정을 무시하는 거냐, 너는?”

“디이리스가 정말로 그렇게 생각했을 거라고 생각하나? 디이리스가 정말로 그걸 원했다고 생각하나? 그래, 너를 사랑했었다고 하는 그 여자도 정말로 너와의 마지막을 원했을 거라고 생각하나?”

퍽!

　레전트는 주먹을 휘두른 후 어젯밤 와이번과 싸우며 입었던 상처가 약간 벌어지는 아픔에 이를 악물었고 룬은 레전트의 주먹에 맞아 얼굴을 약간 돌린 채 말을 계속했다.

　"현실에 굴복하는 건… 싫다. 나는 나로서 디이리스와 다시 만나고 말 거다. 이게 지금 내가 말할 수 있는 내 답이다."

　"…건방진 놈 같으니. 게다가 그 답이란 것도 동문서답이잖아!"

　겨울이지만 따뜻한 햇살이 두 사람의 사이를 파고들었다. 레전트는 자신을 사랑했던 여자가 자신을 위해서 희생된 것이 후회스러웠다.

　힘이 없고 그럴 의지조차 없었던 어린 나이였을 때 벌어진 일이지만… 후회스러웠다. 그래서 레전트는 지금의 룬에게 새로운 대답을 듣고 싶었던 걸지도 몰랐다. 그때의 자신과 같은 상황이면서 자신과 다른 의지를 가지고 있는 룬 크리셔드라는 인간에게.

　"꺼져, 임마. 꼴도 보기 싫다."

　퉁명스러운 말과는 다르게 창문을 바라보는 레전트는 얼굴에는 희미한 미소가 떠올라 있었다. 하지만 룬은 레전트가 어떤 감정에 빠져 있는지 몰랐다. 룬은 잠시 레전트의 뒷모습을 바라보다가 출렁이는 차원의 틈새를 향해 손을 들이밀었다.

　"어쨌든 건방지게 내가 했던 일을 그대로 따라하는 건 사양이라고. 쳇."

　레전트는 룬이 거울 안으로 사라지자 가볍게 손가락을 퉁겨 거울의 표면을 봉인시킨 후 밖으로 걸어나갔다.

Chapter 5 전야

4

"오늘도… 오겠지?"

한 병사의 무심한 목소리는 그 근처에 있던 병사들에게 별다른 감정을 낳게 하지 못했다. 이미 그들의 머리 속에서는 죽음이라는 단어가 절대 지워지지 않을 정도로 뿌리 깊게 박혀 있었다. 전투에서는 간간이 승리하고 패배하기도 했다. 하지만 승리하든 패배하든 그들은 전투가 한 번씩 치러질 때마다 자신의 주위에 있던 눈에 익은 얼굴들이 사라지는 것을 어렵지 않게 눈치 챌 수 있었다.

적의 공격 방식은 너무나도 단순했다. 몇 번 겪어보면 패턴을 눈치 챌 수 있었고, 피해는 최소로 줄일 수도 있었다. 하지만 적은 끝없이 쳐들어왔다. 병사들은 이런 장기전에 엄청난 피로를 느낄 수밖에 없었다. 게다가 적은 이쪽과는 달리 지치지도 않고 계속 공격을 가해왔다.

"오늘은… 어떻게든 살아남을 수 있을까?"

"닥쳐, 그런 재수없는 소리 계속하면 산 채로 묻어버리겠어. 알았어? 앙?!"

"누굴 산 채로 묻는다고? 해봐라, 이 개새끼야! 해봐!"

하지만 두 병사는 말로만 그렇게 떠들 뿐 상대방을 땅에 파묻으려하거나 하지는 않았다. 병사들을 통솔하고 있는 부대장들도 그런 병사들의 행동을 나무라지 않았다. 저렇게 쉴 새 없이 떠들지라도 않으면 불안감에 미쳐 버릴지도 몰랐다. 병사들은 그렇게 쉴 새 없이 욕을 뱉어가며 아직 자신의 옆에 있는 동료가 살아 있다는 것을 확인했다.

"저, 저기!"

그때 한 병사가 지평선 저 너머를 가리키며 소리쳤다. 넓은 대지에는 적의 급습을 우려하여 수거하지 못한 시체나 병장기, 그리고 부서진 뼛조각들이 널려 있었다. 그리고 그 대지를 누군가가 걸어오고 있었다. 한 병사는 급히 하늘 위에 떠 있는 태양을 확인했다. 아직 적이 공격해 올 시간은 아니었다. 하지만 거대한 몸집의 검은색 풀 플레이트로 온몸을 감싼 그는 느리지만 확실히 전선을 향해서 다가오고 있었다.

"궁수대 준비! 경, 중장보병 전투 태세!"

그가 다가오고 있는 전선의 병사들을 지휘하고 있던 부대장은 그다지 유능하지는 않았지만 용병 출신답게 머리 회전이 빨랐다. 네스트의 중앙부대는 과거에 용병단이었고, 현재도 용병단에 가까운 모습을 띠고 있었다. 다른 국가들에 비하면 어설프고 이상한 군대 형식일지도 모르지만, 지옥기사단을 비롯한 중앙 용병대는 명실공히 최강의 지상군이었다.

"목표는 저 괴물이다! 궁수대! 사정 봐주지 말고 일제히 발사!"

　부대장은 급히 손을 내렸고, 수십 발의 쿼렐과 화살들은 한 하나의 목표를 향해서 쏟아졌다. 어쩌면 단 한 명의 적에게 이런 공격을 퍼붓는다는 것 자체가 쿼렐과 화살을 낭비하는 것일지도 모르지만, 부대장은 저 검은 갑옷의 기사가 싸우는 것을 봤고 겪었기 때문에 결코 화살을 낭비하는 거라고 생각하지는 않았다.

　저 기사는 말 그대로 괴물이었다. 골각수나 해골귀도 당연히 그들이 상대하기에는 엄청난 적이었지만 저 기사는 일당천이라는 호칭이 무엇을 말하는지 확실히 그들에게 보여줬다. 그 증거로 지금 그 기사는 수많은 쿼렐과 화살들을 몸으로 튕겨내며 이쪽을 향해 천천히 걸어오고 있었다. 부대장은 병사들에게 명령을 내린 후 급히 품속에서 동그란 동판을 꺼내서 외쳤다.

　"응답바랍니다! 현재 적의 '흑기사' 와의 교전이 시작됐습니다!"

　[알겠습니다.]

　답변은 간단했다. 하지만 부대장은 그 알았다는 답변 한마디에 어느 정도 안도할 수 있었다. 쓸데없이 긴 대답과 보고는 오히려 활동을 할 시간을 줄이게 만든다. 지옥기사단은 말보다 행동이 앞서는 기사단이었다.

　그 흑기사로부터 전선의 거리는 불과 2, 3백 미터. 쿼렐과 화살들은 단지 그의 걸음이 약간 늦춰지게 할 뿐 더 이상의 효과를 가져다주지 못하고 있었다.

　"대장님! 계속 쏴야 하는 겁니까?!"

　"그럼 죽을래?! 무조건 쏴! 보병부대랑 저놈이랑 섞이면 피해가 늘어난다!"

　부대장은 자신에게 비명과도 같은 목소리로 질문하는 병사에게 역시 비명과 같은 목소리로 답했다. 도저히 어떻게 할 방법이 없었다. 분명히 보병부대와 저 기사가 마주치게 된다면 피해는 걷잡을 수 없이 불어나게 될 것이 뻔했다. 저 기사가 단 한 번 헬버드를 휘두르면 그 헬버드의 운동 방향에 존재했던 병사들은 몸이 두 개로 분리되거나 산산이 부서지며 몇십 미터나 튕겨 나가야 했다.

부대장은 잠시 왜 저 흑기사가 싸울 시간이 되지도 않았는데 이쪽으로 걸어오는지 생각했다가 고개를 내저었다. 이건 전쟁이었다. 그런 사투 속에서 시간을 정해놓고 쳐들어오는 것이 오히려 미친 짓인 것이다.

키이잉―

순간 대기가 찢어지는 비명을 내질렀다. 보통 사람이라면 한 방만에 걸레가 되어버릴 만큼 위력적인 포탄이 전선을 향해 걸어오고 있는 시드리칸을 중심으로 날아들었다. 마치 자로 잰 듯한 포격에 시드리칸의 주위에는 순식간에 먼지가 피어 올랐다. 에이션트 와이번이라고 해도 꼼짝도 못하고 걸레가 되어버릴 정도의 포격에 부대장들은 급히 공격을 중지시켰다.

화약의 힘으로 포탄을 발사하는 대포는 사실 육상전에서는 그다지 쓸모가 없는 물건이었다. 해상전이라면 적의 배를 대포 한 방에 격침시킬 수도 있지만 육상전에서는 성과 같은 구축물을 부술 것이 아니라면 그다지 쓸모가 없었던 것이다. 하지만 네스트의 경우에 다른 나라와는 달리 서식하고 있는 거대 몬스터가 많았다. 그런 거대 몬스터에게는 일반적인 칼이나 창 등의 공격보다는 포격술이 효과적이었고, 그런 환경에 따라 네스트에서 포격술은 점차 발달하게 됐다.

잠시 후 포격은 멈추자 모든 병사들은 숨을 죽인 채 그 폭발의 중심을 노려보았다. 그리고 곧 그들의 입에서는 비명과도 같은 신음이 터져 나왔다.

"오… 신이시여."

"빌어먹을! 뭐야, 저건!"

"괴, 괴물이다! 저걸 어떻게 이기라는 거야, 도대체!"

병사들의 신음은 각각 달랐지만 그 이유는 단 한 가지였다. 시드리칸은 아무 일도 없었다는 듯 계속 병사들이 모여 있는 곳을 향해서 걸어오기 시작했다. 이제 전선과 시드리칸의 거리는 불과 백 미터도 되지 않았다. 병사들은 패닉을 일으키기 시작했고 부대장들은 그런 병사들을 추스르느라 노력해야 했다.

"비켜! 죽고 싶지 않으면 비켜!"

죽고 싶은 사람이 있을 리가 없었다. 그들은 뒤에서 들려오는 목소리에 급히 길을 비켰고, 병사들 사이에 난 길로 두 남자가 뛰어왔다. 제마이드는 양손에 롱 소드를 들고 병사들의 사이로 바람과 같이 빠져나왔다. 다른 사람들에 비하면 훨씬 커다란 몸집의 케딜도 거대한 전투도끼를 들고 병사들을 헤치며 앞으로 달렸다. 이들은 지금 이곳에 있는 지옥기사단 중에서 킹 오브 머셔너리, 용병왕을 제외하면 근접전에서 가장 유능하다고 볼 수 있는 전력이었다.

철컥―

마침내 시드리칸은 자신을 향해 달려오고 있는 두 명의 남자를 바라보고 걸음을 멈춰 세웠다. 일단 이것만으로도 제마이드와 케딜은 첫 번째 목적을 달성한 셈이었다.

"무슨 일이시지? 부하도 끌고 오지 않고. 정면으로?"

제마이드는 저 흑기사의 실력이 절대로 보통이 아니라는 것을 간과하지 않았다. 하지만 시드리칸은 헬버드를 휘둘러 둘을 공격하는 대신 인간 같지 않은 목소리로 말문을 열었다.

"제안을 하려고 왔다."

"용서라도 빌어보려고 그러나? 하지만 아무리 그래도 왕께서는 너희를 용서할 생각이 없으실걸?"

"용서? 누가 누구에게 용서를 빈다는 말인가?"

너무나도 당연하다는 듯한 목소리였다. 시드리칸의 목소리는 마법이라도 실린 것처럼 멍하게 서 있는 병사에게 울려 퍼졌다. 누구나 들을 수 있도록.

"나의 주인님은 너희들이 더 이상 고통에 떠는 것을 바라지 않으신다. 나의 주인님을 따라라. 그러면 너희는 신이 인간에게 준 가장 큰 벌인 죽음과 전생을 영원히 피할 수 있게 될 것이다. 그리고 힘을 얻을 것이다."

"이봐, 흑기사. 네 주인인 이벨은 반역을 꽤한 반역자일 뿐이다. 마법 좀 쓰고 고대 지식을 좀 뒤졌다고 네 주인이 신이 될 거라고 생각하는 건가? 더 이상 개소리하지 말고 꺼지시지!"

만약 제마이드의 목소리가 모든 병사들에게 들렸다면 병사들의 사기는 떨어지지 않았을지도 몰랐다. 하지만 병사들은 시드리칸의 말만을 들어야 했고, 그들은 정신적인 혼란에 빠질 수밖에 없었다.

"다시 말하겠다. 한 번의 죽음은 영원한 생명이 될 것이다. 더 이상 고통에 몸부림치며 죽으려 하지 마라. 어차피 너희들의 길은 하나다. 그 길을 고통스럽기 갈지, 편안하게 갈지는 너희들의 의지다."

시드리칸은 더 이상 말을 들으려고 하지 않았다. 시드리칸의 등 뒤에서 거대한 검은 날개가 펼쳐졌고 제마이드는 급히 검에 마력을 실었다.

"기한을 주지. 인간은 후회하고 망설이기 마련이니까. 앞으로 사흘이다. 사흘 후 나의 주인님에게 감히 대항하는 자가 있다면 그는 억겁의 시간 동안 계속될 고통 속에서 죽어갈 것이다!"

막 날아오르려 하는 시드리칸의 갑옷에 제마이드의 검기가 작렬했지만 검기는 시드리칸의 갑옷에 조금의 흠집도 새기지 못했다. 제마이드는 이를 악물며 다시 한 번 검기를 끌어올렸지만 시드리칸은 그런 제마이드의 태도에는 관심없다는 듯 하늘로 날아올랐다.

"앞으로 사흘이다, 인간들이여."

시드리칸은 그렇게 웅성거리기 시작하는 인간들을 놔두고 성을 향해 날아가 버리고 말았다.

"무슨 생각일까요?"

키즈린은 걱정이 가득 담긴 목소리로 중얼거렸다. 다른 이들에 비하면 감정이 풍부한 편인 키즈린은 진심으로 병사들의 일을 걱정하고 있었다. 흑기사가 사라지고 나서 병사들 사이에서는 이상한 말이 떠돌았다. 그 흑기사가 내뱉은 말은 그만큼 현실성이 짙은 소리였다.

"날 수도 있으면서 일부러 걸어서 이쪽으로 오며 자신이 '무적'이라는 것까지 과시했죠. 솔직히 저도 자신없습니다. 포탄이 전탄 명중했다고는 볼 수 없지만… 저거 한 방이면 성벽도 가볍게 부서지는데."

케딜도 제마이드의 말에 입을 다물어 버림으로써 긍정을 표했다. 하프 오거인 그는 유난히 자존심이 강했고 힘에 관한 집착은 다른 존재에 비해 훨씬 더했다. 그런 케딜이 아무 말도 하지 않고 있다는 것은 그 흑기사의 강함이 어느 정도인지 역설하고 있었다.

"솔직히 나도 자신없다네."

"그럼 그냥 도망칠까요?"

"농담으로 받아들이겠네. 어차피 저놈들은 우리를 도망치게 만들지는 않을 거야. 내 예상이 맞다면 우리가 도망쳐도 상관없이 저 이벨의 영역은 점점 넓어질 거네."

"하지만 신력에 관한 부분을 다루니까 유용하게 써먹을 수 있을 거라고 생각한 성기사들은 칼받이 이상으로는 써먹지 못할 존재가 되어 버렸고, 솔직히 저희들의 힘으로는 그 뼈 괴물들을 이기는 건 절대 무립니다. 숫자도 계속적으로 보충되고… 이쪽은 살아 있는 인간이라 점점 지쳐 가고 있지 않습니까? 게다가 저 성기사 놈들은 완전히 자기 멋대로 행동하고 있잖습니까. 이쪽 전술에는 따르지도 않고 말입니다."

키즈린은 성기사들에 대한 언급이 나오자 놀란 고양이처럼 털을 곤두세우며 제마이드를 향해 손짓을 했지만, 제마이드는 그런 키즈린의 태도를 신경 쓰지 않고 말을 끝마쳤다.

"어쨌거나 시간은 벌었군. 병사들을 최대한으로 쉬게 하게. 칼스에서 마법사들이 이쪽으로 도착하기까지 나흘이 걸린다고 했으니 어떻게든 버텨봐야 하지 않겠는가. 그리고 병사들의 사기가 떨어지거나 할지도 모르니 병사들을 잘 관리하라고 부대장들에게 말해 두게."

어차피 끝까지 싸울 생각이었다. 그리고 죽을 생각도 없었다. 어떻게든 승리하여 살아남는다는 것이 지금 이쪽이 가지고 있는 생각이었다. 하지만 일반 병사들은 자기 자신에 비하면 말 그대로 신이나 다름없는 존재를 보고 어떤 생각을 품을 것인지 알 수 없었다.

싸울 의지가 없는 병사들을 데리고 전투를 하는 것은 소나 말을 데리고 전쟁을 하는 것보다 어렵다. 그것을 알고 있는 아케보니안은 문득 보통의 용병 마법사로서 전장을 떠돌던 시절이 더 행복했을지도 모른다고 생각했다. 적어도 그때는 자신의 안위만 걱정하면 됐지만 지금은 자신뿐만 아니라 부대, 크게는 나라 전체의 일을 신경 써야 했다.

'허어… 이제 와서 후회하면 뭐 하나.'

아케보니안은 고개를 절레절레 흔들며 자리에서 일어섰다.

"이만 해산. 다들 그만 쉬어두게."

비록 적은 밤에는 습격을 해오지 않았지만 병사들은 밤을 본능적으로 두려워했다. 인간에게 있어서 이질적인 어둠이라는 존재는 그렇게 병사들의 가슴속에 천천히 스며들었다. 별빛이나 달빛은 불침번을 서고 있는 병사들에게 별다른 위안을 주지 못했다.

"으… 으……."

낮에 그 흑기사가 하는 소리를 들었던 로카는 제대로 잠을 이루지 못하고 있었다. 이미 많은 사람들이 죽었고, 그것은 전쟁에서 당연하고 일상적인 일이었다. 하지만 그 흑기사의 존재는 로카가 잊고 있었다고 생각되는 죽음으로의 공포를 일깨웠다. 미묘하게, 복잡하게 감정을 뚫고 올라오는 공포는 암흑을 등에 업고 더 더욱 강하게 로카를 압박했다.

로카는 자리에서 일어났다. 정말로 이런 공포에서 벗어날 수 있고, 힘을 얻을 수 있다면… 그리고 죽음의 공포에 떨지 않아도 된다면…….

만약 로카가 제정신을 차리고 있었더라면 자살 같은 것은 꿈도 꾸지 않았을지 모른다. 하지만 피곤함에 흐리멍덩해진 정신은 어둠 속에서 스멀스멀 자라나는 공포에 이기지 못했다. 로카는 전투 전에 갈아두고 한 번도 쓰지 않아 종이도 자를 수 있을 만큼 날카롭게 날이 서 있는 단검을 품속에서 빼 들었다.

지 않게 찾을 수 있었다. 그는 인기척을 느꼈는지 고개를 들어 룬의 얼굴을 바라보았다. 후드로 가려져 있던 얼굴로 햇빛이 스며들자 은빛의 머리카락이 반짝였다. 룬은 그 머리카락을 보고 그가 누군지 어렵지 않게 유추해 낼 수 있었다.

"티아스… 어떻게 여기에?"

둘 사이에서는 잠깐 정적이 흘렀다. 하지만 티아스는 곧 자신이 룬에게서 질문을 받았다는 것을 생각해 냈고 품속에서 은빛으로 반짝이는 나이프를 꺼냈다.

"레전트가 이거 주면서 룬을 찾아오라고 했어요."

은빛으로 빛나는 나이프를 바라본 룬은 문득 자신의 품속에 있을 검은빛의 나이프를 생각해 냈다. 룬은 그런 것에 대해서 몰랐지만 어떤 물건을 추적하는 주문을 거는 것 중 가장 효율적이고 쉬운 방법은 서로 상반되는 기운을 가진 물체가 서로에게 반응하게 만드는 것이었다. 물론 추적당하는 사람이 눈치 채지 않게 하기 위해서는 그 반응은 추적하는 사람만이 알고 있는 것이어야 했기 때문에 겉보기에는 다른 반응이 없게 만드는 것도 재주라면 재주였다. 하지만 룬은 그런 원리를 알고 싶어하는 대신 엉덩이를 툭툭 털어 자리에서 일어나는 티아스를 바라보며 질문했다.

"몸은… 괜찮으신 겁니까?"

끄덕.

하지만 룬은 티아스의 끄덕임이 결코 진실일 거라고 생각하지는 않았다. 윤기가 넘쳐흐르던 티아스의 머리카락은 푸석푸석하게 변질되어 있었고, 인간에게서 찾아볼 수 없는 맑고 깊은 보라색으로 빛나던 눈동자도 빛을 잃고 있었다.

“일단 들어가지요.”

티아스는 예전과 다를 것 없이 무뚝뚝한 룬의 말에 아무 말 없이 고개를 끄덕였다.

Chapter 5 전야

5

쫙!

날카로운 검격이 대기를 가르자 검의 궤도상에 떠올랐던 나무 장작에 균열이 생기는 듯싶더니 어느새 네 조각으로 잘라진 장작이 땅에 떨어졌다. 만약 꽤 검을 쓰는 사람이 룬의 행동을 봤다면 아마도 자기 눈이 잘못됐을 거라고 생각하거나 수련이 부족하다고 산골 구석에 처박힐지도 몰랐다. 통나무를 샤벨 같은 검으로 자르는 것은 롱 소드로 플레이트 메일을 베어내는 것과 다르지 않을 정도로 어려운 일이다. 하지만 다행히도 지금 여관의 뒤뜰에는 룬 이외의 다른 사람은 존재하지 않았고, 룬은 다시 한 번 발치에서 구르고 있는 통나무를 위로 차올리고 재빠르게 이터를 휘둘렀다.

쫙!

아까와 다름없이 깨끗하게 잘려진 네 개의 나무 조각이 룬의 발치에

서 굴렸다. 룬은 엷은 빛이 휘감겨 있는 이터를 잠시 바라보았다. 곧
그 빛은 서서히 사라졌고, 룬은 머리 속에서 일정하게 느껴지던 두통이
사라진 것을 느꼈다.

“이 정도인가… 유지 시간은.”

리테일과 검을 섞은 그날 밤 이후로 갑작스럽게 룬의 머리 속으로
파고든 기억들은 룬을 혼란스럽게 만들고 있었다. 대부분 그 기억은
꿈속에서 룬의 머리 속과 몸에 각인되었고, 룬은 꿈에서 깨어나서도 그
기억을 잃어버리지 않았다.

“싸우는 방법… 인가?”

킬 블레이드를 발동시켜 오랫동안 유지시키고 진공파를 만드는 대
신 강력한 절삭력을 가진 무형의 날을 형성한다. 따지고 보면 단지 킬
블레이드나 디스트럭션의 응용법에 지나지 않지만 룬은 이 기억이 자
신의 주위에서 떠돌고 있는 ‘그’ 에게서 나왔다는 것을 어렵지 않게 눈
치 챌 수 있었다.

전에는 그가 자신의 과거에 강렬한 영향을 끼쳤던 어떤 인물의 환영
이라고 생각하기도 했었다. 하지만 그 환영은 스스로의 의지를 가지고
룬을 향해 외쳤다. 싸우고, 살아남으라고. 그 시점에서 그 환영 속의
남자는 더 이상 환영이 아니었다. 그는 마치 과거에 집착하며 사라지
지 못하는 인간의 망령같이 룬의 주위를 떠돌고 있었다.

“왜 당신은…….”

희미한 중얼거림은 때마침 불어온 북풍의 외침에 희미하게 흩어지
고 말았다. 룬은 한숨을 내쉬며 이터를 검집에 집어넣고 바닥에 떨어
져 있는 장작들을 모아 여관 안으로 들어갔다.

부엌에서는 노안이 커다란 냄비에 뭔가를 끓이고 있었고, 룬은 그녀

의 옆에 장작들을 쌓아두었다. 노안은 냄비 안의 내용물을 국자로 저으면서 룬을 향해 미안한 표정을 지었다. 룬은 가볍게 고개를 숙여 그 표정에 대한 답을 하고 자신의 방에 돌아가 침대 위에서 눈을 감고 있는 티아스를 내려다보았다. 티아스는 인기척을 느꼈는지 슬며시 눈을 뜨고 자신을 내려보고 있는 룬과 눈을 마주쳤다.

"피곤하시면 조금 주무서도 괜찮습니다만."

보통 때라면 인간과 접촉하는 것 자체를 꺼려했을 티아스가 거의 무방비인 상태로 널브러져 있는 모습은 룬에게 있어서 상당히 이질적인 모습이었다. 티아스는 룬의 제안에 고집스럽게 몸을 일으키더니 고개를 흔들었다.

"그냥. 조금. 힘이 없을 뿐. 이니까."

고집스럽게 고개를 흔드는 티아스의 얼굴은 상당히 피곤해 보였다. 이전의 룬이라면 티아스의 의견을 받아들여 이야기를 시작하려 했겠지만 지금의 룬은 달랐다. 룬은 고개를 흔들고 티아스를 억지로 눕힌 뒤 몸 위에 담요를 덮었다. 티아스는 그런 룬의 손길이 익숙하지 않은지 조금 버둥거리면서 반항했지만 룬과 눈이 마주치자마자 금세 얌전해졌다.

"제가 보기에는 몇 주 동안이나 죽은 듯 누워 있던 사람이 멀쩡할 거라고 생각하지는 않습니다. 레전트가 왜 당신을 나에게 보냈는지는 대충 예상이 되니까 일단 좀 쉬어두세요. 저는 그동안 준비를 하겠습니다."

"……."

잠시 자신의 말속에 섞여 있는 사람이라는 단어가 조금 어색하다고 생각한 룬이었지만, 이미 입 밖으로 나온 말은 주워 담을 수 없었다.

다행히 티아스는 그런 룬의 말에는 별다른 신경을 쓰지 않고 머리를 담요 속에 처박으며 눈을 감아버렸다.

간단한 아침 겸 점심 식사를 마친 룬은 리테일의 가게로 발걸음을 옮겼다. 이런 작은 마을에서 여행에 필요한 물품을 조달할 수 있는 곳은 리테일이 운영하고 있는 잡화점밖에 없었다.

계약자가 자신의 힘을 필요로 한다면 룬은 주저없이 이곳을 벗어나서 레전트에게로 향해야 했다. 아직 티아스에게서 그런 소리를 들은 건 아니지만, 레전트와 같이 있었을 티아스가 레전트의 부탁으로 자신을 찾으러 이곳에 와 있었다. 그렇다면 나올 수 있는 답은 단 하나밖에 없었다.

이제 떠나야 할 시간이다. 룬은 그 사실을 직감적으로 깨달았다. 리테일과도 무사히 만났고, 리테일에게서 충고를 들었다. 이곳에서 자신이 처리하려고 했던 일은 끝나 있었다.

"어? 무슨 일로 왔냐?"

"물건 좀 사려고 왔습니다."

"응? 노안 씨가 손님한테 그런 걸 시킬 리가……."

"이제 떠나야 하니까요."

리테일은 룬의 말에 웃으며 고개를 끄덕였다. 그리고 룬에게 필요로 하는 물건들을 물어봐서 대신 찾아주기까지 했다. 얼마 지나지 않아 룬의 배낭 안에 있던 빈 공간은 해독초, 지혈초 같은 약초나 건조 식량, 기름병 같은 것들이 차지했다. 룬은 문을 나서기 전 고개를 돌려 카운터에 앉아 있는 리테일을 바라보았다. 리테일은 자신을 바라보며 묘한 표정을 짓는 룬을 보고 웃으며 손을 내저었다.

"나중에 또 보자. 그때까지 술이나 좀 세져서 와라."

“…건강하세요.”

리테일은 룬을 잡지 않았다. 룬은 리테일을 향해 가볍게 고개를 숙여 인사하고 난 뒤 문밖으로 걸어나갔다.

“아시겠습니까, 티아스 양? 당신의 영혼을 되찾기 위해서라도 당신은 나에게 협력해야 하는 겁니다. 협박하는 것은 아니니까 너무 기분 나쁘게 생각하지 말아주세요.”

“티아스.”

“아, 예, 티아스. 이 약은 티아스의 생명 에너지를 일정 시간 동안 유지시켜 줄 겁니다. 아마도 그날 티아스나 룬 녀석의 영혼 일부가 빠져나가 버린 것 같아서 말이죠. 아마도 그 영주 놈이 쓸데없는 짓을 꾸민 것 같은데… 일이 좀 커진 것 같습니다. 지금 네스트에서는 전쟁이 일어나고 있다고 하더군요.”

“전쟁?”

“그렇죠. 뭐… 수인족인 티아스 양이 이해할 거라고 생각하지는 않습니다만 어쨌든 협력 좀 해주세요. 영혼이 빠져나간 몸은 오래 버티지 못하니까요. 그 약도 임시라서 오래 버티지는 못할 겁니다. 당연한 이야기지만 잘못하면 죽을 수도 있습니다. 그 주머니 안에 단검이 들어 있을 겁니다. 그걸 쥐고 있으면 룬 녀석이 어디쯤 있는지 알 수 있게 되죠. 룬 녀석을 찾아낸 후 예전 우리가 싸웠던 그곳으로 와주세요. 아시겠죠? 저는 일이 좀 급해서……."

레전트의 얼굴은 진지했다. 티아스는 커르니안의 외성문 바깥에서 레전트가 건넨 가죽 주머니를 받아 들고 고개를 끄덕였다. 가죽 주머니에는 검은색 알갱이와 은빛의 나이프가 들어 있었다. 티아스는 잠시 레전트가 억지로 이런 일을 꾸민 게 아닌가 의심했지만 곧 고개를 흔들었다.

영혼이 상당 부분 빠져나간 것은 자기 자신도 느낄 수 있었다. 생명 에너지가 사라진 육체는 오랫동안 버티지 못한다. 결국 티아스는 레전트를 믿기로 했다. 영혼을 빼앗긴 탓인지 감각이 무뎌지고 여신과 동조할 수 없게 된 티아스는 약간 강한 인간에 지나지 않을 정도로 약해져 있었다.

티아스는 레전트의 말대로 커르니안에서 룬이 있는 곳으로 향했다. 오랜 시간 동안 뛰어도 피로를 느낄지 모르던 자신의 모습은 사라져 있었다.

"……."

담요 속에서 눈을 뜬 티아스는 멍하게 천장을 바라보았다. 많은 인간이 스쳐 지나갔을 담요는 티아스에게 있어서 그다지 유쾌하지 않은 냄새를 흘리고 있었다. 하지만 티아스는 평소와 같이 예민하게 그 냄새를 맡아내지는 못했다. 오히려 그 냄새를 맡을 수 없다는 것이 티아스에게는 괴로운 현실로 다가왔다.

뺨 위로 뜨거운 눈물이 흘러내렸다. 단지 처음에는 에딜을 찾기 위해서 떠나왔던 길이지만, 에딜이라고 예상되는 그는 자신을 모르는 척하고 있었다. 그리고 그는 자신의 몸을 바쳐 한 인간을 지키려고 했다.

서글펐고, 화가 났다. 자신이 그토록 애타게 찾던 그는 예전의 그가 아니었다. 자신을 지키려고 부단히 애를 쓰던 그의 모습은 온데간데없이 사라져 버렸다. 그리고 자신은 그가 지키려고 했던 인간에게 영혼을 빼겨 버리기까지 했다.

덜컹—

티아스는 갑작스럽게 들려오는 문이 열리는 소리에 눈가에 흐르던 눈물을 조심스레 닦고 머리 위로 씌워진 담요를 걷어내며 몸을 일으켰다. 아직 눈물이 약간 어려 있는 티아스의 눈동자에는 흐릿흐릿하게 보이는 한 인간의 신형이 비춰졌다.

"일어나셨습니까?"

그녀는 눈을 깜빡이며 고개를 끄덕였다. 여전히 무뚝뚝해 보이는 룬은 침대 가까이로 다가와 어깨에 짊어진 배낭을 내려놓고 침대 끄트머리에 앉았다. 눈가를 비비며 잠을 깨려고 노력하는 티아스의 모습은 룬에게 있어서 굉장히 생소한 것이었다. 정신을 잃고 늘어지기 전의 티아스는 피곤함을 모르는 것 같은, 그래서 정말로 인간 같지 않은 모습을 룬에게 보여주었었다.

"많이 피곤하셨던 모양이군요."

끄덕.

피곤할 수밖에 없었다. 티아스는 지난밤 내내 나이프를 손에 쥐고 나이프가 가리키는 곳을 향해서 뛰었다. 보통 때라면 이 정도로 지치는 일은 없었을 테지만, 지금 티아스의 몸은 마치 인간의 것과 비슷해져 있었다. 티아스는 처음으로 느껴보는 묘한 피곤함과 싸우면서 계속 벌판을 뛰며 산을 넘었고 아침에서야 겨우 이곳에 도착할 수 있었다. 보통 인간이라면 걸어서 사흘은 걸릴 거리였다.

"그럼 간단히 이야기해 주시겠습니까? 레전트가 무슨 말을 했는지."

룬이 바랬던 전후사정에 관한 이야기는 길지 않았다. 룬은 티아스의 짧은 인간의 언어 속에서 레전트가 자신에게 바랬던 사실을 찾아낼 수 있었다. 그것만으로 충분했다. 룬은 자신이 레전트에게 고용되어 있는 몸이라는 사실을 잊고 있지 않았다.

이야기를 전부 들은 룬은 자리에서 일어났다.

"날이 밝으면 떠나도록 하죠. 이 여관의 주인에게 먹을 것을 준비해 달라고 했습니다. 배가 고프시다면 간단히 식사라도 하시고 오늘은 편히 쉬도록 하세요. 저는 옆방에서 머물겠습니다."

티아스는 품속에서 작은 가죽 주머니를 꺼내 검은색 알갱이를 몇 개 꺼내 입 안에 털어 넣으며 고개를 끄덕였다. 룬은 잠시 그 알갱이를 바라보며 구성 성분을 의심했지만 티아스의 눈에서 생기가 도는 것을 보고 한숨을 쉬며 자리에서 일어섰다. 자신과 티아스는 불편한 사이는 아니었지만 그렇다고 편한 사이도 아니었다. 룬은 자신이 있으면 티아스가 별로 편하게 있지 못할 것을 알고 있었다. 룬은 인간의 범주에서 벗어나지 않았고 티아스는 인간을 그다지 좋아하지 않았다.

룬은 방문을 나서면서 예상외로 다급하게 자신에게 다가온 레전트의 부름에 대해 생각했다. 티아스는 레전트 이외에도 많은 마법사들이 네스트에 와 있다고 했다. 그리고 그들과 레전트는 그곳, 그룬으로 향했다고도 말했다. 티아스도 그 일에 대해서는 잘 몰랐기 때문에—알고 싶어하는 것 같지도 않았다—자세히 설명을 들을 수는 없었지만, 그만큼이나 많은 마법사가 이 나라에 왔다면 결코 작은 일 때문은 아닐 것이다. 게다가 룬이 알기에 레전트는 결코 잡다한 일에 불려 다닐 하급 마법사가 아니었다. 그런 레전트가 이곳에 올 정도라면 일의 심각성을 예측할 수 있을 것 같았다.

'일단 가보면 알겠지.'

전투

피가 대지를 검붉게 적시며 그 위로 수많은 무언가가 스러져 덧없이 죽어간다.
죽음은 영웅의 서사시처럼 아름답지 않기에,
그들은 살아남기 위해서 발버둥 친다.

Chapter 6 전투

1

“대단하군요. 이렇게 적을 몰살시킬 수 있는 방법이 있다면 어디하고라도 싸워서 이기겠습니다. 정말로.”

제마이드는 비꼬는 말투로 중얼거리며 사망자들이 적혀 있는 보고서를 보고 고개를 흔들었다. 하지만 문제는 그 사망자가 싸우다가 죽은 병사들이 아니라는 점에 있었다.

“자살 방법도 가지가지로군요. 다들 꽤나 사람 죽이는 데 익숙한 직업을 가지고 있다 보니 단검 같은 걸로 심장을 일격에 꿰뚫는 자살 방법을 많이 썼습니다만… 아, 목을 매다는 방법도 많이 쓰였군요. 좀 미숙한 녀석들은 팔목 긋다가 실패하긴 했지만…….”

“태양기사단 쪽의 인원은 이쪽에서 알 수가 없었습니다. 그리고 지옥기사단 내에서도 자살자는 나오지 않았습니다.”

키즈린은 차분히 제마이드가 내미는 종이를 받아 들었다. 그 종이에는 병사들 중 자살하거나 자살 미수인 병사들의 이름 같은 잡다한 것들이 나열되어 있었다. 그 흑기사가 기한을 준 사흘 동안 자살로 죽어간 일반병의 숫자는 상당했다.

이곳에 도달했을 때 병사들의 수는 약 6천에 가까운 숫자였고, 인간이 아닌 존재와의 싸움은 병사들의 수를 4천에 가까울 정도로 줄여놓았다. 그리고 자살로 인하여 죽은 삼백의 병사들의 손실은 정말 예상 외의 손실이었다. 싸울 수 있는 손이 하나라도 줄어든다는 것이 전투에 있어서 큰 마이너스적인 요소로 작용하게 된다는 것을 생각해 보면 그 삼백의 병사들은 결코 적은 수가 아니었다.

"자살자의 숫자도 숫자지만 문제는 자살 미수자들입니다. 대부분 중상을 입은 상태라 당연히 싸우는 것은 불가능한 상태인 데다가 남은 병사들의 사기도 너무나 떨어져 있습니다. 솔직히 이대로 싸우는 건 무리라고 생각될 정도입니다. 그리고 미수이긴 해도 중상을 입어서 살아날 가능성이 없는 병사는……."

모두들 키즈린의 흐린 말꼬리에 어떤 단어가 들어갈지 알 수 있었다. 어차피 죽을 병사를 굳이 살려둬서 약이나 시간을 소모시킬 필요는 없었다. 차라리 편히 쉬게 만드는 것이 이쪽이나 그쪽 모두에게 이득이었다.

아케보니안은 곰곰이 생각했다. 마법사들과 나머지 잔여 부대가 도착하려면 아직 하루라는 시간이 남아 있었다. 게다가 그들이 도착한다고 해도 일이 잘 풀리게 될지는 몰랐다. 그들이 도착한다고 해도 그들의 존재는 후속 부대일 뿐이지 그 이상도 이하도 아니었다. 비록 이곳에 일어났었던 일들 전부를 상세히 기록해서 허무의 전당에 전했지만 이곳에 도착할 마법사들이 그에 대한 대응책을 꼭 찾아냈을 거라고는 생각할 수 없었다.

"차라리 선제공격을 하는 것이 낫지 않을까요?"

제마이드가 툭 던져 놓은 말이 좁은 천막 안에 울려 퍼지자 그 안에서 고민하던 여러 개의 눈들이 그를 향했다. 제마이드는 지옥기사단의 대장들이나 아케보니안, 다른 일선 장교들의 눈초리에도 얼굴을 붉히거나 고개를 돌리는 대신 어깨를 으쓱하며 말을 이었다.

"이 상태로 방어만 하게 된다면 남아 있는 병사들도 결국 사기가 꺾여버리게 될 테니까. 어떻게든 포격이 닿는 수준까지 솔리드 캐슬을 진격시켜서 성을 밀어버리면 어떻게든 되지 않을까 합니다만?"

"하지만 성 안쪽에 무슨 일이 일어나는지도 모르는데……."

"전멸당하고 나서 유령이 돼서 싸우고 싶은 건 아닐 텐데요?"

키즈린은 당차게 말 한마디를 던졌다가 제마이드의 짜증 섞인 대답에 입을 다물고 말았다. 사실 이대로 있게 된다면 전멸은 불 보듯 뻔한 일이었다. 제마이드는 고심하는 아케보니안을 바라보며 말을 이었다.

"차라리 싸우다가 죽던가 도망가고 말지, 이렇게 손 놓고 있다가 죽는 건 정말로 사양하고 싶습니다."

"나도 그렇다! 이렇게 있다가 죽는 건… 에… 사양이다!"

제마이드는 사양이라는 단어를 어렵게 발음하는 케딜을 바라보며 피식 웃었다. 케딜은 조금 흉악하게 보이는 얼굴로 웃으며 제마이드를 마주 바라보았다. 케딜의 조금 바보 같은 행동은 다른 사람들에게 약간의 여유를 가져다 주었다. 아케보니안 역시 빙긋 웃으며 고개를 끄덕였다.

"나도 그렇게 죽는 건 사양이네. 하지만 중요한 것은 우리에서 선택권이 없다는 거지. 이미 사흘이라는 시간은 지났고 내일이면 공격이 시작될 거네. 우리는 그 전투를 견뎌야 할 거야. 폐하께도 말씀드려 두 겠네. 아마 폐하도 이번 전투에는 참가하실 테니까 말일세.”

국왕이 전투에 직접 참가한다는 말에 한 장교가 부주의한 신음을 흘렸다. 하지만 아무도 그 장교를 탓하지는 않았다. 지금의 상황은 왕이 아니라 신이라도 직접 싸워야 할 만큼 급박한 상황이었다.

＊　　　　＊　　　　＊

잘 정비된 길이 아닌 곳에서 마차가 빠른 속력으로 달리게 되면 바퀴가 부서지거나 축이 빠지게 되는 경우가 많다. 하지만 지금 평평한 땅이 아닌 울퉁불퉁한 땅을 마구 달리고 있는 마차에는 바퀴가 존재하지 않았다. 대신 부유 마법이 얼마 동안 걸리게 만들어놓은 넓은 철테들이 마차의 바닥과 벽의 가장자리를 따라 전체적인 뼈대를 이루고 있었다. 부유 마법이 걸려 있는 철테들은 마차를 공중으로 띄우려 하고 있었고, 마차 자체의 무게와 그 안에 타고 있는 사람들의 무게가 마차를 누르고 있었기 때문에 마차는 하늘로 날아가 버리거나 땅에 처박히지 않고 중심을 이루고 있었다.

레전트와 스무 명의 마법사가 커르니안에 도착한 것은 그저께였다. 하지만 마차를 조립하기 위한 시간이 이틀 정도 소모됐기 때문에, 마차는 소모된 시간을 보상하기 위해서 쉴 새 없이 계속 앞을 향해 달리고 있었다. 말들은 미친 듯 앞으로 내달렸고 마법사들은 말들이 지칠 때마다 강제적으로 그들의 기운을 북돋아 계속 달리게 만들었다.

“후우, 젠장.”

마차의 안에 몇몇 마법사들과 같이 앉아 있던 레전트가 입을 열자 다른 마법사들도 무언으로 레전트의 심정에 동감했다. 하지만 그들의 예상과는 달리 레전트가 짜증을 내는 이유는 쓸데없이 전쟁에 끌려간다고 생각하기 때문이 아니었다.

'설마 이런 시대에 신이 되겠다고 설치는 인간이 있을 줄은 몰랐는데…….'

레전트는 현재 엘반을 대신하여 이 마법사들을 이끌고 있었다. 원래대로라면 레전트의 스승인 엘반이 이들을 이끌었겠지만 엘반은 무슨 이유에서인지 임무라는 조건으로 레전트에게 이 전투에 동원될 마법사들을 이끌 것을 명령했다. 레전트는 자신의 언행이 이들에게 상당한 영향을 끼치는 것을 알고 있었기 때문에 방금 부주의하게 입을 연 자신을 책망하며 머리 속으로 지금 상황에 대해서 다시 한 번 정리하기 시작했다.

모든 생명체의 정신과 몸을 구성하는 데에 기본적으로 존재해야 할 생명 에너지인 영혼. 만약 영혼에 존재하는 과거로부터 이어져 오는 지식이나 각각의 색깔을 완전히 제거시켜 정화할 수 있다면 영혼은 훌륭한 에너지로 탈바꿈한다. 마력보다 더 태초의 본질에 가깝고, 어떠한 일이든 할 수 있는 에너지로써.

하지만 그렇다고 해서 영혼을 강제적으로 정화해서 에너지로 사용한다면 커다란 문제가 생기게 된다. 일단 지금 이 대륙에서 죽은 생명체의 영혼의 수와 이 세상에서 살아가고 있는 생명체의 몸 안에 깃들어 있는 영혼의 수의 합은 항상 일정하다는 이론이 있었다. 이 이론은 과거부터 전해져 내려왔고 전생론에서는 정설로 받아들여지고 있었다.

그런데 만약 이 영혼의 일부라도 사라지게 된다면 전생의 흐름에 큰 영향을 미치게 될 수밖에 없었다. 과거에 인간이라는 종족이 영혼을 이용하여 어떤 일을 치르려고 했던 적은 단 세 번. 하지만 그때마다 인간은 커다란 재앙을 맞았다. 신은 크게 분노했고, 전생의 흐름이 깨진 대륙에는 혼이 없는 사생아들이 태어났다.

그렇기에 영혼이라는 것에 손을 댄다는 것은 암묵적으로 금지되어 있었다. 만약 영혼을 연구하려고 마음먹어도 진정으로 영혼을 연구하기 위해서는 영혼의 분해와 정화 작업이 필요했고 그것은 영혼의 소멸을 의미했기 때문에 아무도 영혼에.관한 연구에는 손을 대려 하지 않았다.

그날 그 성에서 도망칠 때 등 뒤에서 불어 닥쳤던 검은 구름은 살아 있는 자에게서 영혼을 빼앗아가는 삭혼의 안개였다. 책을 조사해 보면서 알게 된 거였지만 삭혼의 안개를 만들어내는 방법은 전해지지 않고 있었다. 그 방법은 차원계의 문을 여는 방법과 함께 과거의 금단의 마법으로 분류되어 역사 속에 묻혀 버린 상태였다.

'그렇다면 그 영주 놈은 어떻게 그걸 알아낸 거지?'

과거의 마법사들은 어떤 형태로든 그 마법이 전승되는 것을 막았고, 훌륭하게도 그 삭혼의 안개를 만들어내는 방법은 대륙 내 최고의 서고인 허무의 전당 안에서도 남아 있지 않았다. 이벨이 금단의 비술을 알아냈다는 것은 레전트에게 있어서 큰일이었다. 스승에게 모든 권한을 위임받은 레전트는 그 방법을 다시 봉인해서 아무도 모르게 만들어야 할 책임이 있었다.

[곧 도착합니다.]

마차의 바깥에서 무겁고 탁한 목소리가 들려오자 마법사들은 긴장했다. 레전트 역시 울의 목소리를 듣고 자신의 배낭을 확인하며 주먹을 꽉 움켜쥐었다.

레전트는 룬이 떠나고 나서 얼마 지나지 않아 티아스에게 치료를 하던 중 몇 개의 치료가 먹혀들었다는 것을 알 수 있었다. 뱀파이어나 스펙터 등에게 드레인당한 사람에게 하는 치료나 어떤 강한 충격으로 영혼이 몸 바깥으로 퉁겨져 나간 사람에게 하는 치료 등 티아스는 생명 에너지를 몸에 공급하는 시술에 확실히 반응했다.

레전트가 이틀 밤을 지새워 고갈된 생명 에너지를 채워주자 티아스는 정신을 차렸다. 하지만 티아스의 몸에 들어간 생명 에너지는 임시였다. 원래 그 몸에 어울리지 않는 생명 에너지는 그 몸에 적응하지 못하고 흘러나오기 시작했다. 레전트는 티아스에게 마력을 정제시켜 만든 생명 에너지를 계속 공급해 주어야 했다. 그렇다고 해도 이대로라면 몸 안에 약간 남아 있는 티아스 본인의 영혼이 에너지의 질의 차이에서 오는 괴리를 이기지 못하고 소멸해 버릴 수도 있었다. 그렇게 영혼이 소멸해 버린다면 티아스에게 선택의 여지는 없게 될 것이다.

죽거나, 아니면 미치거나.

사실 레전트는 이런 일이 일어날지는 꿈에도 모르고 있었다. 레전트는 단순히 그때의 일에 대한 상황을 자신의 연구 결과에 따라 쭉 서술하여 자신의 스승에게 보였을 뿐이었다. 하지만 엘반은 레전트가 티아스를 치료하기 위하여 연구해 방법들과 네스트에서의 소식을 조합하여 무서운 결론을 만들어냈다.

'이 전쟁에서는 승리해야 한다. 그렇지 않으면 티아스가 문제가 아니야… 어떻게든 막아야 해. 어떻게든.'

영혼을 모으며 그 영혼으로 에너지를 만들고 신이 인간에게 내린 형벌을 벗어나려 한다. 이벨 사베이언이란 인간은, 이벨 사베이언이라는 이름으로 불리었던 인간은 어떤 이유에서인지 인간을 뛰어넘어 신이라는 존재로 변화하려 하고 있었다.

그 동기나 이유 따위는 레전트가 알 바가 아니었다. 중요한 것은 이 세계는 신과 같은 존재의 강림을 받아들이기는 너무나도 약하다는 것이다. 아주 먼 과거에 이 세계에서 분리된 신들은 자신들의 힘이 이 세계에 강력한 영향을 주는 것을 두려워하여 이 세계를 떠났다. 금서가 되어 있는 신학록에 따르면 이 세계는 최초의 혼자였던 '그'의 시체로 이루어져 있었다. 죽어 있는 육체는 살아서 요동 치는 힘을 그대로 받아들이기에 약했다. 거대한 신의 힘이 이 땅에 강림할 때는 지진, 폭풍, 해일 등 천재지변이 몰아닥치는 것이 그것을 증명했다.

인간이 강력한 존재로 탈바꿈한다고 해도 정말로 신에 비유할 수 있을 리는 없었다. 하지만 적어도 비정상적으로 강력한 존재가 생겨난다면 그 반작용은 그대로 이 세계에 미치게 된다. 그리고 그 존재가 어떤 일을 하든 이 세계는 그 일에 대한 반작용도 그대로 받아들여야 할 것이다. 레전트는 그 사실을 엘반에게서 들었고 그렇기에 이번 일의 심각성을 확실히 깨닫고 있었다.

'멸망? 적어도 내 눈앞에서 그런 일은 없게 만들겠어. 어떻게든 말이지.'

레전트는 입술을 살짝 깨물었다. 아직 상대방이 신의 힘을 가지지 못한 상태라는 것은 아직 이 세계에 아무 일도 발생하지 않았다는 것으로 알 수 있었다. 그렇다면 정말로 이벨이 신의 힘을 가지기 전에 막아야 했다. 이 세상에 살고 있는 자로서.

"힘들면 조금 쉬다 가도 될 것 같습니다."

룬은 자신의 뒤에 서서 자신을 따라오고 있는 티아스를 바라보며 입을 열었다. 룬으로서는 거의 하루 만에 입을 연 셈이었다. 하지만 티아스는 고집스럽게 고개를 흔들었고, 잠시 걸음을 멈추었던 룬은 다시 앞을 보면서 길을 계속 걸었다. 이상하게 가쁜 숨소리가 룬의 귓가를 간질이듯 들려오며 룬의 신경을 자극했다.

룬은 인간이 만들어놓은 길의 구조를 잘 알고 있었고, 최대한 짧은 시간 이내에 목적지까지 가는 도로를 택할 수 있는 능력이 있었다. 룬은 사실 도로 같은 것을 무시하고 목적지까지 최단 루트로 이동할 자신이 있었다. 하지만 산을 넘고 강을 넘기 위해서는 많은 체력이 필요했고, 도착해서 어떤 일이 벌어질지 알 수 없었기 때문에 힘을 비축하면서 이동해야 했다. 이동에 이틀이 걸린다고 하더라도 회복에 이틀이 걸린다면 사흘 동안 이동하여 그날 바로 싸울 수 있는 것이 이득이었다.

"여기서 쉬죠."

조금 더 걷던 룬은 이제 가지만 앙상하게 남은 나무 아래에서 멈춰 섰다. 티아스는 고집스럽게 앞으로 걸어가려 했지만 룬은 그런 티아스의 어깨를 움켜잡았다. 티아스는 조금 몸을 흔들었지만 룬은 손을 놓지 않았다.

"놓으……."

"쉬세요."

티아스가 말을 끝맺기도 전에 룬은 티아스를 강제로 나무의 아래에 앉혔다. 이제 바짝 말라 부스러지는 낙엽이 요란한 소리를 냈고 티아스는 고개를 들어 룬을 올려다보았다. 하지만 룬은 더 이상 말을 하지 않고 티아스에게 물통을 건네주고는 조금 떨어진 곳에 앉았다.

이제 계절은 겨울이었다. 흐릿해진 하늘에서는 금세 눈이 쏟아질 것 같았고 차가운 바람이 후드 로브 속으로 파고 들어와서 여행자의 몸을 떨게 만들었다. 분명히 여행하기 좋은 계절은 아니었지만 룬과 티아스는 길을 걸어야 했다.

"몸 상태가 좋지 않으시다면 쉬셔도 됩니다. 그게 도착해서 누워 있는 것보다는 나을 테니까."

티아스는 더 이상 반항하지 않고 자신의 손에 들려 있는 물통을 물끄러미 바라보았다.

"…그냥 내버려 두면 될 텐데."

"예?"

무의식 중에 인간의 언어로 자신의 생각을 말한 티아스는 흠칫하며 고개를 들었다. 어느새 룬은 눈을 동그랗게 뜨고 자신을 정면으로 바라보고 있었다. 티아스는 다시 고개를 돌려서 룬의 시선을 외면했다. 그리고 다시 작게 중얼거렸다.

"아무것도 아니에요."

'그냥 내버려 두면 될 텐데.'

누군가의 모습이 룬과 겹쳐 보였다. 모습도 성격도, 심지어 종족까지 다른 그 누군가의 모습이 룬의 모습에 겹쳐 보이고 있었다.

'아마도……'

살아 있을 거라고 생각했다.

'그래서……'

그를 찾으려고 했다.

'하지만……'

그는 이 세상에 더 이상 존재하지 않았다. 티아스는 그의 죽음을 부정하려고 하지 않았다. 온몸이 갈기갈기 찢기고 불태워져 재도 남지 않은 몸은 더 이상 영혼을 담을 그릇이 되지 못한다.

티아스는 인간계에서 시드리칸이라 불리는 그에게서 여신에게 버림받은 자의 냄새를 맡았다. 인간과 수인족의 기운이 동시에 느껴지면서 모든 것을 저주하는 자. 그런 이의 느낌과 냄새는 너무나도 익숙했다. 비록 두꺼운 헬름으로 얼굴을 감싸고 있었기 때문에 그의 얼굴을 확인할 수 없었지만 티아스가 그런 느낌을 가진 자를 본 것은 단 한 번이었다.

'에딜······.'

툭—

메마른 로브의 옷깃의 한 부분이 짙은 색으로 변했다. 티아스는 물통을 입에 가져다 대고 물을 마시는 척하며 손으로 뺨을 타고 흐르는 물기를 닦아내었다. 그 모습을 지켜보던 룬은 아무 말도 하지 않고 자리에서 일어나서 엉덩이를 털었다. 티아스도 룬이 일어나는 소리를 들었는지 비틀거리며 자리에서 일어나 물통을 룬에게 건네주었다. 룬은 티아스가 자신에게 건네준 물통을 잠깐 흔들어본 후 허리에 매달고 길을 재촉했다.

아마 자신의 감각이 맞다면 물통 안의 물은 조금도 줄지 않았을 것이다. 룬의 눈을 속이기에 티아스는 너무나도 어수룩했다.

*　　　*　　　*

뭔가가 썩어 들어가는 고약한 냄새가 뜨거운 공기에 실려 방 전체에 흩어지고 있었다. 하지만 아무도 그 악취를 탓하지 않았다. 이곳에서 일하고 있는 그들에게는 후각이 존재하지 않았다. 그래서 그들은 자신이 해야 할 일을 차분히 실행할 수 있었다.

콰작—

골각수가 앞발을 시체 더미 안으로 찔러 넣자 반쯤 썩은 인간의 시체가 찢겨지고 부러지는 소음이 짧게 울렸다. 검게 썩어 진물이 흘러나오는 근육의 사이에서 새하얀 뼈가 희미한 빛을 발했다. 골각수는 자신이 찍어 올린 누구의 것인지 모를 팔을 움켜잡고 날카로운 낫과 같은 앞발로 뼈에 붙어 있는 썩은 근육을 거칠게 긁어냈다.

몇 마리의 골각수는 그 방 한가득 쌓여 있는 인간과 키메라의 시체를 해부하고 있었다. 그들이 무의미해 보이는 행동을 끝마칠 때마다 질퍽거리는 살 조각이 바닥에 흩어졌고 새하얀 뼈들은 한쪽 구석으로 모아졌다.

뼈를 뒤로 내던진 골각수는 시체 더미 속에서 뭔가 둥근 것을 집어 들었다. 피부가 검붉게 녹아내리고 눈알이 신경을 길게 드리우며 흘러나와 있는 소녀의 머리는 살아생전의 모습을 짐작할 수도 없을 정도로 썩어 있었다. 그 머리를 움켜잡은 키메라는 듬성듬성 붙어 있는 머리가죽과 거기에 달려 있는 머리카락을 앞발로 조심스럽게 긁어냈고, 두개골을 쪼개 회색 빛 덩어리를 꺼내어 바닥에 내던졌다. 뼈와 뼈가 마찰하며 소름 끼치는 소리가 벽을 타고 메아리쳤지만 귀가 없는 골각수는 그런 것에 상관하지 않고 작업에 임할 수 있었다.

골각수는 근육을 전부 털어낸 두개골을 뒤로 내던졌다. 두개골은 빛이 존재하지 않는 어두운 방 안을 옅은 푸른빛을 발하며 가로질렀다.

툭—

공중을 가로지르던 해골은 방 한쪽 구석에 쌓여 있는 뼈들의 맨 위로 떨어졌다. 썩은 피로 검붉게 물들어 버린 소녀의 해골은 텅 비어버린 눈으로 허공을 응시했다.

그는 숨을 쉬지 않았다.

"일어나라… 나의 주인님의 뜻으로."

살아 있지 않은 존재가 숨을 쉴 필요는 없었다.

"주인님의 명을 들어라! 죽음에서 해방된 자여."

진정한 의미에서의 죽음은 그를 비껴가고 말았다.

"나의 동료, 나의 친우들, 나와 같은 길을 걷게 될 자들이여!"

죽음은 신이 인간에게 내린 형벌. 살아 있는 자들로서는 절대로 면제받지 못할 형벌이었다. 그래서 그들은 죽음이라는 단두대에 한번 걸쳐지는 눈속임을 사용했다. 단두대의 날카로운 칼날은 그들에게서 영혼을 앗아갔지만 자아마저 앗아가지는 못했다.

키릭— 키르륵— 빠직—

단단한 돌바닥에 일정한 문양으로 파여져 있는 마법진. 그리고 그 가운데서 뼛조각들이 서로 엉겨 붙고 자라나며 변화하고 있었다. 영혼은 사라졌지만 그들의 자아는 확실히 남아 있었다. 그리고 그 자아들은 새롭게 만들어진 부서지지 않는 육체에 깃들어 새로운 생명을 얻었다. 이제 그들에게 죽음이란 존재하지 않았다. 부스러진 몸은 금방 회복되었고 더 이상 죽음의 고통도 찾아오지 않았다.

시간이 흐르며 시드리칸은 자신의 죽음의 순간을 기억했다. 강렬한 화염과 통증이 온몸을 불태울 때 자신의 영혼이 몸에서 빠져나가는 느낌을. 그리고 그 순간 자아가 소멸되려 하는 고통을. 하지만 시드리칸의 자아는 소멸되지 않았다. 이벨은 소멸하려고 한 시드리칸의 자아를 거두어 새로운 생명과 몸을 부여했다.

"나의 주인님의 명에 따라 나를 따라라."

이벨은 벌판에 널브러져 있던 시드리칸을 죽음으로부터 구했고 약속을 지켰다. 이제 시드리칸이 이벨에게 맹세했던 것을 지킬 차례였다. 시드리칸은 자신이 이벨에게 어떤 맹세를 하고 어떤 다짐을 했는지 확실히 기억하고 있었다.

"모든 것은 나의 주인님의 뜻대로."

Chapter 6 전투

2

'뭔가 이상하다?'

룬은 아무런 내색을 하지 않고 길을 걷고 있었다. 하지만 룬은 주위의 풍경에서 뭔지 모를 이질감을 느끼고 있었다. 말라 죽은 나무들이 사방에 널려 있었고 풀벌레의 울음소리나 작은 짐승들의 기척도 들려오지 않았다. 아무리 겨울이라고는 하지만 이렇게까지 생명체의 기척이 없을 수는 없었다.

보통 인간인 룬이 이 정도로 느낀 것을 티아스가 느끼지 못했을 리가 없었다. 비록 힘이 빠져나가서 감각이 최악으로 떨어진 티아스였지만 주위 환경이 뭔가 이상하다는 것은 금방 눈치 챌 수 있었다. 티아스는 문득 걸음을 멈추고 사방을 둘러보았다. 갈색 빛으로 썩어가는 낙엽들, 금방이라도 눈이 쏟아질 것 같은 회색 빛의 하늘. 모든 것이 평범한 겨울의 풍경이었고 이상한 것은 없어 보였다.

'이상해…….'

하지만 티아스는 뭔가 이상한 바람이 온몸을 감싸고 지나가는 것을 느끼며 몸을 감싸고 있는 로브의 앞섶을 강하게 움켜잡았다. 룬도 티아스가 걸음을 멈추자 잠시 걸음을 멈췄다.

룬은 티아스의 느낌에 비하면 좀 더 현실적이고 확실한 물증을 발견했고, 분명히 뭔가가 잘못됐다는 것을 알 수 있었다. 저 멀리로 보이는 들판에는 벌써 겨울인데도 수확되지 않은 곡식들이 그대로 쓰러져서 썩어 들어가고 있었고, 인간의 모습도 전혀 눈에 들어오지 않고 있었다. 정상적인 상황이라면 농부들이 일 년 동안의 노력의 결정체를 썩어가게 내버려 둘 리가 만무했다.

스윽—

룬은 이터를 가볍게 뽑아 들고 왼쪽 주먹을 쥐어보며 건틀릿의 상태를 살폈다. 수 년 간 용병 생활을 하면서 갈고닦은 감각이 날카롭게 일어서서 룬의 뇌리를 자극하고 있었다. 분명히 이 근처에는 위험한 뭔가가 있었다.

"준비해 두세요."

룬은 티아스에게 경고의 말을 가볍게 던지고 앞장서서 길을 걷기 시작했다. 티아스도 주머니에서 검은색 알갱이를 꺼내어 씹었다. 고약한 쓴맛이 입 안을 휘감으며 뭔가 시원한 느낌이 목구멍을 타고 흘러내렸다.

티아스는 한순간 몸이 편안해지는 느낌을 받았다. 끝없이 발목을 잡고 늘어지던 피로함이 한 번에 사라지고 평상시나 다름없는 상쾌함이 온몸에 자리 잡았다. 하지만 티아스는 주머니 안에 들어 있는 검은색 알갱이의 숫자가 이제 몇 개 남아 있지 않다는 것을 알고 있었다. 레전트가 그 알갱이를 넉넉하게 만들어주기도 했고 티아스도 그 알갱이를 아끼려고 노력했지만 지금 남아 있는 검은색 알갱이의 숫자는 겨우 네 개뿐이었다.

티아스와 룬은 누구라도 나타나면 한 번에 제압할 수 있을 정도로 신경을 곤두세우며 길을 걸었다. 하지만 얼마 걷지 않아 티아스가 몸을 흠칫하더니 사방을 둘러봤다. 룬은 눈치 채지 못했지만 병장기 부딪치는 소리가 바람을 타고 흘러오고 있었다.

"앞. 무기 부딪치는 소리. 들려요."

"싸움입니까?"

룬이 가볍게 뒤를 돌아보며 묻자 티아스는 고개를 끄덕였다. 아직 그룬까지 가려면 걸어서 한두 시간은 가야 했다. 룬은 티아스의 능력에 감탄하거나 놀라는 대신 어떤 일을 해야 할지 잠시 고민했다. 아무리 티아스의 능력이 엄청나다고 해도 여간 큰 소리가 아니라면 이 정도의 거리에서 들릴 리가 없었다. 그렇다는 것은 지금 앞으로 도착할 곳에는 큰 전투가 벌어지고 있다는 소리였다. 룬은 굳이 싸움에 휘말리고 싶은 생각은 없었다.

"뒤. 뭔가 오고 있어요."

룬이 잠시 동안 그런 생각을 하고 있을 때 다시 티아스가 낮게 중얼거렸다. 룬은 뒤를 돌아본 상태에서 귀를 기울였다. 잠시 후 룬의 귀에도 요란한 말발굽 소리가 들려오기 시작했다. 그 말발굽 소리는 한두 필이 내는 것이 아닌 수많은 말발굽 소리가 규칙적으로 들려오고 있었다.

'군대? 아니면……'

말발굽 소리는 빠른 속력으로 커지고 있었다. 룬은 일단 몸을 숨겨야겠다고 생각하며 썩어 들어가는 밀이 널려 있는 논으로 몸을 던졌다.
비록 이쪽이 잘못한 것은 없었지만 진군 중인 군대의 앞을 막아선다는
것은 자살 행위나 다름없는 행동이었다. 만일 상대방이 군대가 아니라
고 하더라도 전속력으로 달리고 있는 십 수 마리 말의 앞을 막아설 자
신은 없었다.

다그닥— 다그닥—

티아스도 룬의 뒤를 따라 논으로 몸을 던졌다. 티아스는 무의식 중
에 룬의 행동을 따르고 있었다. 룬은 항상 효과적인 판단을 내렸고 효
과적으로 움직였다. 적어도 인간 세계에서는 룬의 행동은 틀리지 않았
다.

다행히 논은 겨울인 탓에 바짝 메말라 있어서 부츠가 젖거나 하는
일은 없었다. 룬은 반쯤 썩은 밀짚의 사이에 숨어서 자신들이 걸어왔
던 길을 바라보았다. 이 길은 이쪽 방향에서 그룬으로 가기 위해서는
꼭 지나쳐야 할 외길이었다. 이전의 길은 모두 이 길 하나로 합쳐졌기
때문에 저 말발굽 소리들이 어디서 온 건지는 예상할 수도 없었다.

다그닥— 다그닥—

곧 요란한 말발굽 소리와 함께 말들이 좁은 길을 달려가는 것이 룬
의 눈에 들어왔다. 여섯 마리의 말들은 뒤에 공중에 떠 있는 이상한 상
자를 매달고 달리고 있었다. 룬은 그것이 아마도 마차라는 용도로 쓰
이고 있을 거라는 예상을 할 수 있었다.

'울?

그 마차라고 생각되는 것들의 곁에서 하체의 모습이 마치 말과 같은
모습을 한 이상하게 생긴 골렘이 달려가고 있었다. 상체에는 팔이 네
개나 달려 있었고 한 팔에는 거대한 랜스를 들고 있는 모습의 골렘은

절대로 일반적인 골렘의 모습이 아니었지만 룬에게 상당히 익숙했다.

총 다섯 대의 육두마차가 좁은 길을 맹렬히 달려갔다. 룬은 빠른 속력으로 스쳐 지나가는 말들이 굉장히 지쳐 있는 것을 눈으로 확인할 수 있었다. 입에는 거품이 물려 있었고 눈에는 생기가 없었다. 금방이라도 쓰러져서 죽어버릴 것 같은 모습들의 말들은 생애 마지막 힘을 짜내 미친 듯이 달리고 있었다.

순식간에 다섯 대의 육두마차가 지나가 버리자 룬은 밀짚 사이에서 나와 길 위로 올라갔다.

"혹시 울도 레전트를 따라왔습니까? 그 강철 골렘 말입니다."

티아스는 룬이 자신을 향해서 손을 뻗으며 질문하자 그 손을 마주 잡으며 고개를 끄덕였다. 룬은 팔에 힘을 주어 티아스를 길 위로 끌어 올린 다음 뿌연 먼지가 이는 길을 바라보았다. 아마도 그 마차에는 레전트가 타고 있었을 것이고 그들이 가고 있는 곳은 그 싸우는 소리가 난다는 곳인 것 같았다. 일단 레전트가 일을 당할 위험은 없어 보이기는 했지만 일단은 발을 재촉해야 할 것 같았다.

"뛸 수 있겠습니까?"

끄덕.

"그럼 가죠."

룬은 땅을 박차고 달리기 시작했다. 걸어서 한두 시간 정도 걸리는 거리라면 그다지 먼 거리는 아니었다. 티아스도 룬의 뒤를 따라 가볍게 뛰기 시작했다. 뺨에 스치는 바람이 그다지 좋은 느낌이 아니었다.

"으아아악!"

처절한 비명 소리와도 같은 함성 소리가 전장의 대기에 울려 퍼졌다. 하지만 곧바로 들려오는 무기와 뼈가 부딪치는 소리가 함성 소리를 집어삼키며 더 크게 포효했다. 풀스윙으로 휘둘러진 골각수의 앞발은 강철제 롱 소드를 간단히 부숴 버리며 병사의 목을 후려쳤다.

우득—

뼈가 부러지는 소리가 낮게 울리며 골각수의 앞발에 의해 반쯤 절단된 병사의 머리가 덜렁거렸다. 목뼈가 부러진 것만으로도 치명상에 가까운 상처를 입은 병사는 목을 자르고 들어오는 골각수의 앞발을 눈을 부릅뜨고 바라보았다. 병사의 몸은 실이 잘린 꼭두각시 인형처럼 그 자리에 허물어졌다. 골각수는 쓰러진 병사의 시체를 밟고 다시 앞발을 휘두르려고 하다가 다리가 허전해지는 것을 느끼며 그 자리에 주저앉았다.

"이 괴물 새끼!"

"죽어 버려! 죽어!"

메이스로 골각수의 다리를 후려친 병사가 메이스를 높이 들어 사람의 해골과 같은 모습을 하고 있는 골각수의 머리를 찍어 눌렀다. 묵직한 쇳덩어리가 낳은 파괴력은 그대로 골각수의 머리뼈를 부숴놓았고, 연이어 쏟아진 플레일이나 메이스 세례는 활동이 정지된 골각수의 온몸을 산산이 부숴놓았다.

키긱!

골각수 한 마리가 막 창을 하늘 높이 쳐든 병사의 머리를 향해 앞발을 내려쳤다. 병사는 급히 몸을 피하려 했지만 이미 골각수의 앞발은 병사의 어깨를 가르며 갈비뼈를 무섭게 부숴놓았다. 어깨가 반쯤이나 절단된 병사는 바닥에 주저앉아 몸을 떨며 자신을 향해 걸어오는 다른 골각수들을 바라보았다.

"아, 안 돼… 안……!"

그에게 가까이 다가온 골각수는 막 비명을 지르려 하는 병사의 머리를 밟아버렸고 머리가 박살난 병사는 더 이상 아무 말도 하지 못했다. 하지만 그의 육신은 안식에 빠져들지 못했다. 원래대로라면 분명히 죽어야 하는 인간들이 죽지 못했다.

"아… 아악! 으아아악!"

허리의 아래가 잘려 내장이 흘러나오는 병사는 바닥을 기며 끊임없이 비명을 질렀다. 골각수의 공격으로 하체를 잃은 병사는 자신이 죽지 않는다는 사실을 눈치 채지 못할 정도로 고통에 미쳐 발버둥치고 있었다. 그 옆으로 머리가 절반쯤 함몰된 병사가 비틀거리며 지나가다가 내장을 밟고 미끄러 넘어져 경련을 일으켰다.

"크아아악! 이 개자식들!"

한 병사가 괴성을 지르며 골각수의 머리를 플레일로 후려쳤다. 골각수는 순간 몸을 휘청거리며 그 병사를 바라봤고 그 병사는 팔이 잘려나간 고통을 뿌리치려는 듯 플레일을 마구 휘둘러 골각수의 머리를 박살 냈다.

죽어야 하지만 죽지 않는 자들이 대지를 활보하고 있었다. 태양기사단은 자신의 동료가 내장을 길게 끌고 다니며 검을 휘두르는 것을 보면서 치를 떨었다. 신은 그들에게 힘을 빌려주지 않았고, 그들의 신앙심은 갈 곳을 잃었다. 한 성기사가 내장을 끌며 자신에게 비틀거리며 다가오는 동료의 머리를 예리한 검으로 내려쳤다. 신의 은총이라는 허울 좋은 갑옷의 보호를 받지 못하는 그들의 자아는 썩어 부스러지는 목조 건물처럼 무너져 내렸다.

"히익, 히익!"

한쪽 폐에 구멍이 뚫려 있는 병사가 기묘한 소리를 내며 창을 휘둘러 해골귀의 창을 쳐냈다. 버릇대로 가쁜 숨을 내쉬기는 했지만 그건 의미없는 행동이었다. 이미 폐가 사라진 그는 비명조차 지를 수 없는 몸이 되어 있었다.

땅바닥에 쏟아진 내장이 짙은 피비린내를 내며 아직도 살아 있는 듯 꿈틀거렸다. 많은 병사들이 잘려진 손이나 내장을 밟고 미끄러졌다가 욕설을 내뱉으며 자리에서 일어섰다. 그들에게 내려진 공포와 고통의 세례는 그들에게 인간다운 사고를 빼앗아 가버렸다. 그들은 자신의 동료가 왜 죽지 않는지, 자신이 왜 아직도 살아서 검을 휘두르는지 생각하지 않았다. 그들은 마치 마약에 취한 병사들처럼 플레일과 메이스, 검과 창을 사방으로 휘두르며 자신의 적을 찾았다.

이미 눈을 잃어 피아를 가리지 못한 채 검을 휘두르던 병사가 자신의 동료가 휘두른 메이스에 허리가 부러지며 그 자리에 주저앉았다. 그 병사는 쓰러져서도 계속 의미 모를 괴성을 질러대며 검을 휘둘렀고, 그 행동은 다른 병사가 그의 손목을 롱 소드로 내려칠 때까지 계속됐다.

"빌어먹을!"

푸른 검광을 머금은 마력검이 인간과 같은 모습을 하고 있는 해골의 허리를 간단히 부숴놓았다. 순간 중심을 잃어버린 해골귀는 몸을 휘청거렸고, 바로 다음 순간 거대한 전투도끼가 해골귀의 등골로 파고들었다.

와작―

케딜은 중심을 완전히 잃어버리고 땅으로 추락한 해골귀를 밟아버

리며 도끼를 크게 휘둘렀다. 케딜같이 괴력을 가진 하프 오거가 아니
라면 사용할 수 없을 정도로 거대한 전투도끼가 허공을 가로지르며 제
마이드를 향해 앞발을 휘두르던 골각수의 가슴 부분을 강타했다. 제마
이드는 고맙다는 말 한마디를 던질 틈도 없이 케딜을 향해 쓰게 웃어
보이며 땅바닥에 쓰러진 골각수의 다리를 잘라내었다.

제마이드는 마력검 하나를 팽개친 상태였다. 전투의 시작 시에는 양
손에 마력검을 하나씩 들고 싸우던 제마이드는 이제 하나의 마력검에
마력을 넣을 기운도 없는 상태에서 억지로 검을 휘두르고 있었다. 땀
에 푹 절어버린 두꺼운 옷이 몸을 무겁게 잡고 늘어졌으며 검끝은 점
점 땅을 향해 떨어져 갔다. 마력검은 사용자에게서 마력을 받아 무형
의 날카로운 칼날을 형성한다. 대신 마력검의 사용자는 그만큼 다른
이들에 비해 빨리 지치기 마련이다. 그래서 소드 맨은 원래 총력전에
는 맨 후반이나 투입되는 마무리나 적진을 횡단해서 중심부에 타격을
입히는 부대로서 활약했다. 하지만 지금은 적과 맞서서 몇 시간째 총
력전을 벌여야 했다.

"젠장!"

전투가 시작되고 얼마나 많은 시간이 흘렀는지 알 수도 없었다. 하
지만 그보다 제마이드는 눈앞에서 벌어지고 있는 사실에 경악했고 그
점에서는 머리가 둔한 케딜도 마찬가지였다.

죽어야 할 자가 죽지 않은 채 걸어다니며 검을 휘두르고 있었다. 그
들은 몸에게 명령을 내릴 머리가 부서지거나 잘려 나갈 때까지 계속
검을 휘둘렀다. 두개골과 얼굴 한쪽이 완전히 함몰된 병사는 중심 감
각을 잃어버린 듯 비틀거리며 전장을 누비다가 팔다리가 잘려 땅바닥
에 쓰러졌다.

아스트의 태양기사단은 더 이상 도움이 되지 않았다. 그들은 오히려 일반 병사들보다 못한 전투를 벌이고 있었다. 어깨가 잘려 나간 성기사가 땅바닥을 뒹굴며 의미 모를 비명을 질렀고, 공포에 미쳐 버린 성기사는 신의 이름을 외치며 바닥을 뒹굴고 있는 동료의 목을 내려쳤다.

예상외의 일이었다. 설마 이런 일이 일어날지는 아무도 예상하지 못했다. 그리고 전투가 어느 정도 진행될 때까지 그들은 무슨 일이 일어났는지 아무도 모르고 있었다. 한 병사가 비틀거리는 동료를 부축했고, 그는 자신의 얼굴로 떨어지는 회색의 뭔가를 느끼고 비명을 지르며 그를 뿌리쳤다. 자신의 동료는 하나밖에 남지 않은 눈으로 자신을 이상하게 바라보고 있었다. 그것이 최초였다.

공포는 급속도로 번져 나가며 순식간에 수많은 '사망자'들이 발생했다. 그들은 자신이 죽었는지 죽지 않았는지도 모르는 상태에서 적을 공격했다. 골각수들은 오히려 그렇게 달려드는 병사들을 상대하느라 평소 때에 비하면 더 이상의 진군도 하지 못했다. 성문에서 쏟아져 나온 골각수들은 죽어버린 병사들과 끝없이 싸워야 했다.

"쿠어어어!"

케딜은 가슴을 가로지르는 꽤 큰 상처에도 아랑곳하지 않고 괴성을 지르며 도끼를 휘둘렀다. 언제까지든 싸워야 했다. 전투에서 진다는 것은 단순히 패배의 의미만을 가지는 것은 아니었다.

의사들은 자신이 돌보는 환자가 죽은 자인지, 아니면 정말로 다친 자인지 구별하지 못했다. 그들은 대충 많이 다친 병사들을 후방으로 이송했다. 소름 끼치는 신음 소리와 비명 소리가 환자들이 들어가 있는 천막 주위로 메아리쳤다.

이런 난전에서 적을 상대하지 못하는 솔리드 캐슬이 환자들을 보호하고 있었다. 키즈린은 사방에서 들려오는 비명 소리에 움찔거리면서도 침착하게 사방을 둘러보았다. 여리고 섬세한 신경을 가진 키즈린은 이런 전장의 분위기가 너무나도 맘에 들지 않았다. 게다가 오늘은 왠지 기분이 이상했다. 벌써 몇 시간이나 전투가 계속되고 있었다.

기습적인 공격인 탓에 솔리드 캐슬은 제대로 된 지원 사격 한 번 하지 못하고 대포를 준비해야 했다. 확실히 골각수와 같은 녀석들에게는 대포 사격이 효율적이었지만 적과 아군이 섞인 상태에서는 아군에게도 피해를 주는 대포 사격을 할 수는 없었다. 키즈린은 한창 싸움이 벌어지고 있는 전장을 주의 깊게 살피며 온몸을 긴장시키고 있었다.

1차 방위선과 2차 방위선은 이미 적과 한데 엉켜 있어서 누가 적이고 누가 아군인지도 알아보기 힘든 상황이 되어 있었고, 킬링 아머와 소드 맨들이 2차 방위선을 뚫고 오는 골각수들과 공중을 날아오는 해골귀들을 맡고 있었다. 킹 오브 머셔너리는 가장 후방에 있었기 때문에 이미 복잡하게 뒤엉켜 버린 전선으로 나가지는 못했고 솔리드 캐슬과 같이 지휘부와 환자들의 천막을 지키고 있었다.

주위를 살피던 키즈린의 귀에 누군가가 외치는 소리가 들려왔을 때 키즈린은 몸을 흠칫하며 그 소리에 귀를 기울였다.

"적! 동방향에 적입니다!"

솔리드 캐슬은 엄청난 공격력이 있지만 접근전에는 약하다는 점과 적과 아군이 섞여 버릴 경우 공격을 하지 못한다는 단점을 가지고 있는 부대였기 때문에 전선에서 멀찍이 떨어진 후방에서 진을 치고 있었다.

"동방향! 지휘관 재량껏 대포 발사!"

"명령받았습니다!"

솔리드 캐슬이 사용하는 대포의 수는 총 40문이었다. 그리고 그것을 운용하는 인물의 수는 240명에 달했다. 대포의 운용과 유지, 보수에 드는 인원이 총 셋이었고 근접전에서 대포를 보호하는 기사가 둘이었다. 타워실드를 장비하고 플레이트 메일을 입은 기사들은 이쪽을 향해서 달려오는 골각수들을 보면서 등허리가 서늘해지는 것을 느꼈다.

"11번부터 15번! 발사!"

"발사!"

전선에서 이곳까지 거리를 넓히는 것도 한계가 있었기 때문에 적과의 거리는 그다지 넓지 않았다. 기수병이 들고 있던 기를 있는 힘껏 흔들며 목이 터져라 외치자 열 문의 대포에서 화염이 치솟았다. 귀가 멍멍할 정도의 소음이 병사들을 자극했고 지휘관은 귀를 막고 있던 손을 치우며 다시 소리를 질렀다.

"11번부터 15번 포탄 장전! 16번부터 20번 조준! 자유 발사!"

첫 번째 포격에서 살아남은 세 마리의 골각수가 이쪽을 향해서 빠른 속력으로 뛰고 있었다. 다섯 문의 대포가 재빨리 골각수들을 향해서 조준됐다. 재장전 시간은 결코 짧지 않다는 것과 다른 곳을 경계하고 있던 대포들이 이쪽으로 머리를 돌리는 시간을 생각해 볼 때 이번 공격으로 골각수를 쓰러뜨려야 했다. 비록 솔리드 캐슬을 보호해 주는 킹 오브 머셔너리가 있다지만 근접전을 벌이면 피해가 생기지 않을 리가 없었다. 그리고 전투에서는 피해를 최소한으로 줄여야 했다.

쾅— 쾅—

땅이 가볍게 흔들리며 포탄 다섯 발이 공중을 날았다. 두 발의 포탄에 명중당한 골각수가 산산조각이 나며 골편을 사방으로 휘날렸다. 하지만 뒤늦게 발사된 세 발의 탄환은 골각수의 앞발을 부숴놓았을 뿐 쓰러뜨리지는 못했다. 몸을 크게 휘청거리던 두 마리의 골각수가 다시 자세를 가다듬고 이쪽을 향해서 달려왔다.

사람과 같은 모습의 해골의 턱이 포효하듯 크게 벌어지자 킹 오브 머셔너리의 기사들은 각자의 무기를 들고 솔리드 캐슬의 앞으로 나섰다. 그들의 모습은 통일되어 있지 않았다. 지옥기사단의 다른 부대는 그 부대의 목적에 맞는 군복이 지급되기 마련이었다. 하지만 킹 오브 머셔너리의 기사들은 하나같이 다른 무장에 다른 방어구를 입고 있었다. 그들이 킹 오브 머셔너리라는 것을 증명하는 것은 그들이 머리에 두르고 있는 황금빛 사자의 모습이 새겨진 머리띠였다. 그들은 명실공히 네스트 최고의 전사들이었고, 국왕에게 인정받은 자들이었다. 그들에게 명령을 내릴 수 있는 자는 오직 네스트의 국왕밖에 없었다.

"포격 중지!"

지휘관이 포격을 중지시키자 총 120명으로 이루어지는 킹 오브 머셔너리, 용병왕의 직속 친위대가 국왕에게 받았던 명령에 따라 움직임을 개시했다. 골각수 한 마리에 대략 다섯 명의 인간이 붙을 수 있다고 판단한 그들 중 열 명이 앞으로 뛰쳐나갔고 나머지는 후방에서 그들의 움직임을 주시했다. 그들은 한결같이 메이스나 전투도끼와 같은 중량급의 무기를 들고 있었다. 킹 오브 머셔너리의 기사들은 골각수에게 칼과 같이 날이 있는 무기가 효과가 적다는 것을 알고 있었다.

키릭! 키릭!

골각수들은 자신에게 달려오는 인간을 향해 하나밖에 남지 않은 앞발을 휘둘렀다. 두 명의 기사가 앞으로 나서며 그 공격을 막자 그 뒤에서 뛰쳐나간 다른 기사들이 메이스와 전투도끼로 골각수의 온몸을 있는 힘껏 두들겼다. 순식간에 골각수의 앞발이 부서졌고 골각수는 갑자기 쏟아진 메이스의 세례에 몸을 흔들었다. 하지만 기사들이 두 번째로 골각수의 몸을 두들겼을 때 골각수는 몸을 흔들 수단을 잃어버리고 그대로 바닥에 널브러졌다.

"네 번째……."

키즈린은 더 이상 싸우는 소리가 들리지 않게 되자 가볍게 중얼거렸다. 벌써 네 번째의 돌파였다. 그리고 골각수들이 2차 방어선을 돌파하는 시간이 점차 짧아지고 있었다. 시간이 가면 갈수록 불리해지는 건 체력의 한계가 있는 인간인 이쪽이었다.

킹 오브 머셔너리의 기사들이 다시 본영으로 복귀하자 솔리드 캐슬은 다시 포탄을 장전한 대포의 머리를 앞으로 겨누었다. 점점 전투 불능이 되어가는 병사들이 많아지고 있었고 비명 소리는 점점 본영을 향해서 다가오고 있었다.

"울, 저 소리가 나는 방향과 우리의 차이는?"

[이 속력대로라면 15분도 걸리지 않아서 도착합니다.]

"마차를 멈춰."

[알겠습니다.]

미친 듯이 달리던 마차들이 서서히 속력을 줄이고 멈추기 시작했다. 레전트는 앞으로 숙여지는 몸을 버티기 위해서 자신의 옆에 달려 있는 고리를 잡고 앞으로 일어날 일을 생각했다. 마차가 완전히 멈추자 레전트는 급히 마차에서 뛰어내려 곧게 뻗어 있는 길 저편을 바라보았다. 길의 굴곡이 있어서 잘 보이지 않았지만 수많은 함성 소리와 무기가 부딪치는 소리가 희미하게 들려왔다.

"벌써 시작했나……."

레전트는 그 흑기사가 바로 어제까지 시간 여유를 줬다는 것을 이틀 전의 통신을 통해 알고 있었다. 그리고 바로 오늘이 그 여유가 사라지는 날이라는 것도 알고 있었다. 그것이 아니라면 굳이 이렇게 혹사시키면서까지 이곳에 달려오지 않았을 것이다.

"세 번째 눈. 무형의 대기에 녹아들라."

레전트는 눈을 감고 허공에 생성된 투명한 눈에 정신을 집중했다. 그 눈은 레전트의 의지에 따라 하늘 높이 솟구쳐 올라 주위를 관찰하기 시작했다. 마법사의 눈은 하늘을 날아다니는 비행 마법보다 마력 소모가 적고 위험 부담이 적은 마법이었다.

공중으로 떠오른 마법사의 눈은 전장의 한가운데를 바라보았다. 수천에 이르는 병사들과 뭔지 모를 이상한 괴물들이 한데 엉켜 싸우고 있었다.

'저 괴물들은… 통신으로 들었던 그 뼈로 이루어져 있는 괴물이군. 신성마법이 효과가 전혀 없었다고 했으니 언데드는 아니야. 그렇다면 마법 생물? 가고일 같은 녀석인가? 하지만 뭔가 이상한 게 느껴지는데…….'

레전트가 영주에 대해서 눈치 챈 것은 이벨이 사람의 영혼을 모아서 스스로의 존재를 커다란 무언가로 만들려고 한다는 것뿐이었다. 그리고 더 이상 사람이 죽게 된다면 이 전장에서 죽은 자들의 영혼도 이벨의 한 부분이 되어버릴지도 몰랐다.

그렇기에 레전트는 일단 이 전투를 중단시켜야겠다고 생각했다. 하지만 스무 명의 마법사가 저런 혼전에서 공격 마법으로 상대방을 쓰러뜨린다는 것은 말도 안 되는 소리였다. 파이어 볼이나 라이트닝 볼트 같은 주문은 이쪽 병사들에게도 피해를 입힐 것이고 적을 하나하나 노릴 수 있는 매직 미사일로 적을 쓰러뜨리다가는 정말로 끝이 나지 않을 것 같았다.

"결계를 펴는 수밖에 없나……."

마법사들은 웅성거리며 고개를 숙인 채 뭔가를 곰곰이 생각하고 있는 레전트를 바라보다가 레전트가 고개를 들자 일순간 조용해졌다.

"일단 저 뼈 괴물들만 어떻게든 견제하면 되겠지… 모두들 여기서 결계를 짤 준비를 해. 결계석은 몇 개나 있지?

"총 스무 개가 있습니다."

물품 관리를 맡고 있던 마법사가 말하자 레전트는 뒤통수를 긁적이며 싸움이 나고 있는 저편을 바라보았다. 어차피 임시적인 결계라면 그다지 오래 유지하거나 촘촘히 짤 필요는 없었다. 지금은 그보다 시간이 부족했다.

"중심 결계는 내가 짠다. 모두들 마법사의 눈을 띄워서 주위의 풍경을 봐둬."

열아홉 명의 마법사들은 일제히 눈을 감고 정신을 집중했다. 순식간에 그들의 세 번째 눈들이 하늘에서 주위의 풍경을 살폈고 레전트는 아까 자신이 보았던 장면을 생각하며 결계석을 배치할 만한 곳을 생각해 냈다.

"성에 가까이 붙으면 안 될 것 같으니까 결계는 삼각 형태로 짠다. 첫 번째 결계석은 이곳. 그리고 두 번째 결계석은… 저쪽 싸움이 벌어지지 않고 있는 타버린 나무 있지? 거기. 그리고 세 번째는 그 반대쪽이다. 대충 알겠지?"

결계로 발동시킬 수 있는 마법은 그 수가 상당히 적은 편이었다. 공격적인 성향의 주문은 불안정해서 결계석에 입력시킬 경우 술사가 옆에 존재하지 않으면 제어가 불가능하고. 그렇기에 대부분의 결계는 그 결계의 범위에 있는 아군에게 어떤 능력을 주거나 적에게 어떤 제약을 주는 용도로 사용되었다.

결계석을 사용하는 이유는 간단했다. 결계석은 인간을 대신하며 자신에게 새겨진 공식에 따라 마력을 방출했다. 마법사를 이용해서 결계를 만든다면 결계의 규모가 클 경우 그 마법사의 힘이 극도로 소모되고 움직일 수 없기 때문에 위험 부담이 가중될 수밖에 없었다.

"결계석에 걸 주문은… 안티 매지컬 크리쳐(Anti Magical Creature)로 한다. 다들 알아들었지? 네이온."

"예."

네이온이라고 불린 레전트와 같은 금발을 가진 마법사가 가볍게 고개를 숙이며 대답했다. 이들은 전부 평민 직위의 마법사들이었기 때문에 레전트에게 고분고분했다. 엘반은 지휘 경험이 적은 레전트를 배려해서 일부러 실력이 꽤 좋으면서도 직위는 높지 않은 평민 직위의 마법사들을 붙여주었다. 물론 잘못하면 죽을 수도 있는 이런 위험한 일에 귀족 출신들의 마법사들을 쓸 수 없다는 것도 하나의 이유였다.

"난 지휘하는 게 서투니까 네가 이 녀석들의 지휘를 맡아. 디그로 땅을 파고 결계석을 땅속에 묻어버려. 아무리 허술하게 만든다고 해도 너무 금방 깨지면 곤란하니까. 급한 불을 끄는 거지만 바로 불씨가 살아나면 곤란해. 그리고 최대한 신속하게 행동해야 한다는 건 알지?"

레전트는 가방에서 마법진이 반쯤 그려져 있는 스크롤을 꺼냈다. 이 미완성 스크롤은 어떤 상황에서든 재빨리 사용할 수 있게 기본적인 구조를 미리 그려놓은 스크롤이었다. 네이온은 다른 마법사들에게 명령을 하며 스크롤에 부족한 그림을 채워 넣을 염료를 개어냈다.

"이곳은 내가 맡는다. 실판, 네가 그 타버린 나무가 있는 쪽으로 가라. 서너 명 정도 도와줘. 파비루, 네가 마지막 결계석을 배치할 곳으로 가라. 빨리 마법진을 완성해라. 서둘러!"

네이온은 이런 일에 익숙한 듯 주위의 마법사들에게 명령을 내렸다. 그들은 급히 자신의 가방에서 스크롤을 꺼내고 염료를 개어 가느다란 붓으로 마법진을 그려 나갔다. 마법 생명체로부터의 보호는 약간 고급스러운 주문이긴 했지만 그다지 어려운 주문은 아니었기 때문에 마법진을 그리는 시간은 그리 오래 걸리지 않았다.

"레전트님, 도와드리겠습니다."

"너는?"

"간단한 마법진이니까요. 금방 그릴 수 있습니다."

레전트는 네이온이 가져다 준 염료에 붓을 찍어 스크롤을 그려 나가기 시작했다. 결계를 만들 때 가장 중요한 것이 힘을 하나로 모아주는 중심 결계석이었다. 그렇기에 중심 결계석에 사용되는 마법진은 아무리 간단한 마법이라도 복잡할 수밖에 없었고 네이온은 그 사실을 잘 알고 있었다. 네이온은 능숙한 손놀림으로 붓을 놀리며 부족한 여백을 채워 나갔다.

"너, 혹시 매직 아티스트야? 굉장히 빠르네?"

"아닙니다. 그저 익숙할 뿐입니다."

레전트는 금방 여백을 채워 나가는 네이온의 손놀림을 보며 순수하게 감탄했다.

귀족 출신의 마법사들은 사실 실전 경험이 굉장히 떨어지는 편이었다. 평민 마법사들은 어디에나 불려 다녀야 했고, 그로 인해서 그들은 상당한 경험을 가질 수 있었다. 네이온은 그렇게 경험을 쌓은 평민 마법사 중 한 명이었다. 비록 농민 출신은 아니긴 했지만 평범한 평민 출신인 그는 23세에 처음으로 마법사 일을 시작해서 지난 4년 동안 많은 경험을 쌓아왔기 때문에 누구의 시중을 들거나 잡다한 일을 하는 것은 웬만한 마법사들보다 훨씬 능숙했다.

"됐어. 나머지는 내가 그릴 테니까 이제 네가 맡을 결계석의 마법진이나 그려."

"하지만 레전트님……."

"말꼬리 달래? 얼마 안 남았잖아. 나도 그렇게 무능한 건 아니니까 걱정하지 마. 설마 내 실력을 의심하는 거야?"

네이온은 황급히 고개를 흔들었다.

"아니오. 설마 제가 그런 불경한 생각을 품……."

"그러니까 빨리 네가 할 일 하라고."

사실 레전트가 이중에서 이름을 알고 있는 건 물품을 담당하며 식료품을 관리하는 마법사인 실판과 자신이 처리해야 할 잡다한 일을 처리해 주는 네이온밖에 없었다. 다른 마법사의 이름은 그다지 외울 필요가 없었기 때문에 외우지 않은 것이다. 레전트는 자신의 말에 고분고분 따르면서도 항상 조용하고 책임감이 강한 네이온이 꽤 마음에 들었다.

'책임감 강한 녀석에게 약한 건가, 나는?'

문득 룬이 어디쯤 왔을까 생각한 레전트는 머리를 흔들며 이제 거의 다 채워진 마법진을 마저 그리기 시작했다. 티아스의 상태도 궁금했고 티아스가 룬에게 소식을 전했을지도 의심스러웠지만 지금은 그것보다 마법진을 완성하는 게 더 급했다.

“완성했습니다!”

“좋아! 가!”

실판과 세 명의 마법사가 공중으로 날아올랐다. 비행 주문은 그들이 학교를 졸업했다는 증거로 꼭 배워야 하는 주문이었기에 익숙하지 않은 마법사는 한 명도 존재하지 않았다. 세 명의 마법사는 사람 머리통만한 무거운 결계석을 들고 최대한 빨리 두 번째 지점으로 날아가기 시작했다.

“끝!”

레전트는 재빨리 자신이 타고 있던 마차에 올라타며 멀뚱하게 서 있던 울에게 말했다.

“울, 고삐를 끊어. 네가 끌고 가는 거다. 목표는 네스트 군의 본진영으로. 그리고 내가 직접적으로 피해를 입는 일이 아니면 함부로 나서지 마. 알겠지?”

[알겠습니다.]

하늘을 날아서 가는 것이 더 빠르긴 할 테지만 저런 전장 한가운데에서 하늘로 날아다니다가는 어떤 일을 당하게 될지 몰랐다. 차라리 지상으로 조용히 접근해서 자신의 신분을 밝히고 협조를 구하는 쪽이 훨씬 안전할 것 같았다.

한번 긴장이 풀려 버린 말들은 뛸 수 없을 정도로 지쳐서 바닥에 쓰러져 있었다. 울은 말과 마차를 연결하고 있던 고삐를 잘라내고 자신의 한쪽 팔을 늘려서 마차를 단단히 잡았다.

[그럼 출발하겠습니다.]

“네이온! 잘 처리해 줘! 나중에 보자고!”

레전트는 마차 바깥으로 머리를 내밀며 소리를 질렀고 네이온은 그런 레전트의 모습에 당황해하다가 마차가 앞으로 달려나가자 멍한 모습으로 마차의 뒤꽁무니를 바라보며 중얼거렸다.

"역시 이상한 분이시군……."

자신이 호감을 가지고 있는 것에 대해서는 꽤 잘 대해주면서도 자신이 싫어하는 것에는 가차없는 레전트의 성격을 모르는 네이온은 그의 행동을 이해할 수가 없었다. 잠시 멍하게 있던 네이온은 급히 완성된 스크롤을 결계석에 붙인 다음 간단한 주문을 외웠다. 그러자 스크롤이 녹아들면서 결계석에 짙은 마법진이 새겨졌다.

"이쪽은 끝났고… 파비루, 서둘러! 늦으면 안 돼!"

"마법사는 아직이오?"

전투의 함성은 천막을 가볍게 뚫고 천막 안에서도 울려 퍼졌다. 의자에 앉아 있는 중년의 남자는 아케보니안이 고개를 끄덕이자 침울한 시선으로 바닥을 노려보았다. 함성이 들려올 때마다 그의 팔이 움찔거렸고 비명 소리가 들려올 때마다 다리가 떨렸다.

에라피오트 엘 네스트 1세는 무력과 지력을 겸비한 사내였지만 그런 영웅적인 인물이 네스트라는 나라 안에서 넘쳐 나는 것은 아니었다. 네스트 1세는 후에 자신의 뒤를 이을 자들을 자신의 자식이나 형제로 뽑지 않았다. 그는 이 땅을 좀 더 인간이 살 만한 곳으로 만들기 위해서 나라를 세운 것이지 자신이 왕이 되어서 권력을 가지기 위해 나라를 만든 것이 아니었다.

비록 많은 전 귀족들과 영주들이 자신의 권위를 앞세우기는 했지만 그들은 결코 왕이 될 수는 없었다. 왕은 권위나 지휘, 핏줄이나 힘만으로 되는 존재가 아니었다. 많은 귀족들이 왕좌를 노렸지만 지옥기사단은 그런 귀족들을 경계했다.

네스트의 국민들은 자신들의 왕이 다른 귀족들처럼 권력을 휘두르
며 자신들을 억압하는 것을 바라지 않았다. 그들은 그저 이 나라가 편
안하기만 하다면 왕이란 존재는 누가 하든지 상관없다고 생각했다.

지금 이 천막에 앉아 있는 피넬 엘 네스트는 네스트의 네 번째 국왕
이었다. 그는 역대 국왕들과 마찬가지로 지옥기사단의 단원이었다. 피
넬 카바트로 불리던 이 남자는 비록 특별히 똑똑하거나 명석하지는 않
았지만 사람은 배신하지 않았다. 네스트라는 나라에서 국왕은 모든 자
들을 하나로 모아주고 포용하는 존재였다. 그렇기에 그는 왕으로 선출
되었고 피넬은 엘 네스트라는 성을 달고 기꺼이 왕이 되었다.

그런 그가 자신들의 병사가 무참히 죽어 나가는 것을 알면서도 함부
로 행동할 수 없었다. 이런 전투가 벌어지는 중에 왕이 전사할 경우의
파장은 엄청나다. 사기는 극도로 떨어질 것이고 싸움을 포기하는 자들
이 늘어나게 될 것이다. 피넬은 그 사실을 잘 알고 있었기에 안절부절
못하면서도 천막 바깥으로 뛰쳐나가지는 않았다.

이런 전투에서 전력을 다해 싸운다면 4시간이란 시간은 결코 짧지
않았다. 대군도 아닌 몇 천에 가까운 인원 정도로는 앞의 인원을 빼고
후방 인원을 넣으면서 치료와 보급, 휴식을 거치는 전투를 펼칠 수도
없었다.

이미 병사들의 체력은 한계를 지났을 시기였다. 하지만 그들과 싸우
는 적들에게는 체력의 한계라는 것이 존재하지 않았다. 전투는 정신력
만으로 해결할 수 있는 문제가 아니었다. 피넬은 아케보니안이 눈을
감고 뭔가에 집중하고 있는 것을 계속 바라보고 있을 수밖에 없었다.
아케보니안은 마법사의 눈을 천막의 위에 띄우고 전장을 관찰하며 커

르니안을 향한 길을 주시하고 있었다.

"……!"

뭔가가 시야에 들어왔다. 이상한 모습의 괴물이 바퀴가 없는 마차를 끌고 이쪽으로 달려오고 있었다. 하지만 아케보니안은 그 괴물을 본 기억이 있었다. 자신의 친우인 엘반이 데리고 있던 강철 골렘이었다. 비록 마차는 한 대밖에 없었지만 마차는 공격을 당하거나 한 흔적 같은 것은 없어 보였고 뭔가가 뒤를 따라오지도 않았다.

피넬은 아케보니안이 자리에서 벌떡 일어서자 고개를 들어 그를 바라보았다. 아케보니안은 국왕에게 예의를 갖추어 고개를 숙이며 말했다.

"도착한 것 같습니다."

"그게 사실이오?"

"제가 마중을 가도록 하겠습니다. 폐하는 이곳에 계십시오."

피넬은 고개를 크게 끄덕였다. 지금 이 상황에서 마지막으로 기대를 걸 수 있는 건 그 마법사들이었다.

'여전하네…….'

레전트는 한숨을 쉬며 통신용 아티팩트를 품속에 넣었다. 아무래도 이쪽이 도착했다는 것을 상대편에게 알리고 싶었지만 통신용 아티팩트에는 잡음만이 가득해서 도저히 통신을 할 수가 없을 정도였다. 사실 아까 내색하진 않았지만 마법사의 눈과 같은 세밀한 조정이 필요한 마법을 사용하는 데도 영향이 가고 있었다.

"바람이 바뀌어 있다… 인가."

잘못하면 이쪽이 공격을 당할 수도 있었다. 상대방이 이쪽을 기다리고 있다가 마중을 나와준다면 별문제가 없겠지만 그렇지 않을 경우에는 잘못하면 이쪽이 공격을 받을 염려도 있었다. 그래서 레전트는 울에게 공격적인 반응을 최대한 자제하라고 명령해 두기까지 했다.

[마스터, 전방에 뭔가가 날아오고 있습니다.]

"날아오고 있다고? 사람이야?"

[60대 정도의 늙은 남자입니다.]

"마법사인가… 일단 멈춰."

[충격에 조심해주십시오.]

마차가 급히 멈춰 서자 레전트는 순간적으로 몸이 짓눌리는 듯한 느낌을 받으며 결계석이 굴러 떨어지지 않게 꼭 움켜잡았다. 마차가 완전히 멈춰 서자 레전트는 다시 바깥의 상황을 울에게 물었다.

"외모적 특징 같은 거 없어?"

[흰색 머리카락과 수염. 수염이 꽤 많이 자라 있고 키는 레전트님보다 작은 정도입니다. 그리고…….]

"아, 됐어됐어. 아케보니안 할아범이군."

레전트는 마차의 문을 열고 내려서 전방을 바라보았다. 한 늙은 남자가 이쪽으로 날아오고 있었다. 레전트는 눈을 찡그리며 그의 얼굴을 살피려고 했지만 백여 미터가 떨어져 있는 거리에서 얼굴을 식별하는 건 꽤나 힘든 일이었다. 레전트가 손을 크게 흔들자 그는 속력을 줄이고 천천히 땅에 내려섰다.

"오랜만에 뵙습니다, 레전트 왕자님."

"오랜만이지만 인사가 급한 건 아니죠? 상황은 대충 파악했어요."

아케보니안은 급히 본론에 관한 이야기를 꺼내는 레전트에게 쓴웃음을 지어 보였다.

"저 혼자 힘으로는 막는 게 불가능하더군요. 게다가 상대방이 뭘 꾸미고 있는지도 모르겠습니다."

"이쪽은 대충 알아냈어요. 설명해 드릴 테니까 마차에 타요. 가면서 얘기하자고요."

레전트로서는 스승의 친구인 아케보니안에게 반말하기가 조금 애매했기 때문에 존댓말을 쓰고 있었지만 말투는 전혀 그런 것이 아니었다. 하지만 아케보니안은 그런 것에 신경 쓸 정도로 상황이 널널하지 않다는 것을 알고 있었다.

마차가 다시 달리기 시작하자 레전트는 자신이 알고 있는 것들을 설명하기 시작했다.

"마법사는 20명이 와 있어요. 일단 상황을 정리하려고 결계를 펴기로 했기 때문에 다른 녀석들은 저쪽 길에서 준비하는 중이고요. 결계는 안티 매지컬 크리쳐로 했는데 괜찮을까요? 저도 그 괴물의 정체를 대충 듣기만 해서 확신은 할 수 없었어요."

"훌륭하신 판단이십니다, 왕자님."

아케보니안은 짧은 시간 동안 최소한의 대책을 강구해 낸 왕자의 명석함에 순수하게 감탄했다. 레전트는 아케보니안의 칭찬에 멋쩍게 뒤통수를 긁적거리면서 가방 속에서 종이 뭉치를 꺼내 아케보니안에게 내밀었다.

"지금 상황에 대해서 정리해 주셨던 것과 이쪽에서 조사한 자료를 합산해서 얻은 결론이에요."

종이에 적혀 있는 글자를 빠른 속도로 읽어가던 아케보니안은 잠시 레전트에게 눈을 돌렸다.

"그런데 이곳에서 일어났던 일에 관해서 알고 계셨던 겁니까?"

“저도 이런 일일지는 몰랐어요. 일단 사부님에게 그 사실에 대해서 말씀드리기만 했었는데… 설마 이렇게 전쟁까지 일어날지는 몰랐네요.”

레전트가 겪었던 일에 대해서 적혀 있는 부분을 보던 아케보니안은 수염을 쓸어 내리며 빠른 속력으로 글을 읽어 나갔다. 그 글들은 누구에게 보여주기 위해서 쓴 것이 아니었기 때문에 일체의 인사말이나 미사여구가 없는, 지독할 정도로 무감정하게 쓰여진 글이었다. 그렇기 때문에 아케보니안은 그 글에서 중요한 요점을 금방 집어낼 수 있었다.

“허어……!”

아케보니안은 고개를 절레절레 저으며 종이 뭉치를 레전트에게 넘겼다.

“상황이 이렇게 됐는데도 겨우 마법사 20명입니까? 만약 이 내용이 사실이라면 대륙이 위험해질 수도 있는데 어째서 허무의 전당은…….”

누군가 신이 되려고 하고, 그가 대지에 강림하는 사태가 벌어진다면 그 일은 비단 네스트의 멸망으로 이어지지만은 않을 것이다. 아마도 전 대륙의 평화에 영향이 끼칠지도 몰랐다. 하지만 레전트는 고개를 절레절레 저으며 설명했다.

“저희는 선발이에요. 만약 우리가 실패한다면 이 뒤에 더 많은 인원이 오게 될 거예요. 게다가 이 일에 대해서는 확실한 대책이 있는 상황이니까…….”

“확실한 대책이라니요?”

레전트는 다른 종이 뭉치를 꺼내서 아케보니안에게 내밀었다.

“역사상 신 같은 존재가 되려고 했었던 인간들이 몇 명 있었던 건 아시죠? 그런데 그중 이곳에서 일어난 일과 비슷한 일이 벌어졌던 적이 있어요. 저런 뼈 괴물이 나타나는 것까지도… 완전 판박이더군요. 그 영주가 상상력이 없는 탓인지도 모르겠지만……."

아케보니안은 레전트가 넘겨준 종이를 살펴봤다. 영혼을 모은다거나 뼈 괴물들이 만들어진다거나 하는 상황은 지금과 일치했다. 비록 상황이나 영혼을 모으기 위한 방법은 달랐지만 이 두 가지만으로도 과거에 이용된 그 주술과 지금의 주술이 동일한 것이라는 것을 금방 알 수 있었다.

"저도 책을 뒤져 본 후에야 알게 된 거라서 아무리 할아버지라도 모르셨을 거예요. 허무의 전당 도서관에 있던 책에서 알아낸 거거든요. 그리고 그 대책에 관한 것도 이미 세워져 있었어요. 생각보다 간단한 방법이에요."

"그렇군요……."

"이 일은 할아버지와 저하고의 비밀로 해두죠. 아무래도 퍼지면 좋지 않은 이야기니까."

레전트는 자신의 옆에 있는 결계석이 마차 아래로 굴러 떨어지지 않게 손으로 움켜잡으며 중얼거렸다. 확실히 만약 고급 마법사를 무조건 호출하게 된다면 나중에 그 부담은 결국 칼스가 아닌 네스트에서 지게 될 것은 뻔했다. 아케보니안은 자신의 친우인 엘반의 판단과 그 판단을 잘 따른 레전트의 행동에 고개를 내저었다.

"그럼 저도 궁금한 게 있는데요… 도대체 무슨 일이 벌어진 거죠?"

레전트도 단지 책에서 단편적인 정보를 얻었을 뿐이었다. 레전트는 이곳에서 정확히 어떤 일이 일어났는지 알지 못했다. 사실 이 일과 별로 상관없는 일일지도 몰랐지만 레전트는 뼈 괴물들이 나타났다는 것과 상황이 급박하다는 것밖에 모르고 있었다. 그러다 보니 이곳에서 무슨 일이 일어났는지 궁금할 수밖에 없었다.

“알고 싶으십니까?”

“어째 말하기 싫은 말투네요?”

“그런 건 아닙니다만…….”

아케보니안은 눈을 감았다. 그리고 천천히 지금까지 있었던 일에 대한 이야기를 꺼내기 시작했다.

3

이번 정벌에는 약 6천 명의 병사가 동원되었다. 경장보병대 1대대가 동원되었고 중장보병대가 3중대, 그리고 4소대로 이루어지는 소드 맨과 킬링 아머, 그리고 2소대와 1소대로 이루어지는 솔리드 캐슬과 킹 오브 머셔너리가 동원되었다.

네스트라는 국가의 특성상 많은 군대를 소유하는 것은 사실상 힘들었다. 중앙 집권 국가가 아닌 탓에 많은 수의 군대를 훈련시키는 것은 무리였기 때문에 네스트의 정규군은 불과 1만에 달하는 정도였다. 다만 나라의 구조 특성상 수많은 용병대가 존재했고 이 용병대가 비상시에는 군대로 고용되기도 했다.

하지만 이번에는 용병을 고용할 여유가 없었기에 수도에서 훈련 중이던 대부분의 정규군의 출전이 이루어졌다. 6천이나 되는 대군이 움직이는 일은 그다지 쉬운 것이 아니었다. 날씨도 점점 추워지고 있었기에 신경이 날카로워진 병사들 사이에서는 싸움마저 벌어지기도 했다. 그 싸움이 인명 피해로까지 번지자 국왕은 싸움이 일어날 경우 그 당사자들에게 배식을 중단하게 만드는 벌을 내렸고 그 다음부터 싸움은 현저히 줄어들었다.

이런저런 일이 있는 동안에 군대는 그룬의 근처에까지 도착할 수 있었다. 커르니안에서 출발한 지 5일 만의 일이었다.

우여곡절 끝에 그룬에 다다른 군대는 일단 성의 근처에서 농성을 시도하며 성의 주위에 있는 마을을 점령할 준비를 했다. 마을의 점령은 전투지 주위에 있는 민간인들에게 피해가 가지 않도록 하는 일이었다. 그뿐만 아니라 점령한 마을에서는 물자를 보급받을 수 있고 여차할 경우 시민군을 징벌할 수도 있었다.

마을의 입구를 지키던 경비대는 마을을 점령하기 위해 온 병사들의 신분을 확인하자 즉각 무장을 해제한 후 항복했다. 경장보병 2소대는 아무런 저항도 받지 않고 마을의 한가운데까지 들어갈 수 있었다. 마침내 마을 광장의 한가운데까지 도착한 병사들은 급히 나무 상자들을 모아 높은 연단을 만들었고 1소대의 소대장은 그 연단 위에 올라가 국왕이 내린 친서를 읽어 나갔다.

"국왕 폐하께옵서 이 나라에 반기를 든 역적 이벨 사베이언 공작에게 정의의 철퇴를 가하기 위해서 이곳에 오셨다! 네스트의 국민들이여! 그대들의 가슴에 정의감이라는 것이 남아 있다면……."

국왕의 친서는 끝까지 읽혀지지 못했다. 그 소대장은 갑자기 가슴에 통증이 느껴지자 국왕의 친서를 떨어뜨리고 가슴을 움켜잡았다. 뭔가 길쭉한 것이 그의 가슴 한복판에 꽂혀 있었다. 그는 허우적거리며 연단의 아래로 굴러 떨어졌다.

소대장에게 석궁을 발사한 열 살 남짓한 소년은 웃거나 울거나 하는
대신 다시 석궁을 장전하려는 동작을 행했다. 병사들은 급히 주위에
몰려 있던 농민들을 헤치며 그 소년을 향해서 달려갔고, 창끝을 위로
곧추세우고 정면을 바라보고 있던 병사들은 급히 창을 주위에 겨누며
또 있을지도 모르는 저격병을 찾았다.

펔―!

막 그 소년에게 손을 뻗으려던 병사는 눈앞이 캄캄해지는 것을 느끼
며 그 자리에서 쓰러졌다. 그 옆에 있던 병사는 자신의 동료의 목에 낫
을 박아 넣은 농부에게 반사적으로 숏 소드를 휘둘렀다. 숏 소드의 날
이 그 농부의 목을 절반쯤이나 파고 들어가다가 멈춰 서자, 그 농부는
비명도 지르지 못하고 그 자리에서 쓰러지고 말았다.

농부를 살해한 병사는 가쁜 숨을 내쉬다가 뭔가 이상한 점을 발견했
다. 아무도 비명을 지르거나 도망가지 않고 있었다. 그 병사가 그 사실
을 눈치 채자마자 뭔가가 병사의 머리를 강하게 두들겼고, 병사는 눈앞
이 캄캄해지는 것을 느끼며 바닥에 쓰러졌다.

핑!

석궁의 퀴렐이 시위를 떠나 병사들 중 유일하게 체인메일을 입고 롱
소드를 차고 있던 2소대의 소대장의 머리 한가운데에 박혔다. 그것이
시작이었다.

인심 좋게 생긴 농부, 다 낡은 봉제 인형을 들고 있던 여자 아이,
다 낡아 해진 옷을 걸치고 있던 장난꾸러기 소년들. 그들은 각자의
흉기를 들고 아무런 두려움 없이 병사들에게 달려들었다. 한 농부가
쟁기를 휘둘러 한 병사를 후려치자 그 병사는 엉겁결에 창으로 그것
을 막아내며 버텼다. 그러자 스물 정도 되어 보이는 투박한 외모의

청년이 들고 있던 낫을 휘둘러 그 병사의 다리를 찔렀다. 그 병사가 다리에 통증을 느끼며 바닥에 쓰러지자 자신의 머리통만큼이나 큰 돌을 들고 있던 소년이 쓰러진 병사의 머리를 돌로 내려쳤다. 투구가 요란한 소리를 짧게 내며 끈적끈적하고 붉은 액체가 사람들의 발치에 튀었다.

부대장들은 급히 병사들에게 명령했다. 병사들은 무표정하게 각자의 무기를 휘두르는 일반 농민들의 몸을 발로 차서 밀어내며 숏 소드와 창으로 치명적인 상처를 입혔다. 숏 소드를 뽑아 든 병사들은 창이 처리할 수 없게 된 거리까지 접근해 온 시민을 밀어내며 정확히 목을 찔렀다. 예상외의 일에 당황하기는 했지만 그들은 정규군이었다. 군인은 사람을 죽이기 위한 기술을 배우는 직업이었고, 그들은 효율적인 살상을 저지르는 법을 알고 있었다.

순식간에 팔이 반쯤이나 찢어지고 복부에서 내장이 흘러나오는 시민들이 늘어갔다. 한 병사는 피가 묻은 유리 조각을 들고 멍한 눈초리로 자신을 바라보는 소녀를 향해 창을 찔러 넣으며 눈을 질끈 감았다. 창끝에서 뭔가 부드러운 것이 박히는 느낌이 들자 병사는 눈을 뜨며 창을 뽑아내 다른 농민의 옆구리를 찢어냈다. 소녀는 가슴에서 피를 흘리며 땅으로 쓰러졌고, 병사는 쓰러진 소녀에게 눈을 두지 않게 노력하며 다른 주민에게 창을 휘둘렀다.

순식간에 연단의 주위에 있던 시민들이 전부 바닥에 쓰러지자 부대장들은 급히 주위를 둘러보며 또 다른 적들이 없는지 찾았다. 분명히 그것은 끝이 아니었다. 죽어 있던 농부의 몸이 꿈틀거리더니 부풀어오르기 시작했다. 몇몇 병사들이 급히 뒤로 물러서며 꿈틀거리는 농부의 몸에 창을 찔러 넣었지만 그 농부의 몸은 뻥 소리를 내면서 터지거나 하지도 않았고 꿈틀거리는 것을 멈추지도 않았다.

가죽과 근육이 더 이상 늘어나지 못하고 끔찍한 소리를 내면서 찢겨졌다. 근육의 사이에서 드러나 보이는 새하얀 뼈들은 근육의 옷을 벗고 몸을 일으키며 병사들을 주시했다. 그리고 다른 시체들에서도 수많은 해골들이 일어나 땅에 떨어져 있는 무기를 들었다.

다른 나라의 군인이라면 이런 현상에 놀라며 패닉 상태에 빠졌을지도 몰랐지만 이들은 네스트의 군인이었다. 네스트의 군인들은 괴물이나 언데드에 어느 정도 익숙해져 있었다. 그렇기 때문에 그들은 약간 당황해하기만 했을 뿐 뒤로 돌아서 도망간다거나 하는 행위를 펼치지는 않았다. 이쪽은 2소대에 가까운 병력이 있었고 적은 불과 서른 남짓 정도였다. 누가 보더라도 이쪽이 유리했다.

하지만 그들은 적의 본질을 아직 이해하지 못하고 있었다.

붉은 피가 묻어나는 해골이 병사를 향해 달려들다가 창대에 얻어맞고 바닥에 쓰러졌다. 갈비뼈 사이에 끼워져 있던 붉은 폐와 심장이 픽― 소리를 내며 먼지가 가득한 바닥에 흩어졌다. 병사들은 눈을 돌려 자신들에게 쇄도해 오는 다른 해골들을 상대했다.

푹!

한 병사가 자신의 가슴 한복판에 박혀 있는 쿼렐을 이상한 눈으로 바라보았다. 그 병사는 숨 쉬기가 힘들어졌다고 생각하며 바닥에 주저앉아 자신의 가슴에 박혀 있는 쿼렐의 끄트머리를 움켜잡았다. 그리고 고개를 돌려서 주위를 바라보았다.

어디선가 날아든 쿼렐들이 자신의 동료들을 하나씩 쓰러뜨려 가고 있었다. 그 병사는 다시 고개를 들어 자신의 정면을 바라보았다. 건너편 건물의 창문가에서 어떤 여인이 석궁을 들고 이쪽을 멍하게 바라보고 있었다. 그 병사는 그 여인이 자신의 애인과 닮았다고 생각하며 그대로 정신을 잃고 말았다.

마을 전체에 있던 사람들이 하나둘씩 광장으로 모여들고 있었다. 그들은 각자 손에 무기를 들거나 농기구를 들고 병사들을 덮쳐 왔다. 순식간에 수백이 넘는 인파가 병사들의 주위를 완전히 감싸자 부대장들은 급히 부하들을 인솔해 퇴로를 막고 있는 ‘적’을 쓰러뜨려 활로를 뚫기 위해 노력했다. 하지만 마을 사람들은 맹목적으로 병사들을 공격했으며 죽어도 다시 해골이 되어 병사들을 공격해 왔기 때문에 활로를 뚫는 것은 결코 쉽지 않았다.

마을에 들어가기 전에는 이백 명이었던 병사들이 수십 명으로 줄어 겨우 마을을 탈출했다. 그들이 본진을 향해서 달려가며 마지막으로 본 것은 날개 달린 해골이 마을 사람들을 움켜잡고 날갯짓을 하며 어딘가를 향해서 날아오르는 모습이었다.

＊　　　＊　　　＊

“벌써 도착했나 보군요.”

“예에⋯⋯.”

마차가 멈춰 서자 레전트는 조금 거북한 얼굴로 그렇게 중얼거렸다. 아케보니안의 입을 통해서 들은 소식은 결코 기분 좋은 소식이 아니었다. 결국 수백 명, 어쩌면 천여 명에 달할지도 모르는 주민들이 모두 죽어서 그 해골 괴물들이 되어버렸다는 소리였다. 레전트는 그들이 어째서 이런 일을 당해야 했는지 생각하며 이마를 찌푸렸다.

‘아무래도 마음에 안 들었어⋯ 그 영주 자식.’

아케보니안이 미리 이런 형태의 마차가 달려오면 막지 말라고 말을 해두었었기 때문에 마차는 방해를 받지 않고 왕이 있는 천막의 앞에까지 달려올 수 있었다.

마차의 문이 열리고 아케보니안이 마차에서 내리자 레전트가 그 뒤를 따라 결계석을 들고 마차에서 내렸다. 아케보니안은 천막의 앞에 서 있는 병사들에게 손짓을 했고 두 명의 경비원은 옆으로 물러서며 부동 자세를 취했다.

"이곳은 왕이 계시는 곳입니다. 아마 중심 결계석을 놔두기에는 가장 안전할 겁니다."

레전트는 고개를 끄덕였다. 게다가 분명히 이 근처는 거리상으로 다른 결계석의 중심 부근인 곳이었다. 중심 결계석을 설치하기에 적합한 곳이라고 할 수 있다. 레전트는 아케보니안이 천막 안으로 들어가자 그 뒤를 따라 조심스럽게 천막 안으로 들어갔다.

"아케보니안! 그… 뒤에 있는 자가 마법사인 겁니까?"

"예, 그렇습니다. 다른 마법사들은 다른 곳에서 뭔가 준비를 하느라 늦는 것 같습니다."

레전트는 일단 결계석을 옆에 놔두고 공손히 고개를 숙였다. 상대방은 일국의 왕이었다. 아무리 고개를 숙일 기회가 거의 없는 레전트라고 하더라도 언제 고개를 숙여야 한다는 것은 알고 있었다.

"레전트 페일 알카티온이라고 하옵니다, 국왕 폐하."

"그보다 뭔가 대책이 있소?"

정작 피넬은 레전트가 예를 갖추는 것에 대해서 신경을 쓰지 않고 급히 뭔가 행동을 보일 것을 재촉했다. 레전트도 상황을 알고 있었기 때문에 왕치고는 조금 방정맞아 보이는 피넬의 행동에 대해서 탓하지 않았다. 레전트는 붉은 마법진이 새겨져 있는 결계석을 땅에 내려놓고 한숨을 쉬며 무릎을 꿇었다. 결계석과 어느 정도 높이를 맞춘 레전트는 결계석 위에 손을 올려두고 눈을 감았다. 이쪽이 준비가 되어 있다고 해도 나머지 세 점에서 결계석을 배치하지 않았다면 결계를 발동시킬 수 없었다.

"할아버지, 여기를 중심으로 역삼각형으로 마법사들이 결계석을 설치하고 있을 거예요. 눈으로 좀 봐주실래요?"

"그러지요."

아케보니안은 레전트의 뒤에 서서 눈을 감았다. 마력의 미세한 흔들림 때문에 통신은 불가능했지만 마법을 쓰는 데는 별 지장이 없었다. 곧 마법사의 눈이 공중을 날아 전장의 주위를 둘러보았다. 첫 번째로 마차가 달려왔었던 길의 저편을 본 아케보니안은 그쪽의 결계석이 설치가 끝난 것을 확인하고 다른 두 곳을 살폈다. 한쪽에서는 마법사들이 공중으로 날아오르고 있었지만 다른 한쪽에서는 막 디그로 땅을 파내고 결계석을 구덩이에 배치하고 있었다.

"아직 하나가 끝나지 않은 상태로군요. 곧 끝날 것 같습니다."

"끝나는 대로 말해 주세요. 바로 결계를 발동시킬 테니까."

기회는 그다지 많지 않았다. 만약 중심 결계석에서 뻗어 나간 마력이 다른 결계석과 동조 작용을 일으키지 못한다면 무의미하게 뻗어 나간 마력은 다시 회수되지 않게 되고 결계석에 있는 마력의 량은 현저히 줄어들게 된다. 그렇게 된다면 다시 결계를 발동시킨다고 해도 유지 시간이 극도로 짧아지게 될 것이고 두 번째마저 실패한다면 세 번째는 존재할 수 없었다.

아케보니안은 세 명의 마법사가 결계석을 땅속에 묻어버리는 것을 주의 깊게 주시했다. 곧 그들은 다시 흙을 덮어버리고 나서 하늘로 날아올랐고 아케보니안은 고개를 끄덕이며 짧게 외쳤다.

"됐습니다."

"르메프텔리 이지르 기라디. 스카 라메 기라디마크 큐히스 위키필 라메 기라디마크 딜루레히디미프 아킬스메세크."

레전트는 아케보니안의 신호에 주저하지 않고 주문을 외웠다. 고대어의 주문이 울려 퍼지자 결계석에 새겨져 있는 붉은 마법진이 결계석을 자극했다. 그 마법진의 반응에 결계석 또한 점점 짙은 푸른 빛을 머금으며 마력을 방출하기 시작했다.

피넬은 침을 삼키며 자신의 앞에서 벌어지고 있는 일을 똑똑히 주시했다. 원래 보통 사람이 마력의 흐름을 볼 수 있을 리가 없었지만 결계석에서는 육안으로 확인할 수 있을 정도의 강한 마력이 흘러나오고 있었다. 흡사 결계석이 불타오르는 듯한 장면에 피넬은 아무 말도 하지 못하고 넋이 빠진 듯 그 장면을 지켜보았다. 레전트는 여전히 결계석 위에 손을 올려놓고 있었다. 최후에 최후까지 조정을 해주는 것은 결계석을 다루는 인간이었다.

순간적으로 푸른 불꽃이 크게 타오르며 천막의 천장을 관통해서 뻗어 나갔다. 그 불꽃은 실재의 불꽃이 아닌 마력의 흐름이었기 때문에 천장이 불타거나 뚫려 버린다거나 하는 사태는 발생하지 않았다. 레전트는 엷게 뻗어 나가는 마력의 기운을 느낌으로 감지했다. 그리고 마력의 줄기가 다른 결계석에 닿았을 때 눈을 번쩍 뜨며 짧게 외쳤다.

"에히디큐프."

레전트가 짧게 외친 고대어는 마력의 흐름을 따라 흐름이 닿아 있는

결계석을 자극했다. 결계석들이 폭발하듯 강렬하게 반응하며 다른 결
계석에게 마력의 줄기를 내뻗으며 연속적으로 작동을 개시했다. 중심
결계석에 손을 올리고 있는 레전트는 다른 결계석들이 발동되는 것을
몸으로 느꼈다. 그리고 모든 결계석이 발동했을 때 레전트는 결계석에
서 손을 천천히 떼어내고 조용히 중얼거렸다.

“이제 남은 건 결과인가?”

키리릭! 키릭!

골각수들은 갑작스럽게 느껴지는 중압감에 몸을 떨었다. 공간 자
체에서 이질적인 뭔가가 골각수들의 몸을 억눌렀고 그것은 골각수들
의 행동을 더디게 만들었다. 한 병사가 몸을 부들부들 떨며 머리를
쳐드는 골각수를 메이스로 내려치다가 그 자리에 주저앉았다. 그 병
사는 자신의 마음대로 움직이지 않는 몸을 내려다보았다. 배에 입은
상처를 통해서 흘러나와 터져 있는 내장의 모습이 희미하게 눈에 띄
었다.

‘내가 왜 이러고 있는 거지……?’

지독하게 냉정한 허무감이 휘감기며 느끼지 못했던 추위가 온몸을
물어뜯었다. 그 병사는 무릎을 꿇고 힘겹게 자신의 손을 얼굴 가까이
에 가져다 대보려고 노력했다. 하지만 과다 출혈로 인해서 사라진 시
력은 자신의 몸조차 만족스럽게 비추지 못했다.

‘……’

주인의 손에서 떨어진 메이스는 주인의 피로 몸을 적히며 땅에 처박
혔다. 곧 그는 완전히 정신을 잃고 대지에 몸을 널브러뜨렸다. 이미 죽
어 있었어야 할 뇌와 심장이 멈추자 그는 자신이 무슨 생각을 하려고

했는지도 생각하지 못했다. 묘한 허무감이 뇌를 감싸고 한계를 넘어버린 자아는 천천히 부스러져 사라졌다.

공중에서 날아다니며 병사들을 공격하던 해골귀들도 하나둘씩 추락하기 시작했다. 막 하늘 위로 날아올라 먹잇감을 찾던 해골귀가 중심을 잃고 땅을 향해 떨어져 내렸다. 공중에서 떨어지는 해골귀가 내는 파괴력은 대단했다. 해골귀와 정면으로 부딪친 골각수는 그대로 땅에 주저앉아 행동을 멈춰 버렸고, 해골귀와 부딪친 인간들도 머리가 박살이 나며 그대로 땅에 허물어지듯 주저앉았다.

"이건 또 뭐야?!"

제마이드가 비명 같은 고함 소리를 지르며 몸을 옆으로 피했다. 싸우는 동안 명령을 내리느라 목은 딱딱하고 건조하게 갈라진 목소리를 만들어냈다. 케딜도 자신과 맞서 싸우던 골각수들이 그 자리에 주저앉아 버리자 상황 파악을 못하고 주위를 둘러보다가 공중에서 떨어진 골각수에게 어깨를 얻어맞은 후에야 날이 넓은 전투도끼를 위로 쳐들어 낙하해 오는 골각수들의 몸을 쳐내기 시작했다.

"미안, 몸 좀 피하자고!"

케딜은 자신의 몸에 바짝 붙은 제마이드를 향해 송곳니를 드러내며 웃었다. 머리가 둔한 케딜이었지만 제마이드가 얼마나 힘을 내서 싸웠는지는 알고 있었다. 그리고 자신이 하프 오거이기 때문에 체력이 보통 인간에 비해서 훨씬 강하다는 사실도 잘 깨닫고 있었다. 제마이드도 케딜을 향해 씨익 웃어 보이며 마력검을 땅에 박고 가쁜 숨을 내쉬었다. 보통 검이라면 땅에 꽂으면 날이 상하지만 마력검에는 어차피 날이 없었기 때문에 그런 건 별로 신경 쓰지 않아도 상관없었다.

가끔 케딜이 해골귀를 쳐내며 튄 뼛조각이 뺨을 스치고 지나가거나 하기는 했지만 제마이드는 실눈을 뜨고 전장을 나라보았다. 골각수들이 의미 모를 소리를 내며 그 자리에 주저앉거나 뒤로 물러서고 있었다. 지금까지 골각수나 해골귀들이 흑기사의 명령을 받기 전에 이런 반응을 보인 것은 단 한 번도 없었던 일이었다. 그뿐만이 아니었다.

지금까지 미친 듯 싸우던 병사들도 하나둘씩 그 자리에 널브러지고 있었다. 싸우는 도중에도 주위의 상황을 판단하고 있던 제마이드는 그들이 지금에서야 쓰러지는 것이 오히려 이상하다고 생각했다. 인간이 어느 정도의 충격을 입으면 쓰러지는지 자세히 모르는 사람이 보더라도 머리가 반쯤이나 박살난 상태에서 검을 휘두르는 병사의 모습은 확실히 괴기스러운 것이었다.

병사들은 쓰러지는 자신들의 동료를 부축하거나 막 뒤로 물러서려고 하는 골각수들을 공격했다. 그때 후방에서 큰 북소리가 울려 퍼졌다. 이런 소란스러운 전장에서는 사람의 목소리로 명령을 내린다는 것은 거의 불가능에 가까웠기 때문에 깃발이나 북으로 퇴각이나 공격 등을 표시하곤 했다.

병사들은 북소리를 듣고 뒤를 돌아보았다가 후퇴를 표시하는 빨간 기가 흔들리고 있는 것을 보고 자신의 동료들을 부축하며 뒤로 물러서기 시작했다.

제마이드 또한 퇴각을 하기 위해서 허리를 펴다가 문득 하늘을 바라보았다. 하늘에 떠서 전장을 관망하던 그 흑기사는 이쪽이 전부 후퇴를 준비하자 자신도 성을 향해 날아가기 시작했다. 그 모습은 결코 전투에서 패한 것 같은 모습이 아니었다.

"…전투 종료! 살아남은 놈들을 부축해서 후퇴한다! 전군 후퇴!"

제마이드와 케딜은 급히 자신의 부대원들을 챙기기 시작했다. 그렇게 처절했던 몇 시간 만의 전투가 끝나가고 있었다.

〈4권으로 이어집니다〉

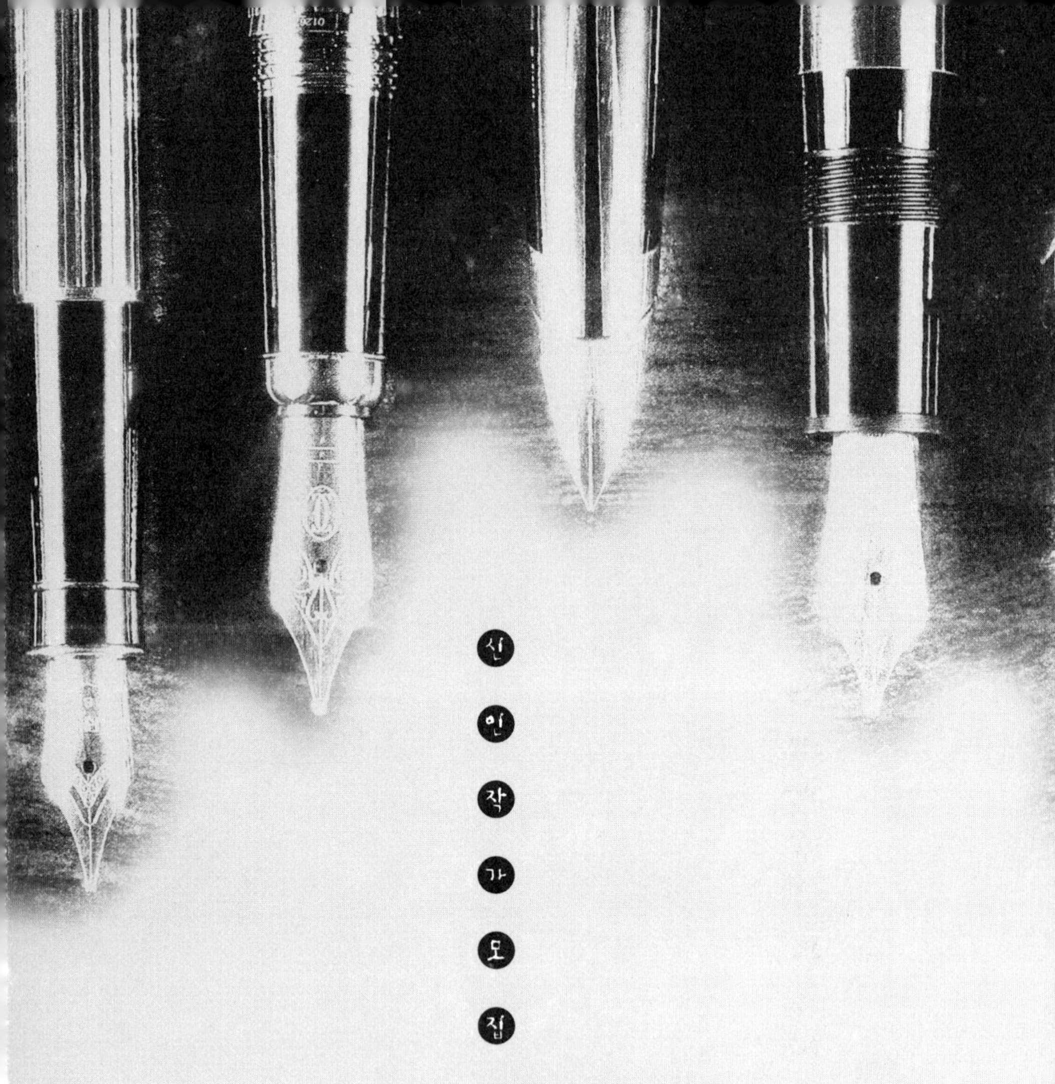

신
인
작
가
모
집

시작이 반이라고 했습니다.
작가의 길에 대한 보이지 않는 벽을 과감히 깨뜨리십시오!
청어람은 작가 지망생 여러분들의
멋진 방향타가 되어드리겠습니다.

저희 도서출판 청어람에서는
소설 신인 작가분들을 모집합니다.
판타지와 무협을 사랑하시는 분들의 많은 참여를 바랍니다.
소정의 원고(A4용지 150매)를 메일이나 우편으로 보내주시면
검토 후 출판 여부를 알려드리겠습니다.

주소:경기도 부천시 원미구 심곡1동 350-1 남성B/D 3F 우편번호420-011
TEL:032-656-4452 · FAX:032-656-4453
http://www.chungeoram.com
e-mail:chungeoram@chungeoram.com